古多尔的精神之旅

古多尔的精神之旅

[英] 简·古多尔　菲利普·伯曼 著　　祁阿红 译

世纪出版集团　　上海译文出版社

伯恩茅斯的白桦山庄，一座19世纪维多利亚式建筑，我把它称为我的"家"。

1岁的我，打扮得很漂亮。

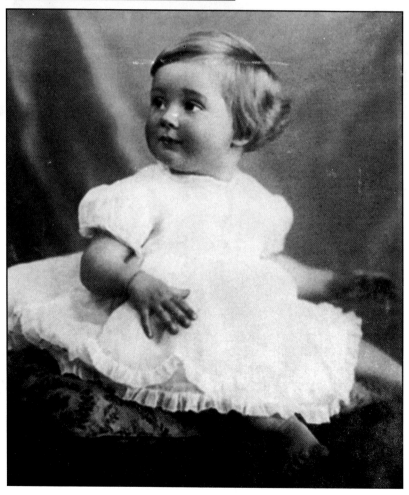

与父亲、母亲、
妹妹朱迪在一起。

沉思

我从小开始就一直热爱动物。
与猫"菲加罗"在一起。

在布谢尔骑术学校，与"丹尼尔"在一起。

与南妮、朱迪和朱比利在一起。

1947年拍摄的全家福：朱迪、奥莉、丹妮、奥德丽、我、埃里克舅舅和万妮。

埃里克舅舅和丹妮，与奥德丽、万妮以及奥莉在一起。

约翰·特雷弗·戴维斯牧师：我少女时的"梦中情人"。

简与"拉斯蒂"：
形影不离的伙伴。

去非洲之
前，与我的父
亲在一起。

我的母亲在贡贝，与我们
的漂亮小船的船主哈桑在一起。

路易斯·利基，1972 年。

我的母亲万妮，"白人巫医"，在她自己在贡贝搭建的"草棚诊所"里，1960 年。

万妮和步话机——那时
我整晚与黑猩猩们待在野外。

"灰胡子戴维"坐在白蚁
堆上,他收集草棒作为工具。

与"灰胡子戴维"在一起,这只黑猩猩不惧怕我,并将我引进他的森林世界。

新娘与父亲

与雨果·范拉威克新婚，1964年。

与格拉布在贡贝，1971年。

四代人：格拉布、
我、万妮、丹妮，在
白桦山庄，1971年。

与"弗洛"一家
在一起，1964年。

希拉利·马塔马
与"戈布林"在一起。

"弗洛"

"菲菲"、"菲迪南德"、
"格雷姆林"和"盖亚"

"范尼"和"法克斯"

"弗洛伊德"

"格雷姆林"

"金布尔"

"菲菲"

"福斯蒂诺"

"加拉哈德"

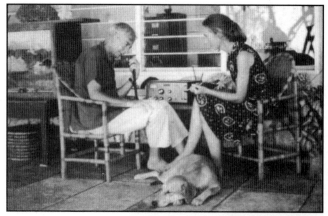

德里克、"瓦格"
和我在达累斯萨拉姆
的我们家的阳台上。

在达累斯萨拉姆
与尼雷尔总统在一起。

被伊丽莎白女王二
世陛下授予勋爵士后，
在白金汉宫外与父亲在
一起。

1986 年，在布隆迪我第一次见到被 2 英尺长的铁链拴住的黑猩猩"惠斯基"。

两只小猩猩被囚禁在 SEMA 公司的铁笼子里。

两只小猩猩从 SEMA 公司里被营救出来，这说明我们能起作用。

酋长伦纳德·乔治，一位真正的精神领袖，在不列颠哥伦比亚温哥华。

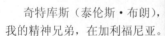

奇特库斯（泰伦斯·布朗），我的精神兄弟，在加利福尼亚。

加里·豪恩——"不可思议的豪恩迪尼"，他送给我一个吉祥物即H先生。

孩子们能有所作为。

在安哥拉"野生动物意识周"的活动期间。

由"根与芽"组织推荐的环境保护舞。

我的灵感最珍贵的来源：万妮，
我的母亲，于 1995 年。

1997年摄于白桦山庄的全家福。

在肯尼亚的甜水保护区与孤儿"乌鲁哈拉"在一起。

出 版 说 明

自中西文明发生碰撞以来，百余年的中国现代文化建设即无可避免地担负起双重使命。梳理和探究西方文明的根源及脉络，已成为我们理解并提升自身要义的借镜，整理和传承中国文明的传统，更是我们实现并弘扬自身价值的根本。此二者的交汇，乃是塑造现代中国之精神品格的必由进路。世纪出版集团倾力编辑世纪人文系列丛书之宗旨亦在于此。

世纪人文系列丛书包涵"世纪文库"、"世纪前沿"、"袖珍经典"、"大学经典"及"开放人文"五个界面，各成系列，相得益彰。

"厘清西方思想脉络，更新中国学术传统"，为"世纪文库"之编辑指针。文库分为中西两大书系。中学书系由清末民初开始，全面整理中国近现代以来的学术著作，以期为今人反思现代中国的社会和精神处境铺建思考的进阶；西学书系旨在从西方文明的整体进程出发，系统译介自古希腊罗马以降的经典文献，借此展现西方思想传统的生发流变过程，从而为我们返回现代中国之核心问题奠定坚实的文本基础。与之呼应，"世纪前沿"着重关注二战以来全球范围内学术思想的重要论题与最新进展，展示各学科领域的新近成果和当代文化思潮演化的各种向度。"袖珍经典"则以相对简约的形式，收录名家大师们在体裁和风格上独具特色的经典作品，阐幽发微，意趣兼得。

遵循现代人文教育和公民教育的理念，秉承"通达民情，化育人心"的中国传统教育精神，"大学经典"依据中西文明传统的知识谱系及其价值内涵，将人类历史上具有人文内涵的经典作品编辑成为大学教育的基础读本，应时代所需，顺时势所趋，为塑造现代中国人的人文素养、公民意识和国家精神倾力尽心。"开放人文"旨在提供全景式的人文阅读平台，从文学、历史、艺术、科学等多个面向调动读者的阅读愉悦，寓学于乐，寓乐于心，为广大读者陶冶心性，培植情操。

"大学之道，在明明德，在新民，在止于至善"（《大学》）。温古知今，止于至善，是人类得以理解生命价值的人文情怀，亦是文明得以传承和发展的精神契机。欲实现中华民族的伟大复兴，必先培育中华民族的文化精神；由此，我们深知现代中国出版人的职责所在，以我之不懈努力，做一代又一代中国人的文化脊梁。

上海世纪出版集团
世纪人文系列丛书编辑委员会
2005年1月

古多尔的精神之旅

献给万妮、朱迪和我们这个美好家庭里的所有成员

永远铭记丹妮、德里克、路易斯、「拉斯蒂」和「灰胡子戴维」

此照片系保科道雄访问贡贝时所摄。 他本打算搞一个广泛的照片研究，可惜还没能如愿，就在俄罗斯为熊所害。

目录

有一段时间，在中国中央电视台播出的《动物世界》片头中，总有个女科学家的画面一闪而过。当时我并不知道那就是研究黑猩猩的著名科学家简·古多尔博士。直到拿起这本书的原著，准备着手翻译的时候，我才发现书上的照片和电视屏幕上出现过的形象原来是同一个人——简·古多尔。

简·古多尔博士所著的《古多尔的精神之旅》是一部对自己的过去、现在和未来进行深入思考的"精神自传"。虽然这本自传体的回忆录算不上是洋洋大观的鸿篇巨制，没有政坛人物回忆录中那些风云变幻、波澜壮阔的场面，没有明星大腕回忆录中那些七拼八凑、有时近乎无聊的趣闻轶事，也没有商界巨头回忆录中那些惊心动魄的升降沉浮和尔虞我诈的人际关系，但它却展现了这位女性不平凡的人生道路和她个人在精神上的漫漫旅途，它的字里行间充满了一个科学家孜孜不倦的执著追求和感人至深的奉献精神，同时还有如同她自己所说的"深深触及灵魂的"痛苦思考。

从小就酷爱大自然、对各种小生命充满好奇心的简·古多尔，后来成了在坦桑尼亚贡贝自然保护区观察、研究黑猩猩的专家。她在贡贝所进行的研究取得了科学上的重要突破——她发现黑猩猩会制作和使用简单的工具！这个发现永远改变了科学对"人类"所下的定义，制造和利用工具已经不再是人类区别于其他动物的标志。 古多尔博士也因此出了名。 可是当年她还相当年轻，离开舒适的城市生活，自愿到与文明世界几乎隔绝的非洲森林中，长时间地孤身一人对黑猩猩进行观察。 谁能想象，这样的观察要耐得住多大的寂寞，要付出多少的心血！这是科学家身上的可贵品质！这也是取得科学成就所必须具备的品质！当然，从书中我们也不难发现，她对人生的观察和理解并不亚于她对森林中黑猩猩的仔细观察和深刻理解。

简·古多尔在人生道路上虽然没有很多的坎坷，但也并非一帆风顺。 她曾经有过一段无忧无虑的幸福童年，可是这段美好时光不久就笼罩在战争的阴影中，而且很快就被战争所破坏。 她经历过第二次世界大战和战后的艰苦生活；在科学工作中她受到过恶毒的谣言中伤；在非洲工作的时候，她经历过恐怖分子劫持人质的事件；她也像常人一样经受过失去亲人的痛苦。 但她对人生却始终充满了信心和希望，始终有自己的目的和追求。 她的爱心同样催人泪下。她不仅热爱生活，热爱自己的亲人，还热爱大自然，热爱大自然中的动物。 她看到人类破坏环境，看到一个充满种种不公、物欲横流、种族屠杀的世界之后，感到痛心疾首。 她提出了自己对解决这些危险的独到见解，同时也讴歌了为地球的新生而奋斗的人们。 这些人就是她所说的"希望的理由"。 现在，简·古多尔成了动物和环境保护方面的旗手，为保护我们的地球和地球上的环境在不停地奔波，在不懈地奋斗。

《古多尔的精神之旅》是一本题材严肃的书，它所折射的是作者的人生轨迹，它所反映的是半个世纪以来在黑猩猩研究工作上的成就以及科学研究工作的艰辛。 书中的情节和文字描述都比较精彩，其可读性远非一些粗制滥造的书籍可比，而其发人深省之处，则能给读者以很大的启迪、教益和激励。

但是，毕竟简·古多尔是在西方文化的熏陶下成长起来的，她有着自己的信仰，有自己心目中的上帝——这也是她的精神寄托之所在。 正因为如此，她对一些问题的看法不可避免地要受到她自己世界观的支配和文化背景的影响。 有些观点未必是我们应当接受或者能够接受的。 读者在阅读本书的时候，一定能够作出自己的判断。

为了帮助读者更好地了解这本书中所涉及到的一些西方文化知识方面的内容，中文译本中作了必要的背景注释，但愿这不是画蛇添足。 在翻译过程中，我曾给作者发过电子邮件，向她请教了几个词典和工具书上查不到的难点问题，结果得到了满意的解答，在此我谨向作者表示诚挚的谢意。

由于本人的水平所限，译文中可能会有一些疏漏和错误。 希望读者，特别是有关方面的专家学者，能不吝赐教，给予批评指正。

译　者

在言归正传之前，我要对在我的人生旅途上帮助过我的数以百计的人表达由衷的感谢。 小时候，我和妹妹朱迪每天晚上都要听故事。 有一个故事我非常喜欢：有一次，鸟儿们决定进行一场比赛，看谁飞得最高。 当然了，雄鹰信心十足，认为桂冠非己莫属。 他悠悠展翅，慢慢飞起来。 他飞呀飞呀，越飞越高，渐渐超过了其他所有的鸟儿，到最后，他自己也飞不上去了。 可是，就在这个时候，躲在雄鹰背上羽毛里的一只小鹪鹩突然振翅飞起，夺取了桂冠。

这是何等美妙的类比啊！因为我也是骑在雄鹰背上的——这只雄鹰的羽毛，就是那数以百计的帮助过我的人：我的保育员、学校的老师和朋友、在贡贝的学生和野外考察队队员、简·古多尔研究所的董事会成员及所里的工作人员，还有我在世界各地的所有好朋友。

在我困难的时候，人们向我伸出援助之手，给我以安慰和鼓励，给我以激励，帮助我找到继续前进的动力。 其中有许多人，我还不知道他们的姓名，也不认识他们的面孔。 一个人的态度会因为听到或者从书上看到一段话而改变。 帮助我达到这一时空高度的，是成百上千，不，应该说是成千上万的人们。 此外还有那些动物，我对它们充满了感激之情。 我真希望能说出这些年来给我以莫大帮助的所有人的名字。

我所做的一切都离不开我那可爱的家：我的外婆丹妮、妹妹朱迪、还有我那可敬的母亲。我母亲万妮从一开始就陪伴我，帮助我，安慰我，鼓励我不断作出新的努力。

我要感谢为本书的出版起了特殊作用的人们：感谢菲利普·伯曼所提出的有益见解和所付出的艰辛劳动；感谢我们的编辑杰米·拉布的耐心和理解；感谢我们的代理人乔纳森·拉齐尔的智慧和宝贵建议；感谢凯瑟琳·阿伦和她在明尼阿波利斯电台的工作人员；感谢缅因州汤姆公司那些慷慨的人们，没有他们的辛勤劳动，基于这本书的电视节目就难以与观众见面。

雄鹰身上有无数羽毛。当然，我认为我骑的这只雄鹰是承载我们大家的伟大精神力量的象征。在我们的事业和我们的决心面临考验的时候，它支持了我们。在最困难的时候，只要我们愿意，就可以从中汲取力量，获得新的动力。只要我们有这个信念。只要我们向它提出请求。

许多年前，也就是 1974 年春，我游览了巴黎圣母院。当时游人不多，大教堂里肃穆恬静。硕大的圆花窗在早晨阳光的照射下熠熠生辉。我默默看在眼里，心中暗暗称奇。突然，教堂里响起风琴声：是教堂一隅在举行婚礼，演奏的乐曲是巴赫的《D 小调托卡塔与赋格》。乐曲开头的主题曲，我一直比较喜欢。这美妙乐曲在教堂巨大的空间里回荡，仿佛充满了生机和活力，仿佛进入并占据了我的整个心灵。

一时之下，我突然感受到一种永恒。它也许是我体验最深的如痴如醉状态，一种对神秘世界的陶醉。高高耸立的大教堂；教堂建设者们的集体灵感和信念；巴赫的出现；他那把真理变成音乐的大脑；能理解那无法解释的进化进程的大脑——当时的我就能理解——这一切都起始于原始尘埃的偶然旋转，这叫我怎么能相信呢？既然我不能相信这是偶然的结果，那我就得承认反偶然。我必须承认宇宙中存在一种引导力量——换句话说，我必须相信上帝。

作为一名科学家，我所受到的教育是，要进行逻辑的、经验的思维，而不是直觉的、精神的思维。就我所知，我 60 年代初在剑桥上大学的时候，在动物学系工作和学习的大多数师生都是不可知论者，甚至是无神论者。那些信上帝的人都秘而不宣，不让同伴们知道。

所幸的是，我上剑桥大学时已 27 岁，信仰已经形成，所以没受当时各种思想的影响。我信仰基督教，相信神的力量，我将其称之为上帝。随着年龄的增长，随着对各种信仰的接触，我逐渐认识到上帝只有一个，不过人们使用的名称不同罢了：真主、道、造物主等等。在我看，上帝是我们借以"生存、活动和修身养性的伟大精神"。在人生道路上，我的信仰动摇过，对上帝的存在怀疑、甚至否认过。对如何摆脱人类给自己和地球上其他生物所造成的诸多环境和社会问题，我也曾绝望过。人类为什么有那么大的破坏性？为什么那么自私和贪婪？为什么有时候还那么邪恶？每到这时候，我就觉得地球上出现生命并无重要意义可言。如果没有什么意义，那岂不正如纽约一个愤世嫉俗的光头仔说的，人类只是一个"进化的东西"呢？

不过，我产生怀疑的时候相对较少，情况也各不相同——比如，我第二个丈夫死于癌症的时候；在布隆迪那样的小国爆发种族仇恨的时候（我听说发生了残酷的折磨和大规模屠杀，这就使我想起惨绝人寰的纳粹大屠杀中令人发指的种种罪行）；我们在坦桑尼亚贡贝国家公园进行研究工作的 4 名学生被绑票并遭勒索赎金的时候。每到这种时候，我就问自己：面对如此可怕的苦难、如此深重的仇恨、如此巨大的破坏，我怎么能相信什么命运天定呢？可是我终究摆脱了这些怀疑，而且大多数情况下，我对未来还是乐观的。然而，如今很多人已经失去了对上帝、对人类命运所抱的信念和希望。

1986 年以来，我几乎一直在四处奔波。我这样做是为简·古多尔研究所的环境和教育项目募集资金，并与尽可能多的人共享我感悟到的一个重要信息。这个信息涉及到人类的本性以及人类与在这个星球上生活的其他动物的关系。这是希望的信息——对地球上未来生命的希望。这些奔波令人精疲力竭。比如我最近在北美为时 7 个星期的旅行就很典型。我总共到了 27 座城市，上下 32 次飞机（而且在飞机上还要处理大量积压的文字工作），做了71场学术报告，直接听众达32 500人。此外，我还接受了170次媒体采访，参加了许多业务会议、午宴、晚宴——甚至还有早餐宴。我其他所有外出讲学的日程安排也几乎都这么密集。

在我的行程中，有一件事成了我与他人愉快交往的障碍。这个令人尴尬、莫名其妙的障碍，在医学上称之为"面容失认症"，用普通语言来解释，就是识别面孔的能力较差。我一度认为这是思想懒惰造成的，于是就尽量去记我见过的那些人的面孔，为的是下次再见到他们的时候能把他们认出来。那些具有明显外形特征的人，比如面部骨骼与众不同、长着鹰钩鼻子、相貌特别俊或者特别丑的，都不难辨认。不幸的是，对其他面孔，我就认不出来了。我知道，有时候如果我没有立即认出某个人，他就会感到恼火，我自己感到恼火自不消说。由于感到很尴尬，我就只好暗暗恨自己。

最近我跟一个朋友交谈时偶然发现，他也有跟我一样的问题。我简直不敢相信。后来我发现我妹妹朱迪也有过类似的尴尬。也许其他人也有过。我给著名神经科大夫奥利弗·萨克斯博士写信，问他是否听说过这种与众不同的情况。他岂止听说过——他本人也是如此！他的情况比我还厉害。他给我寄来一篇克里斯廷·坦普尔的文章，标题是"发展式记忆损伤：面孔和图案"。

虽然我知道自己不必感到内疚，但仍然不知道该如何应付——我总不能见到一个人就跟他解释说，下次再见到他的时候，我也许压根儿就认不出他了！也许我应当这么做？这是很没面子的事，因为多数人会以为我这是故意替自己找借口，显然是根本没把他们放在眼里——所以他们感情上受了伤害。我只好尽力而为——通常是假装个个都认识！虽然这样也有很尴尬的时候，但总比那样好。

人们（无论我认识与否！）总是问我的精力是从哪儿来的。他们总是说我显得非常平静。他们想知道的是：我怎么能这么平静？我沉思吗？我信教吗？我祈祷吗？他们问得最多的还是：面对环境遭到如此的破坏，人类遭受如此的苦难，面对人口太多，消费过头，污染、毁林、沙漠化、贫穷、饥荒、残酷、仇恨、贪婪、暴力、战争，我怎么还这么乐观？她是不是真的相信自己所说的？他们似乎在怀疑。她的内心深处究竟是怎么想的？她对人生有什么看法？她的乐观、她的希望里有什么秘密？

我写此书就是想回答这些问题，因为我的回答也许对人们有所助益。这就需要我对生活中许多不堪回首、想来痛心的往事进行大量触及心灵、重新认识的反思。但我还是尽量实事求是地去写，否则还有什么必要动笔呢？作为读者，如果你走在自己独特的人生道路上的时候，发现我的思想和信念的某些方面对你还有所帮助，那我的一番劳动就没有白费。

古多尔的精神之旅

18个月时，与朱比利合影。

第一章

童 年 生 活

这个故事所讲述的是一段旅途，是在这个世界上度过 65 个寒暑的旅途：我的人生旅途。 传统的讲故事总是要有个开头。 可是，哪儿是我的开头呢？ 是不是可爱而丑陋的我降生在伦敦一家医院的那一时刻？ 是不是我呱呱落地发出第一声啼哭的那一时刻？ ——那是我被迫从子宫里来到这个世界时，因痛苦和尊严所发出的呐喊。 抑或还要更早一些，从一个游动小精虫(数百万个精虫之一)钻进小小的卵子开始的那一时刻？ ——从生物学角度来说，一个受精卵在那黑暗潮湿的秘密地方逐渐奇迹般地变成了婴儿。 其实这些都不是开头，因为我父母遗传给我的基因是很久很久以前就创造出来了。 我所继承的许多特征，都是我小时候生活在我周围的人和我周围发生的事所铸就的：我父母的个性特征和地位，我所出生的国家，我所成长的年代。 所以，是不是应当从我的父母的那个时代，从 20 世纪 30 年代影响了欧洲的历史和社会、造就了希特勒、丘吉尔和斯大林的那些事件讲起呢? 抑或我们应当从类人猿所生出的第一个真正的人讲起? 或者从第一个热血哺乳动物讲起? 也许我们应当再倒回许多许多年, 从那个我们现在还一无所知的混沌时期讲起——因为由于神的意志或者宇宙事件的作用, 那个时期地球上第一次出现了生命? 我的故事可以从那里开始, 循着生命形成的奇妙轨迹娓娓道来: 从变形虫讲到猿, 再讲到能够沉思上帝是否存在的大脑, 从而极力理解地球上和其他星球上的生命存在的意义。

不过, 我可不想这样深入地讨论进化问题, 我只是从自己的角度略为谈一谈。 从我踏上坦桑尼亚的塞伦盖蒂平原, 手上拿着古生物骨骼化石的时候起, 讲到我凝视大猩猩的眼睛, 看见一个有思维、有推断能力的生灵在朝我看的时候为止。 你也许不相信进化论, 那也没关系。 人类如何变成如今这个样子的问题固然重要, 但人类应当如何才能走出由自己造成的乱糟糟局面的问题则重要得多。 大脑固然能沉思上帝是否存在的问题, 但它能不能对我们这个世界上的其他生命形式进行表述呢? 我们人类的责任是什么? 我们人类的最终命运又是什么? 而我只要从 1934 年 4 月 3 日我呱呱坠地, 呼吸第一口空气的时候说起就行了。

我一生中所遇到的许多人, 所涉及到的许多事, 都曾对我产生过巨大的影响, 使我战胜困难, 使我充满喜悦, 使我深陷悲痛, 教我笑面人生, 特别是笑面自己——换句话说, 我的生活经历以及与我共享过这些经历的人们都是我的老师。 有时候, 我感到自己是一块身不由己的漂浮物, 忽而陷于一潭平静的死水, 我的存在无人知晓, 也无人注意; 忽而被冲进无情的大海, 任凭风吹浪打; 而有时又像被一股莫名其妙的强大潜流裹挟着带向无底的深渊。 可是, 回顾我的一生, 回顾一生中的起伏沉浮、酸甜苦辣, 我觉得自己是在按某种既定的大计划在行动——当然, 许多时候我无疑又走在既定的路线之外。不过, 我却从来没有真正地迷失过方向。 在我看来, 这块小小的漂浮物是被一股看不见的、无形的风轻轻地推上或者猛烈地冲上了一条非常特别的航道。这个小小的漂浮物，在当时是我，在现在依然也还是我。

毫无疑问，我所受到的教育、我所出生的家庭、我孩提时期所接触的周围世界，造就了我现在这样一个人。我和妹妹朱迪(比我小4岁)都是在渗透着基督教伦理的环境中长大的。我们家里的人从来没有向我们灌输过宗教，也从来没有强迫我们去教堂，我们也从来不在餐前祈祷(在学校的时候例外)。不过，家里人希望我们晚上跪在床前的地板上做祷告。我们很小的时候就受到了价值观的教育，懂得诸如勇敢、诚实、仁爱、忍耐的重要性。

跟伴随着电视和电脑游戏时代之前的大多数孩子一样，我很喜欢户外活动，喜欢在花园里一些隐秘的地方玩，学习有关大自然的知识。我对生物的喜爱受到大人的鼓励。我很小的时候，就产生了那种奇妙、敬畏的感觉，并逐渐达到精神上的悟性。我们的家境并不富裕，而且金钱也并不那么重要。我们买不起汽车，甚至自行车也买不起，更没有钱到国外去豪华度假——但我们吃得饱、穿得暖，家里充满了爱、充满了笑声和欢乐。我的童年生活的确非常美好：因为每一个便士都是算着花的，像买一块冰淇淋、坐一次火车、看一场电影这样的额外消费都是一次享受，都使我激动不已，久久不能忘怀。我想，要是每个人都能有这样的童年，都能有这样一个家，那该多好！整个世界将会迥然不同！

在回顾这65年的人生时，我发现一切都是那样的明明白白。我母亲万妮不仅不干涉我对大自然和动物的喜爱，而且还鼓励我。更重要的是，她还教导我要相信自己。现在看来，这就很自然地导致我1957年神话般地应邀前往非洲，在那里遇到路易斯·利基博士，并经他指点踏上去贡贝研究大猩猩的旅程。我确实非常幸运——尽管我母亲总是说，幸运只是部分原因。她像她的母亲一样，历来相信成功来自决心和奋斗，"受制于人的问题……根源不在我们的星象上，而在我们自身"。我当然相信这一点。尽管我一生勤奋工作——因为，只要有可能，谁愿意"受制于人"呢？——但我必须承认，"星象"似乎也起了作用。毕竟，(就我所知)我并没有为诞生在我们这样一个美好的家庭作出过任何努力。再就是，我刚满1周岁的时候，父亲(莫蒂默·"莫特"·古多尔)买给我的礼物朱比利。朱比利是一个很大的绒布大猩猩玩具娃娃，是为了庆祝在伦敦动物园诞生的第一个大猩猩朱比利而设计的。我母亲的朋友们见到这个玩具都很担心，怕我被吓着，会做恶梦。可是朱比利立即成了我最珍爱的玩具，我孩提时期的所有历险都有它的伴随。直到如今，老朱比利依然和我在一起。由于我的爱抚，它身上的绒毛已经所剩无几。它的大部分时间是在英格兰，在我小时候的卧室里度过的。

对各种各样的动物，我都非常喜欢。可是我出生在伦敦的中心区，能见到的动物只有小狗、小猫、麻雀和鸽子，再有就是一些昆虫——在我们住处有小猫戏耍的小花园里。后来我们搬到市郊的一幢房子，当工程师的父亲每天来回乘车上下班。即使如此，我接触到的大自然不过是人行道、房子和精细管理的花园而已。

我母亲今年已经94岁高龄。她总是喜欢讲述我小时候如何迷恋动物、关心动物的故事。她最喜欢提的一件事就是：我1岁半的时候，从我们家的花园里捡了一把蚯蚓，把它们带到床上跟我一起睡觉。

"简，"她看着那些蠕动的蚯蚓说，"如果你把它们放在这里，它们就会死掉的。它们离不开泥土。"

于是，我赶紧把蚯蚓弄到一起，迈开踉跄不稳的步子把它们放回花园里。

此后不久，我们就到一个朋友家去呆了一段时间。这家人住在康沃尔郡，他家的房子离乱石嶙峋的荒凉海滩不远。我们到海滩上去玩的时候，我被潮水在沙滩上留下的小水汪和那里面的大量小生命迷住了。谁也没有注意到，我放进小篮子里带回去的海贝全都是活的。妈妈走到我的卧室，发现鲜黄色的海蜗牛爬得地板上、墙上、大衣柜后面到处都是。她解释说，这些蜗牛离开大海是会死的。听她这么一说，我变得歇斯底里起来。当时全家人都立即放下手中的事情，一起帮我找蜗牛，为的是赶快把它们送回大海。

还有一件事她也说过许多许多次，因为它表明才4岁的我就已具有一个真正博物学家的气质。万妮带我去我奶奶纳特家的农场住了些日子(我发不好"granny"的音，就喊她"丹妮" [1])。我有一项任务，就是去收母鸡下的蛋。渐渐地，我变得越来越好奇：母鸡身上什么地方有这么大的洞能把鸡蛋生下来？看来谁也没有把这个说清楚，我当时肯定是想自己去找答案，于是跟在一只母鸡后面朝小木头鸡舍里钻——当然，我这一钻，把它吓得咯咯直叫，赶紧躲开了。当时我的小脑瓜肯定是这样想的：我必须比它先到。于是我就钻进另一只鸡舍里等着，希望有一只鸡进去下蛋。我呆在里面，不声不响地躲在角上的稻草里等着。终于有一只母鸡进来了。它在我前面的稻草上扒了扒，然后就卧在这个临时营造起来的窝里。我当时肯定一动也没有动，否则它是会被惊动的。接着我看见那母鸡半蹲半立，从它两腿之间的羽毛里慢慢出现一个圆圆的白色物体。突然啪哒一声，鸡蛋掉在稻草上。那鸡得意地发出咯咯声，抖抖羽毛，用喙把蛋扒了扒，随即离开了。整个过程我记得如此清楚，这也是不可思议的。

我激动不已，随后便钻出鸡舍，跑回家里。天已快黑了——我在那个令人憋气的小鸡舍里呆了将近4个钟头，而且根本没想到家里人谁也不知道我在哪里，也不知道大家都在找我。他们甚至向警方报告说我失踪了。尽管我母亲非常焦急，仍然在到处寻找，可是当她看见女儿兴奋不已地朝大房子跑去的时候，她没有进行任何责备。她看见了我闪闪发亮的眼睛，坐下来听我讲述母鸡下蛋的故事，讲述我看见鸡蛋终于掉在地上后的奇妙感受。

---

[1] 作者小时候发不好英语中 granny(奶奶、外婆)一词的音，发成了 danny，原书中作者提到"奶奶"、"外婆"的地方使用的都是 Danny，故有此译。——译者

当然，我很幸运，能有一位通情达理的母亲，因为她培养和鼓励我对生物的热爱和对知识的渴求。更为重要的是她的思想：她的孩子始终应该孜孜以求，努力奋斗。有时候我在想，如果我生长在一个管束严格得几乎不近情理、从而扼杀孩子进取心的家庭，那我将会是个什么样子呢？假如我生长在一个没有规矩、没有管束的家庭，处于过分放纵的气氛之中，那又将如何？母亲很清楚管束孩子的重要性，可是对不允许做的事情，她总要解释为什么。最重要的是，她力求做到公平合理，而且一贯如此。

我5岁那年，妹妹朱迪才1岁。父亲希望我们长大后能说一口流利的法语，于是就带着全家去了法国。可是这个愿望没有实现，因为我们才到没几个月，希特勒就占领了捷克斯洛伐克——这一行径后来导致第二次世界大战的爆发。我们决定搬回英国去住。由于我们在伦敦附近的住房已经卖掉，所以我们就搬到纳特奶奶的农场去住。我父亲就是在农场上的老宅里长大的。那老宅坐落在肯特郡的乡间，是一幢灰色石建筑，四周田野上放牧着牛羊。我特别喜欢在那儿度过的那段时光。老宅的地基附近原本是座城堡的遗址，是亨利八世金屋藏娇的地方，现在只是一片杂乱的灰色石块，成了蜘蛛和蝙蝠出没的场所。老宅里面总是隐隐约约有一股油灯味，由于没有电，那些油灯每天晚上都点。即使是现在，已经60多年过去了，这油灯味总是使我回想起那些奇妙的日子。但是，那样的日子没有过多久。战争的恐惧日益逼近，母亲知道一旦仗打起来，父亲就会去当兵，于是带着我和妹妹朱迪到伯恩茅斯，住在外婆家。那幢叫白桦山庄的房子建于1872年，是维多利亚式的红砖建筑。

1939年9月3日，事情终于发生了：英国向德国宣战。我当时才5岁半，可是时至今日，我对那件事还记忆犹新。我们一家人聚集在客厅里，气氛非常紧张，大家都在收听无线电广播的新闻。宣战的消息发布之后，客厅里鸦雀无声。当然，我并不理解发生了什么事情，但是，那一片沉寂，那大难临头的感觉使人毛骨悚然。即使是现在，事情已经过了半个世纪，每当我听见BBC广播开始之前大笨钟的报时信号，我都不免有些心惊肉跳。

果然不出所料，父亲立刻参了军。于是离英吉利海峡只有几分钟路的白桦山庄就成了我的家。我后来的童年和青少年时期，就是在英格兰南方海岸边度过的。只要回到英格兰，我仍然把这幢特别可爱的房子当成我的家，当成我的落脚点。此时此刻，我正在这里写这本书。

住在白桦山庄的大家庭中，我的外婆(我仍然发不好"granny"的音，还是喊她"丹妮")是当然的一家之长。她体魄健壮、意志坚强，是个严于律己、具有维多利亚女王风范的人。她把我们管得服服帖帖，可是她的心却能包容这个世界上所有饥饿的儿童。她丈夫是威尔士人，曾经当过基督教公理会的牧师，在我出生之前就去世了。他生前也是个满腹经纶的学者，拿到过加的夫、牛津和耶鲁三所大学的学位。外婆比他多活了30多年，一直珍藏着他的信件，把它们用红缎带捆在一起，睡觉之前经常把那些信拿出来看一看。她告诉我们，她每天晚上躺在床上，未曾入睡之前，总要想想一生中得到的好处。此外，她从来不生着闷气去睡觉。那么多人住在一起，难免有些磕磕碰碰的——有些小矛盾应当在睡觉前解决掉。她有一句口头禅："别记隔夜仇。"时至今日，每当我跟某个朋友拌嘴的时候，耳边就会响起她的声音："如果没等你跟人家言归于好或者向人家表示歉意，他(她)就死了，那你就该抱憾终生了！"我想这也就是为什么沃尔特·德拉·梅尔[1]的话是那样的语重心长："每时每刻都想一想周围美好的事情。"

我们住在白桦山庄的时候，我母亲的两个妹妹奥尔雯(这个名字立即被我缩减成奥莉)和奥德丽(她希望别人喊她的威尔士名字格温妮

---

[1] 沃尔特·德拉·梅尔(Walter de la Mare, 1873—1956)，英国诗人和小说家，主要作品有诗集《聆听者》、《儿童故事集》，小说《归来》等。——译者

思)也住在那里。 埃里克舅舅是她们的哥哥，是伦敦一家医院的外科医生，周末的时候多半都回到白桦山庄家里来过。 战争刚刚爆发不久，我们又收住了两个单身女子。 她们也像成百上千的其他人一样，由于欧洲不断扩大的战乱和破坏而变得无家可归。 各家各户都接到通知，要他们腾出地方收容这些不幸的人们。 所以，当时的白桦山庄就成了人丁兴旺、人来人往很频繁的地方，里面什么样的人都有。 我们得学着相互和谐共处。 那里充满了温馨的气氛(即便现在也依然如此)。 白桦山庄是个独具一格的地方，尽管住了不少人，但却相安无事。 最理想的还是那个大园子，或者叫做后院，里面有许多树木，一片绿色的草坪，再有就是灌木丛里有许多秘密的地点，不用说，那是月光下仙女和精灵们居住和跳舞的地方。 我观察着筑巢的小鸟、把卵囊背着走的蜘蛛、在树木间追逐嬉戏的松鼠，我对大自然的热爱与日俱增。

我记忆中的童年总和"拉斯蒂"分不开。 "拉斯蒂"是一条很讨人喜欢、肚皮带白色的大黑狗。 它总是陪伴着我，使我对动物的天性大大了解。 在不同的时期，我养过不同的宠物，其中包括好几只猫、两只小白鼠、一只金黄色的仓鼠、各种各样的乌龟、一只甲鱼和一只叫彼得的金丝鸟。 这只鸟在一只笼子里过夜，白天则可以在房间里自由地飞来飞去。 有一段时间，我和朱迪都养了一些"赛跑"的蜗牛，我们还把号码写在它们的壳上。 我们把蜗牛养在一只没有底板的旧木箱里，箱子上面盖一块玻璃。 我们把箱子在草坪上移动，蜗牛就可以吃到蒲公英的叶子。

在园子里有一处茂密的灌木丛，灌木丛后面有一小块空地。 我和朱迪把那儿当成我们俱乐部的聚会"营地"。 我们这个俱乐部只有四个成员，除了我和朱迪之外，还有我们的好朋友萨莉和苏西·卡里。 她们每个暑假都来。 在营地上，我们放了一只旧箱子，里面有四只大杯子和一把小勺，还有些可可和茶。 我们用四块石头支起一只白铁罐，然后生起火来烧水。 有时候我们还到那里去开"夜宵"。在战争时期，几乎所有东西都是配给供应的，所以一般情况下我们最多也就吃一些从餐桌上省下来的饼干或者面包。我们所喜爱的是悄悄从房子里溜出来，看到月光笼罩下幽暗神秘的草坪和树木时那股兴奋情绪。我们所体会到的乐趣不在于能聚在一起吃一点什么东西，而在于能有一种敢于打破常规以取得某种成就的感觉。时至今日，我对吃依然没有什么讲究。

像大多数生长在幸福家庭的孩子一样，我从来没有对家里人的宗教信仰问题提出过疑问。有上帝吗？那当然。在我看来，上帝就像吹动我家后院树木的风一样实实在在地存在着。上帝以某种方式关怀着这个神奇的世界，在这个世界上有各种各样令人着迷的动物，大多数人都是那样的友好善良。在我心目中，这是个迷人的世界，是个充满欢乐和神秘的世界，我觉得自己就是这个世界的一部分。

丹妮每个星期天都要去做礼拜，每次我们当中至少有一个人要陪她去做礼拜。奥德丽做礼拜是一次不落，奥莉是唱诗班的成员。她们从来不强迫我们小孩子跟她们一起去教堂，我们也不去上星期日学校。不过，丹妮不想让我们的信仰局限在世上万物有灵的看法上。她对圣父、圣子和圣灵笃信不疑。她想让朱迪和我分享她的信仰所带来的安逸。于是，她就尽量想用基督教教义中的道德和智慧影响我们的人生。她要我们遵循的规则是"十戒"中比较简单的内容。她有时还引用《圣经》中的一段话。有一段是她最喜欢的，也成了我最喜欢的一段话："你的日子如何，你的力量也必如何。"这句话帮助我渡过了一生中某些最困难的时期。不管怎么说，我们都应当找到一种力量来渡过某种不幸、磨难、或者不顺心的时候。反正我每次都能这样做。

我小的时候并不热衷于上学。我对大自然、对动物、对遥远的人迹罕至的神奇世界充满了幻想。我们家里摆了许多书架，连地板上都摆着书。每到阴冷潮湿的天气，我就蜷缩在火炉旁边的椅子上，沉浸在书本中那些神奇的世界里。当时我最喜欢的书是：《多利特尔博士的故事》、《丛林故事》，还有那妙不可言的埃德加·赖斯·巴勒斯[1]的"《人猿泰山》系列故事"。我还非常喜欢《柳树林里的风》。找到蜷缩在森林女妖潘的偶蹄夹缝中的失踪水獭之后，拉蒂和莫尔所共有的美好神奇的体会我至今仍然记忆犹新。还有一本书也使我着了迷：《在北风的背后》[2]——这本书中的故事充满了维多利亚时期的道德规范，对今天的孩子已经没有多少意义了。这本书的主人公是个穷人家的小男孩，名字叫小钻石，他们全家的生计都依靠一匹叫大钻石的拉车的马来维持。小男孩在马棚上面搭起的小阁楼里睡觉。一股刺骨的北风吹进小钻石的阁楼，接着这股风化作一个美女，时而小得像只风铃，时而大得像棵榆树。后来她带着他去看外面的世界，带到风的背后一个平静而又安全的地方，她在美丽的长发里为他建造了一个舒适的窝，好让他在里面安稳地睡觉。《在北风的背后》是那样地充满魔力，充满着神奇的魅力。它以故事的形式向我讲述了人间的苦难，以某种方式使得我对因战争而带来的真实的苦难有了思想准备。当时的欧洲大陆上，战争正在激烈地进行，而且不用多久，平静的伯恩茅斯也将感受到这场战事。

我们听到德国飞机嗡嗡声和炸弹爆炸声的时候逐渐多起来。不过我们还是很幸运的，因为炸弹落得离我们比较远，除了窗户被震得哗哗响，有些窗玻璃被震裂外，我们没有受到什么损失。我至今还记得空袭警报的呜呜声。拉警报往往是半夜，因为那是轰炸机出动的时候。我们不得不从被窝里爬起来，挤进小小的防空掩体。那个掩体就建在大房子的一间小屋子(以前曾经给女用人住过)里，至今我们还称之为"防空掩体"。那其实是个低矮的笼子，上面有钢板做

---

[1] 埃德加·赖斯·巴勒斯(Edgar Rice Burroughs, 1875—1950)，美国小说家，所写泰山故事塑造了一个传奇英雄形象，在连环画、电影、电视中广泛流传，曾被译成50多种语言，最著名的是《人猿泰山》。——译者

[2] 此书是一部著名童话小说，为苏格兰儿童文学与科幻小说家乔治·麦克唐纳(George Macdonald, 1824—1905)所著。——译者

顶，长6英尺，宽5英尺，高只有4英尺。 当时有成千上万只这样的笼子被发放给有潜在危险地区的居民。 在听到令人欣慰的"解除空袭"的信号之前，我们就得呆在那个笼子里——有时候要挤6个大人，再加上我们两个小孩。

打仗、失败和胜利消息对7岁的我来说已是家常便饭。 从报纸和电台的报道中，我知道欧洲犹太人遭到令人发指的迫害，知道希特勒纳粹政权的残暴，一些人对另一些人的惨无人道已不是捕风捉影，而是实实在在的事实。 虽然我自己的生活中依然充满了爱和安全感，但是我也逐渐地意识到，还有一个截然不同的世界，一个苦难深重的世界，一个充满痛苦、死亡和残酷的世界。 尽管我们非常幸运，离可怕的大规模轰炸还比较远，然而战争的迹象在我们的身边已是随处可见了。 我们的父亲应征入伍，到了遥远的新加坡丛林之中。 半夜里只要空袭警报一响，埃里克舅舅和奥莉姨妈就出去执行反空袭任务。 奥德丽顶替男子干起了农活。 每天晚上都要实行灯火管制。 白桦山庄外面的道路上是配备有坦克车的美国军人。 其中有个美国人变成了我们的朋友，后来他随部队开赴前线，像成千上万的其他军人一样战死在疆场。

有一次，我们真算是死里逃生。 那是战争进行到第四年的夏季，当时我和朱迪、还有我们的好朋友萨莉和苏西正在几英里之外的海滩度假。 在那儿，我们可以到沙滩上去玩(英国正准备对付德国人可能的入侵，大部分海滩都是连绵数百英里的铁丝网)。 有一天，我们几个孩子在沙滩上玩耍，我们两家孩子的母亲都坐在沙滩上。 突然，我母亲万妮决定从另外一条路返回小客栈。 那要绕很长一段路，我们因此就可能赶不上吃午饭了。 可是我母亲万妮决心已下。我们出发10分钟后，走在一片小沙丘上，这时我隐隐约约听见头顶上方的嗡嗡声，在高空有飞机正朝南方的海面飞去。 我清楚地记得，当时我一抬头，看见飞机上扔下两个黑色的东西：它们在蔚蓝蔚蓝的天空映衬下，起初看上去顶多有一支香烟大小。 如果德国轰炸机未能在指定目标上空投下炸弹，它们就经常把炸弹扔在海岸边上。因为这样一来，如果返航途中遇上我们的飞机，它们就比较安全。我记得两位母亲要我们赶快卧倒，然后用她们的身体掩护着我们。直到现在，我还能回想起炸弹落地后产生的可怕的爆炸。其中一枚炸弹把小道上炸出一个大坑——要不是我母亲万妮的预感，我们原先就正好在那个地方。

　　1945 年 5 月 7 日欧洲的战争结束时，关于纳粹死亡集中营的可怕谣传得到了证实。报纸上登载出第一批照片。当时 11 岁的我接受事物很快，想象力也很丰富。尽管家里人不想让我接触到那些令人毛骨悚然的大屠杀照片，他们却从来没有说不让我看报纸，也没有阻止过我。这些照片对我的一生产生了重大的影响。那些面部几乎毫无表情，眼窝深陷，骨瘦如柴的形象永远也无法从我的记忆中抹去。我极力去领会这些幸存者以及成千上万的死者在肉体和精神上所受到的巨大痛苦。我记得有一张照片让我不寒而栗，那上面一具具死尸堆得像座山。我根本想不到会有这样的事情发生。人性当中的所有罪恶面到了惨绝人寰的地步，仁慈、礼貌、博爱这些我心目中的道德观念，早被那些人抛到了九霄云外。我记得当时我还不大相信这种事情是真的——人怎么会对其他人犯下这样的滔天罪行呢？它使我回想起从书上看到的有关西班牙宗教法庭 [1] 和中世纪的所有酷刑。它还使我想起黑奴受到残酷虐待的悲惨遭遇(有一次我看到过一张画，上面是一排排被锁链锁在大帆船上的非洲黑人，一个凶残的监工似的家伙扬起手中的鞭子站在那里)。我第一次开始怀疑上帝的本质。如果上帝真的像大人跟我说的那么仁爱，那么万能，他为什么要让这么多无辜的人受苦受难、横遭惨死呢？纳粹的大屠杀把善与恶这样一个千百年来的老问题不容回避地摆在了我的面前。在 1945 年，这样

---

　　[1] 西班牙宗教法庭(Spanish Inquisition)，1480—1834 年的天主教法庭，以用残暴手段迫害异端著称。——译者

的问题并不是抽象的神学问题；随着令人发指的铁证不断增加，这已经成了我们必须正视的非常现实的问题。

我发现世界上的事情已不像原先那样分明，生活中充满模棱两可和相互矛盾的东西。那场大屠杀震撼了我的心灵。我发现自己必须了解纳粹和死亡集中营，于是购买了许多有关这一内容的书。为什么有的人那样心狠手辣? 在那样残酷的折磨之下，有的人是怎么熬过来的，又是怎么能活下来的? 我一生中似乎经常这样问自己。

埃里克舅舅、奥德丽、丹妮、简、奥莉和朱迪

第二章

初 涉 世 事

我 12 岁那年，父母离了婚。 万妮带着我和朱迪依然住在白桦山庄。 在漫长的战争岁月里，我只见过父亲几面，而且他每次回来休假只有一两天时间，所以对我的生活似乎没有带来什么变化。 不过，那时候我在白桦山庄已经生活了 7 年。

我在学校里学习非常用功，因为我很爱学习——至少对像英国语言、英国文学、历史、《圣经》和生物学这样的课程非常感兴趣。 放学回家后，我仍然孜孜不倦地学习。 在白桦山庄的上千本藏书中，有许多哲学书籍是我外公的收藏。 我被这些老古董迷住了。 其中有不少书是用古色古香的哥特字体印刷的。 我不但喜欢看书，而且喜欢写小故事。 此外我还写了许多诗歌，主要是关于大自然和生活的无限乐趣。 我特别喜欢周末和假期，因为这时候我可以带"拉斯蒂"出去，到海边耸立的峭壁上去漫游，去看那长满青松的沙石斜坡。 每到暮春，斜坡上荆豆花怒放，呈现一派鲜黄色，而到了夏季，那里则开满了紫红和深红色的杜鹃花。那里有许多松鼠，还有各种各样的鸟儿和昆虫。那里是自由的天地！

有些记忆是我终身难忘的。比如，早春的时候，我在海边峭壁上的石楠树丛中观察到黄鼠狼捕捉老鼠的过程。夏日的夜晚，我目睹了一只刺猬哼哼地叫着，呼哧呼哧的嗅着，向它那个浑身长刺的对象发出求偶信息。在秋季一个神奇的下午，我看见一只松鼠把采集到的山毛榉果实埋藏起来。它冬眠中定期醒来的时候，就可以用这些果实充饥。至少这是它的意图。可是，它的上方栖息着一只松鸦，每次松鼠把果实仔细藏好之后，那鸟就飞下来把果实偷走。这样反反复复达七次，而且有两次那只松鼠眼睁睁地看着东西被偷。可是它还是以同样的热情不停地重复这劳而无功的动作。有一年的1月份，我还看见雪地上有一只赤狐寻觅到兔子的踪迹，追上去，可是又没有追到的情景。

虽然我很喜欢独自跟"拉斯蒂"在一起，但我并不是个不合群的人。有时候我也跟几个女孩子一起出去玩——当时男女合校的学校很少，我上的就是一所女子学校。我们具体玩过什么游戏，我已经记不太清楚，不过那些游戏都跟峭壁和沙滩有关。我们都喜欢相互挑战，去作出一些带危险性的举动，比如攀登陡峭斜坡上方的沙石坡地。有一次险些酿成悲剧。有个女孩突然开始下滑，沙石从峭壁上滚滚地落下。她吓得怔住了。虽然下滑已停止，她却僵着不动，我们好说歹说，她才挪动开来。我们从这件事情当中得到了教训，以后就不那么冒失了。当然，这些都为后来在贡贝的工作练就了本领，不过在当时我还不知道罢了。

大多数的星期六，我都到当地一所骑术学校去。它的主人是个很能干的女人，叫塞莉娜·布什，人们俗称她布谢尔。万妮没那么多钱让我每星期都能有马骑，所以我就帮助擦洗马鞍和笼头，清扫马粪，在农场上干点活。我干活很卖力，热情很高，所以经常能得到免费骑马的奖励。布谢尔家的马大多数是体型矮小、吃苦耐劳的新福里斯特马，是从附近森林里的野生马群中作为不合格的马被挑出来的。我骑马的本领就是骑在它们身上学会的。有一天我得到允许，骑上了一匹表演的马，心里真有说不出的高兴。有的时候我还参加当地运动会的骑马越障比赛。接着我又得到一次去参加狩猎的机会。猎狐狸。太有趣了！这意味着我可以像猎手一样穿上"粉红色"(其实就是红色)上衣。这意味着要纵马跃过高高的篱笆和栅栏，还有狩猎的号角声。更重要的是，布谢尔显然认为我的骑术足以对付这样的挑战。我决心不辜负她的期望。

我开始时还没有考虑到狐狸。经过3个小时的纵马驰骋，我看见了一只浑身湿透、精疲力竭的狐狸，接着那些猎犬一拥而上将它捉住，把它撕得粉碎。顷刻间，我的激动情绪荡然无存。我怎么能参加这样一种残酷、可怕的活动呢？这么多的成年人，骑马的骑马，坐车的坐车，骑车的骑车，带着一群汪汪直叫的狗去追逐一只可怜的小狐狸。我记得那天晚上我躺在床上难以入眠，心里一直想着小时候在峭壁上看见的那只狐狸，还有狩猎中看见的那只狐狸——那只可怜的受害者。当然峭壁上的那只狐狸也在狩猎，但它那是在猎食，不是在消遣。

那次狩猎使我思绪万千。我是个喜爱动物的人，可是当时竟然想参加那样的活动，现在看来似乎不可思议。假如我根本没看见那只可怜的狐狸，下一次是不是还会去呢？假如我们一直住在乡下，自己家里就有马，从小家里人就要我去打猎呢？在长大成人的过程中，我会不会认为这种事未必不能干？我会不会一而再、再而三地去猎狐，看着它们遭受劫难而无动于衷，因为"恻隐之心皆被残暴所窒息"？难道这件事就是这样发生的吗？是不是我们的朋友怎么做，我们就怎么做，因为我们想成为群体中的一员，想得到他们的认可？当然，始终存在着一些意志坚强的人，他们敢于坚持信念，敢于反对被群体接受的行为准则。不过，不适当或不道德的行为往往会因局外人的影响而改变，因为这些人的背景不同、看问题的角度不同。所幸的是，我没有经受过这样的检验。与我们家交往的朋友多半是土地所有者，不是狩猎群体中的人。我脱离这种活动不会引起别人的非议。可是我很喜欢骑马。多年之后，我在肯尼亚又参加了一次狩猎活动，这使我愧疚不已。

我上学的那些年里，有很多时间是在园子里度过的。我经常把家庭作业拿到我们那间小小的夏季木屋里去做，甚至拿到我心爱的山毛榉树上去做。我非常喜欢那棵树——我恳请外婆在立遗嘱的时候，专门签一份文件，把那棵树留给我。在那棵离地面很高的树上，每当大风把四周的树叶吹得飒飒作响，人随着树一起晃动的时候，我就感到自己与那棵树的生命融合起来。在树上听见的鸟鸣声也不一样——清晰得多，也响亮得多。有时候我把脸贴在树干上，似乎可以感受到树液——山毛榉树的血液——在那粗糙的树皮下流淌。我经常在那棵树上看书，因为那是我自己的世界，一个被树叶包围的世界。我想我在那个离地面大约 30 英尺的地方读完了所有"《人猿泰山》系列故事"的小说。我特别喜欢那个丛林大王，非常羡慕他的朋友简。正是由于对人猿泰山丛林生活的美好向往，我才下决心到非洲去，去和野生动物生活在一起，去写关于它们的书。

有时候我到那棵树上去，只是为了找个清静的环境，好认真思考问题。可怕的战争岁月、希特勒的大屠杀、投放原子弹，都对我产生了很深的影响。由于这些罪恶，我无法相信有什么十全十美、无所不能的上帝存在，于是我把宗教信仰赶出了自己的头脑。我发现大自然给我心灵的营养比星期天去教堂(我去得越来越少了)所得到的要多。可是，事情突然发生了变化。里士满希尔教区的公理会教堂来了个新牧师——神学博士特雷弗·戴维斯。他才智过人，他的布道令人信服、发人深省。他总是用最简明的语言来表述。他的威尔士口音中带有音乐般的韵律，我连听几个小时也不烦。我深深地爱上了他。我 15 岁，这在当时依然是孩子的年龄。尽管我与心目中的恋人有过各种浪漫的神游，但却没有身体的接触。这虽然是柏拉图式的爱，但却不乏爱的激情。 我以极大的热情投入到生活中的这一新阶段。 突然之间，我不需要任何人来鼓励我去教堂了——不过我不大喜欢那些宗教仪式。 为了度过两个星期天之间那苍白的 6 天，我晚上总要找借口漫步到牧师住宅区去，从他那亮着灯的书房窗户边走过，如果运气好，还能看见他的头顶，他一定是在写布道词——至少那是我想象他正在干的事情。

特雷弗拿了好几个神学学位，所以我决定了解一点自己心上人所感兴趣的东西。 我再次把外公的一些书翻出来，开始吃力地研读柏拉图、苏格拉底和其他哲学家的著作。 当然，重要的是，要让特雷弗知道我正在干什么。 于是，我就常常去敲牧师住宅的门，去征求他的建议，跟他借一两本书来看看。 只要他认为适合我看的书，我就迫不及待地接过来，欣喜若狂地把它拿回去看。 其中有一本是关于先验论的哲学著作。 书中说道，在你的思想之外，不存在任何东西，也没有任何东西是真实的。 椅子、桌子、树木、其他人：没有办法能够证明有物质实体的存在；因此我们应当认为它们不存在。 这种说法在 16 岁的我看来非常荒唐，于是，我立即就这个主题写了一首幽默小诗，在还书时候，把这首诗抄了一份夹在书里给了他。 使我感到非常失望的是，他从来没有提起过这件事——也许他根本就没有打开书看一看。

荒 唐 的 回 味

(休谟哲学读后感)

如果你拿起一只橘子
把它抓在手里，
其实它并不在你手里——
这是我的哲理。
先验论者能向你证明，
你虽明知它的存在，

但那只是一种感觉
在你意识中的存在。
视觉触觉味觉听觉
他统统都称为感觉。
这些感觉虽然你有，
可是水果它却没有。
"吃掉它。"他对你说。
"这又是你的感觉。"
(他说它并不存在，
吃下它岂非是徒劳!)
你认为那是无稽之谈，
于是你坚持己见，
告诉他物质的存在
实在是毋庸置疑。

"它看不见、摸不着、听不到，
所以你无法知道。
如果真理永远无法证实，
为何还认定它的存在?"
作出如此答复之后，
也许他还会宣称
你也只不过是他的感觉，
所以你不可能存在。
"我和你一样存在。"你大声说——
他必须正视这一事实。
可是他坚持认为他自己的存在
也不是那么实实在在。
所以你说的任何存在

先验论者都认为不存在，

因此我只好就此搁笔，

因为我不可能存在。

谁也看不到这些诗句，

因为谁也不可能存在。

　　我在白桦山庄这一段生活中平添了许多乐趣。大家肆无忌惮地取笑我——我们经常相互瞎闹着取笑。我很喜欢这种取笑，而且是个活跃分子。每次做完礼拜，只要特雷弗握过我的手，我就不想洗手了。有一次，他的布道讲了"第二里"[1]，其后的一个多星期，我把每件事情都做了两遍。我取煤的时候，不是拎一桶，而是拎两桶。沏茶要沏两壶。跟每个人说"晚安"要说两遍。甚至洗澡也要先洗一遍，接着再洗一遍。这一来弄得家里人挺恼火——尤其是埃里克舅舅，因为他总是一本正经，从不介入我们的瞎闹。

　　毫无疑问，特雷弗对我的生活产生了重大影响。我听他布道的时候，觉得他把基督教讲活了，我再次让上帝和宗教思想渗透到我的生活之中。我感到自己跟主耶稣非常贴近，而且经常向他祈祷。我觉得我想做的事情，他不仅知道，而且特别关心。拿撒勒人耶稣[2]、上帝的羔羊、世界的福祉、好牧人、弥赛亚(救世主)。还有上帝的孩子。这是什么意思？主耶稣一遍遍地亲口说过，我们都是上帝的儿女。我认为，即便是在当时，我对这句话的意思也隐隐约约知道一些。他教导我们要敞开我们的心扉去接受圣灵的力量。他告诉我们，对那些念念不忘物质财富的人，对那些想得到世上的权力和财富的人来说，这是很难做到的。而我对这些东西素无所求。所以在充满激情的青少年时期，我就让圣灵悄悄地进入了我的心灵：

────────

　　[1] "第二里"(the second mile)，源自《圣经》。意为"过分的善行，或超过本分要求的慈善或仁慈行为"。——译者

　　[2] 拿撒勒，在今巴勒斯坦。——译者

在教堂里聆听特雷弗讲经布道，看着他身后主耶稣怀抱羔羊的美丽油画的时候；坐在高高的山毛榉树上，耳听被风吹得飒飒响的树叶，离鸟儿很近的时候；躺在自己的床上，看着那张我心爱的图画的时候——画上画的是善良的牧羊人冒着生命危险，从一个陡峭的悬崖上伸手去救一只身陷绝境的羊。 是的，我相信耶稣。 而且我也相信奇迹，因为我认为人类的大脑中蕴藏着巨大的力量。 我深信，如果耶稣在世时我认识他，我的病就会痊愈(如果我生了病的话)，因为我从内心里相信他具有治愈我的疾病的力量。 能够产生奇迹的，正是这种绝对的、毋庸置疑的信念。 不过，我在当时还无法对这一信念加以验证，因为我没有病，没有真正的病倒。

16岁的我对耶稣产生了强烈的爱。 我相信他就在身边，而且耶稣蒙难十字架和他在客西马尼园 [1] 遭受精神折磨的情景经常萦绕在我脑际。 记得有一次适逢耶稣蒙难纪念日，我漫步在伯恩茅斯市中心，看见有人在打网球。 我感到不可思议：在耶稣蒙难纪念日，这些人怎么还打网球呢？ 我当时的思想里没有丝毫的虚伪。 我真的很生气，我感到心里很难过，而且我相信耶稣也会难过的。 我觉得他们大多数人都是基督教徒，应当明白这个道理。

我当时心里所想的就是耶稣受到的折磨。 我有没有坚强的意志力来忍受耶稣和其他烈士所蒙受的痛苦和折磨？我在战争中将怎样面对折磨？在面对铁钉穿透肌肤、严刑拷打、被送上拉肢架的时候，为保护我所热爱的人，保护我这个群体里的人，我能不能做到宁死也不吐半个字呢？我想我受不了那种折磨，对此我会持续几个钟头感到痛苦。 我会不会为我所信仰的事业献出生命呢？当然，我无法知道。 埃莉诺·罗斯福夫人 [2] 说过的一句话很耐人回味：人就像一袋茶

---

[1] 客西马尼园(the Garden of Gethsemane)，耶路撒冷附近的一座花园，基督教《圣经》中耶稣蒙难的地方，后被用于比喻使人饱受精神折磨的地方。 ——译者

[2] 埃莉诺·罗斯福夫人(Eleanor Roosevelt, 1884—1962)，是美国第32任总统富兰克林·罗斯福的夫人，社会活动家。 ——译者

叶，只有放进开水泡，才知道茶好不好。

从我当时所写的一首长篇叙事诗中，就能看出我心灵上的痛苦。仅以下面几行诗句为例：

撕去眼睑的眼睛充满恐惧，

无助地看着通红的烙铁

慢慢地钻进渗血的肌肤，

条条纤维都在紧张地等待

等待那非常可怕的结局，

随着通红烙铁的深深嵌入

是怒不可遏的咝咝声

和撕肝裂肺的呼号声。

这是我心目中的地狱：

我的灵魂已经收缩，

我已成了一个躯壳，

即便这是命中注定，

也要活到最后时刻。

有时候我也幻想着要成为烈士。关于斯大林，我们听到了许多。我认为自己会去支持前苏联的基督教徒，去组织秘密的宗教团体，去帮助信仰的火焰得以继续燃烧。当然，共产党会因我的信仰而注意到我。我把自己想象成因信仰而经受折磨的英雄，这使得我不再为现实中的我会如何表现而烦恼。这样的遐想部分反映了我对待世上残暴和罪恶、痛苦和磨难、勇气、理想主义、信仰的态度。

也正是在这个时期，我开始认真仔细地研读《圣经》——而且几乎无法相信我所读到的东西。比如说，其中有些部分明显不合逻辑。我的意思是，如果圣母生下耶稣的故事是真实可信的，那又何必用很长篇幅去追溯约瑟是不是他的父亲呢？有什么必要呢？没有任何意思嘛。有些事情虽然无法证实，但我宁愿相信它是真的，比如说上帝吧，我内心深知上帝确实存在，可是其他一些事我就无法相信，比如上帝在七天之中创造了世界，夏娃是由亚当的肋骨变化而来。我也无法相信圣餐仪式上的面包和葡萄酒，真的是基督的肉和血。不过我相信，只要一个人相信这是真的，那么在他看来那就是基督的肉和血。难道耶稣当真要人们这样去理解他的话吗？肯定不是——耶稣说的吃面包和喝葡萄酒肯定只是一种象征。所以我逐渐意识到，我所信仰的上帝和耶稣，有超出《圣经》之外的独特的含义；在虔诚的信徒看来，这完全是异端邪说。我在一本书上看到，托马斯·杰斐逊[1]曾经得出这样的结论：《圣经》不过是集多人记忆与思想大成之作，其中有些人的知识和智慧要远远胜过另一些人。于是，他就从四部福音当中摘录了他认为最有价值、最有说服力的篇章，并用这个大大浓缩的版本来鼓励自己。

虽然我对《圣经》有保留看法，但是我还是很喜欢看，特别是《旧约》中的一些精彩故事。外婆有一个功德箱，打开它的盖子，就可以看见里面一个个小纸卷。只要用一只专门的镊子，取出一个小纸卷，打开后就可以读到《圣经》上的文字。那里面最多不超过30张，不管谁去抽取，都希望从中得到一些排解和安慰。其中对你提出挑战和让你采取行动的为数很少。所以我决定自己另外做一只箱子。完成这件事的时间远远超过了我的想象。"如果你想做一件事情，那就尽可能把它做好。"这句话是谁说的，我不大清楚，不过它部分反映了我们的生活。我竭尽全力建造自己的圣经箱。为了使我所选择的文字比较全面，我从头到尾通读了《旧约》和《新约》的全部内容，从中摘录了我认为合适的文字。我把它们工工整整地眷

---

[1] 托马斯·杰斐逊(Thomas Jefferson, 1743—1826)，是美国第3任总统，美国《独立宣言》主要起草人，民主共和党创建者。——译者

写在四分之一英寸宽、三四英寸长的纸上。 写好之后，我就把它们紧紧地搓成小卷，然后放进6只火柴盒里，再用浆糊把火柴盒粘在一起，变成一个由6只抽屉组成的小柜模样的东西。 每只抽屉上装一只小铜环，一拉就开。 每个抽屉里有大约20段文字。 最后，我用墨绿色的纸糊在外面，再在顶上贴一个小而精致的耶稣诞生图。

做盒子的事我记得很清楚。 那主要是我夜深人静的时候坐在床上做的，因为我想对家里其他人保密，想给别人一个惊喜。 盒子做成的时候，正赶上圣诞节。 我把它当作圣诞礼物放进外婆床头的长筒袜。 在我和朱迪还没有意识到圣诞老人其实并不存在之前，我们总是动手制作或者攒钱买一些小圣诞礼品，这样家里的每个人都能得到一份。 那天一大早我们就给每个人端上一杯茶，接着把给他们的礼物很快放在他们的床头。 外婆拿到那个圣经盒之后爱不释手，激动得流下了眼泪。 只要令她感动的事情，她都会流泪。 我们一家人都有这种情绪。 我们称之为"哭鼻子"——这是约克郡的土话，外婆小时候就这样。

那个小盒子我们至今还保存着，而且经常打开它的小抽屉，从中抽一个小纸卷，读一读上面的内容。 我喜欢一些意想不到的东西——因为你不知道抽出来的东西是安慰、鼓励还是规劝。 我那天早上抽出的是："要站立思想上帝奇妙的作为。"（《约伯记》37：14)我让奥莉抽一个。 她抽到的是："五个麻雀不是卖二分银子么，但在上帝面前，一个也不忘记。"（《路加福音》12：6)万妮抽的是："口渴的人也当来，愿意的都可以白白取生命的水喝。"（《启示录》22：17)

我认为，我喜欢看《圣经》的原因之一，是因为它的许多章节中那诗一般优美的语言——现代的版本中许多优美的语言已经不复存在。 我喜欢诗歌，读过许多诗作。 我是个兴趣广泛的人，可是我当时对弗朗西斯·汤普森、济慈、莎士比亚、弥尔顿、罗伯特·勃朗宁和艾尔弗雷德·诺伊斯的作品却情有独钟。 还有像鲁伯特·布鲁克和威尔弗雷德·欧文讴歌战争的诗作。 我还喜欢沃尔特·德拉·梅尔的作品。 由于我们买不起新书，我常常在旧书店里一泡就是好几个钟头，在诗歌作品的书架上浏览。 我喜欢那些柔革面图书的手感，只要钱够了，凡能找到的我就买。 我所买的这种装帧的书——都是我所崇拜的诗人的书——在我房间里有整整一排(如今这些书都放在白桦山庄的起居室里)。 有多少个夜晚，我手捧这些诗歌一直读到深夜——有时候写我自己的诗，因为我当年曾梦想有朝一日成为英国的桂冠诗人。 我早年所写的那些诗歌主题多样，有一些是出于消遣，可是有很多都凝注了我对大自然的热爱和对宗教精神主题的兴趣，像《野鸭》就是其中一例。

野　鸭

一只野鸭从太阳前飞过，
从我的眼前直接飞过。
它展开坚强有力的双翼，
振翅朝大海方向飞去。

我看见它那明亮的眼睛，
因为它飞得离我很近；
映衬着落日余晖的异彩，
它的羽毛是那样绚丽。

它的翅膀奏出美妙乐曲，
我听出那是飞翔之音。
美妙动听的乐曲打破了
夜幕降临之前的宁静。

我感受到它胸中的激情，
因为它飞得离我很近。

我的胸中也奔涌激荡着，
由欢乐而产生的同情。

美丽的沙丘；美丽的夕阳；
还有那只野鸭——和我。
在苍穹之下，有一种精神
正在永无休止地传播。

显而易见，我开始感到自己是受制于某种伟大而统一的力量。 我会因为有些事情非常高兴，会激动得热泪盈眶——"我心中奔涌着欢乐的痛苦。"我不知道这样的心境因何而产生：抑或是特别美丽的夕阳；抑或是立于树下时，见太阳冲破云层，听鸟儿在啁啾；抑或是置身某个古代教堂的静谧气氛之中。 遇到这种情况，我就会强烈地感到自己受到某种巨大精神力量的支配——上帝的力量。 在人生道路上，我逐渐学会怎样从这种力量中汲取力量。 这是一切力量的源泉，在必要时，它能使我从垂头丧气中重新振作，使我疲惫的身体再次充满活力。

这时候，立志当诗人和烈士的我很快就要毕业离开学校了。 我下一步怎么办？我们家是没钱供我上大学的。 要想拿奖学金，外语必须很好(而我的外语不好，现在仍然不好)。 尽管我的考试成绩很好，上大学却不是我的选择。 我的一个姑妈和姑父曾经邀请万妮和我去德国小住，因为德国战败后，我姑父迈克尔在英控占领区的行政当局工作。 我想万妮希望我去德国能明白一个道理：尽管两次世界大战后，英国人对德国充满仇恨，许多德国平民百姓还是善良仁爱的。

到德国后，我们去了科隆。 这座城市也像德国其他许多城市一样，在战争中遭到盟国的猛烈轰炸，已成一片瓦砾。 看到这片废墟，我心里很不是滋味。 可是我突然发现，断壁残垣中屹立着完好无损的科隆大教堂的尖顶。 我觉得它象征着正义终将战胜邪恶。 由于一个人的称霸野心，整个欧洲被推入战争的血海，这座一度非常美丽的城市因此横遭浩劫，这不能不令人想到人间的罪恶。 这景象使我终身难忘。 这种强烈的象征与我在伯恩茅斯所聆听到的那些布道词具有异曲同工之妙。

回到英国后，万妮劝我接受秘书工作培训，因为她觉得世界上任何地方都能找到当秘书的工作。 可是我仍然想旅行，想到某个遥远的地方去，去研究动物。 除了看诗歌和哲学方面的书籍，我继续看一些有关动物的书。 非洲仍然是我心驰神往的地方。 我意识到万妮说得对——接受秘书培训可以使我有机会去非洲。 于是我去了伦敦。 我当时19岁，用现代的标准来看，是非常天真的19岁。 生活在伦敦是一种奇妙——非常单纯——的经历。 有时候我会一连几小时泡在艺术博物馆，尤其是泰特画廊里。 有时候我会去听古典音乐会。 在吃午饭的那段时间里，我经常去自然历史博物馆。 我结交了一些青年男子，跟他们谈情说爱，他们还带我去吃饭，去看戏。 当年的小伙子请姑娘出去，如果要姑娘自己掏钱，他会觉得很没面子。 这倒是件大好事，因为我的手头很不宽裕。 这就是说，如果有人请我去吃饭，我自己就不必花钱了——不过在大多数情况下，顶多也就是一块香肠面包卷而已。 如果晚上不外出，我的晚餐常常是四分之一磅的水煮大白菜(最便宜的蔬菜)，加上一只苹果，或者一块企鹅牌饼干。

尽管伦敦的生活丰富多彩，尽管在艺术画廊和博物馆里能学到许多东西，我还是想受到正规教育。 我的同学当中有很多人上了大学，我觉得自己有点比不上人家，我也梦想能上大学。 所以我就参加了伦敦经济学院开设的免费夜校课程。 我选修了新闻和英国文学。 英国文学讲授的是迪伦·托马斯和 T·S·艾略特的诗歌欣赏。我还参加了每周一次的神智学。 我对这门课上讲到的佛教中的"业"[1] 和"转世"的概念很感兴趣，因为我还在冥思苦想着那场

---

[1] "业"是梵文佛教名词 karma 的意译，音译则为"羯磨"。 一般把业分为身业(行动)、语业(言语)和意业(思想活动)，认为业发生后不会消除，将引起今世或来世的善恶报应。——译者

可怕的战争。 如果"业"真的在起作用，那么希特勒和纳粹就会以未来的某种生命形式来偿还他们所造下的罪孽，而那些在战场上喋血的和那些在集中营被折磨致死的人们，也许会因前世的苦难而得到回报，比如在来世过上比较好的生活，抑或进入某个天堂或者乐园。我从来就不相信，上帝只给脆弱的人类一次机会——不会因为我们在世的时候是失败者，就把我们送进地狱。 毕竟，在永恒这个背景下，人的一生是极为短暂的。 所以说，"业"和"转世"在我看来是符合逻辑的。

给我们讲授神智学的女教师有很强的个人魅力。 大多数男青年学生都一厢情愿地爱上了她。 我也觉得她很了不起。 她能把一个小小的想法发挥得淋漓尽致。 她经常强调不要陷入被她称为"循环思维"的套路，这样我们才能比较清醒地意识到我们周围所发生的事情。 她解释说，循环思维就是那种总在头脑里反复出现的思维过程。 想让自己的思想一片空白，一无所思，也许是最艰难的任务。 我对上帝和宇宙的信念不断改变，所以那些课程中所学的许多东西对我大有帮助。我在那段时间写了不少诗歌，下面就是一个很好的例子：

古老的智慧

夜风轻轻摇松树
白云飘飘黑天幕，
出去吧我的孩子，出去
寻觅你的灵魂，永久的我。

脚下沙沙青草响
天上高高繁星挂，
在你的上方，很近的地方
在你身上找到，永久的我。

是的，孩子，到外面的世界去吧，
慢慢地、静静地理解这个世界，
你的灵魂就是这个宇宙
它会知道，永久的我。

下课后，我们有些人就去一家咖啡馆，坐下来慢慢探讨。我从这些晚间课程中学到很多人生的哲理。参加这个班的人五花八门，代表了社会的各个阶层。在课堂上有个"蚯蚓女郎"经常站起来发表一些妙论。她提到了蚯蚓，说这种小东西虽然只是在蠕动，却能给土壤增加空气，能让生活在土壤里的生命得以延续。多亏了这位"蚯蚓女郎"，蚯蚓才一次又一次地进了课堂。有个非常有趣的荷兰人，过去曾经是荷兰地下游击队的成员。他比我年长许多，可我却爱上了他。我们的关系差点到了非常密切的地步。可是他是个有妻室的人，而且当时的道德观念与现在也大不一样。

我对神智学极感兴趣，可我对耶稣深深的爱依然如故。我记得当时有个从秘书培训学校出来的姑娘走到我面前说："你脸上常常挂着微笑，你似乎总像有个美妙的秘密。"这话不假——我觉得我和耶稣有良好的个人关系。但这是个人的私事，我不想跟别人谈。

拿到秘书文凭后，我找到了第一份工作——在我姨娘的诊所。奥莉是个理疗医生。她的工作对象几乎全是儿童，是一些因患小儿麻痹症或因事故而造成肢体瘫痪的儿童，或者是一些中枢神经瘫痪、肌肉畸形退化，或者其他悲剧造成瘫痪的儿童。我的工作就是把医生对患者病例的意见记录下来，然后用打字机打出来。自那以后，我对因疾病或事故而伤残的人一直非常同情。我的第一个真正的男朋友就是可怕的撞车事故的受害者，我第一次见到他的时候，他从踝骨到腰部都打着石膏。我的第二个丈夫德里克·布赖森的双腿就是半瘫痪，是他的飞机在战争中被德国人炮火击落所造成的。

在那个诊所度过的几个月，以及埃里克舅舅让我在手术室看他工作的情景，使我对人类心理和身体恢复能力大有了解，同时也为自己极其健康的身体感到欣慰。我知道自己很幸运，可是我从来没有把这当成是理所当然的。

离开诊所之后，我到牛津谋到一份工作。我在那儿了解到大学本科生的生活——至少我在没有任何学习压力的情况下，对大学生活的乐趣有了很大体验。后来我到伦敦找了一份很有趣的工作，就是为一家制片厂的纪录片挑选音乐配音。那家电影厂很小，可是我却有机会学到了电影制作几乎各个方面的知识。接着事情发生了急剧的变化。1956年12月18日(星期三)早晨，我收到玛丽·克劳德·曼奇一封来信。在学校时，她是我的好朋友，我们大家都叫她克洛。我有好一阵子没有接到她的信了，当我看到信是从非洲寄出的时候，不免有些惊讶。我至今还记得贴在信封上的肯尼亚邮票。其中一张邮票的图案是一只大象，另一张上是两只长颈鹿。她在信上说，她的父母刚刚在肯尼亚购买了一座农场，还问我想不想到她们那里去玩玩。怎么不想呢!

可是我首先得挣一笔钱作路费，而且得是来回票。那里的当局不让持单程票的人入境，除非有人能为他在那里提供担保。不管怎么说，万妮无论如何是不会让我持单程票去的。这意味着一大笔钱。我当时的工作虽然很有趣，可是工资并不高。战后的英国，许多工作的工资都不高。接到那封信的当天，我就提交了辞呈报告，返回伯恩茅斯。在那里我可以住在家里，这样可以省一笔开支。我到一家餐厅去当了服务员。我把拿到的工资和小费全都积攒起来，一个子儿也不乱花。每到周末，我就把挣来的钱藏到白桦山庄起居室的地毯下面(外婆总是把零钱放在那里)。过了5个月，有一天晚上，全家人聚集在一起。为了不让外面人看见，我们把窗帘拉上，然后开始数我积攒的钱。加上在伦敦工作时省下的，我的钱已经够了。我可以去非洲了——我的生活将发生永久性的变化。

与路易斯·利基在一起，1957年。

第三章

非 洲 之 行

　　万妮和埃里克舅舅到伦敦的码头为我送行。 我们一起看了看我的船舱，还从它的小舷窗朝外看了看。 我的舱里还有 5 个女孩子。我们见了见旅途上将照料我的服务小姐。 然后在船上到处转了转。在此后 3 个星期的旅途中，这艘船将是我的家。 我才 23 岁，就将离开我熟悉的一切——我的家、我的亲人、我的祖国。 我当时肯定还有点害怕，肯定是跟母亲、舅舅、外婆、姨娘和妹妹依依惜别。 可是我只记得当时感到无比惊讶。 这样的事情终于发生了。 我即将踏上去非洲的航程，去一个非常陌生的世界。 在那里举目无亲，只认识一个至少已经 5 年没有见面的中学同学。

　　船上的汽笛拉响了，催促送行的亲友下船。 最后一次拥抱、亲吻。 最后的嘱托和良好祝愿。 我敢肯定大家都流泪了。 我记得自己站在护栏边，看着向我挥手告别的身影变得越来越小。 接着我看见的是多佛的白色峭壁，不久我最后看到的英国也从视野中消失了。

这次冒险行程终于开始。 我要去的是人猿泰山的非洲，是狮子、猎豹、大象、长颈鹿和猴子的故乡。 我吃完船上的第一顿晚餐，爬上我的小铺位躺下，听着令人舒心的发动机的轻柔突突声。 要是能回忆起40年前那天晚上我躺在那里想什么，那该有多好！ 可是当时的遐想已经和那个充满遐想的女孩的青春一起消失了。

我乘坐的是一艘大客轮，属于闻名遐迩的卡斯尔轮船公司。 那艘船名叫"肯尼亚卡斯尔号"——在我看来，它是公司船队中最好的，因为只有这艘船没有头等舱和统舱之分。 我订票的时候，发现这艘船的航线最短(也最便宜)：穿过红海、沿非洲大陆海岸向南到达肯尼亚的蒙巴萨。 可是由于埃及战争，苏伊士运河在我们起程之前一周就关闭了。 我急坏了，因为这一来行期就要推迟。 公司决定如期起航，避开苏伊士运河，沿非洲西海岸南下，绕道好望角，然后北上抵达蒙巴萨——这要在海上多呆一个星期。 虽然这一来我要从有限的积蓄中再拿出一部分作开支，但这样绝妙的旅行实在太难得了。 从英国春季凉爽的气候逐步进入温暖的热带气候，我的心情也激动起来。

站在船头，放眼四周一望无际的大海，简直令人心旷神怡。 有时候，我独自呆在救生艇后面的甲板上，一呆就是几个钟头。 我们看见一群群的飞鱼，看见欢腾跳跃的海豚，偶尔还看见鲨鱼那不祥的三角鳍。 每当天气恶劣、要起风暴的时候，每当雨水打在甲板上的时候，我都感到非常高兴。 这时候大多数旅客都回到自己的舱里，只有我在这样恶劣的天气，还在观察劈波斩浪的轮船攀上高高的浪尖，接着又从上面急速跌落的情景。 当然，风浪实在太大的时候，我也只好回到下面的舱里。 船上的水手可不愿意看见有人被大浪卷进海里，也不愿意在干活的时候看见有人碍手碍脚。

那次漫长而愉悦的海上旅行，是周围新鲜奇妙的海洋世界和远洋客轮上令人兴奋生活的结合。 在船上还有过几次并非真心、短暂而浪漫的谈情说爱。 在热带气候的夜空之下，一起喝杜松子酒，在穿越赤道时，有个扮成海神的水手向我们这些初次出海的人身上泼水——抑或是把我们扔进了游泳池？如今时隔多年，我对当时在船上的兴奋情景的记忆已经模糊。虽然旅途中我与同住一舱的几个女孩子成了好朋友，可是现在我连她们的名字也想不起来了。可是对独自和大海在一起，观察它的各种变化，与无边无际的水和天在一起，与太阳、星辰和海风在一起时的感觉，我至今依然记忆犹新。因为它们陶冶了我的精神，使我对世界有了更深刻、更广泛的了解。它们增强了我的信念：有一个巨大的力量存在着，它独立于我们之外而存在，但却包容了我们每个人以及这个世界上的所有奇迹。我认为正是在那个时候，在看不见陆地的茫茫大海中航行的时候，我不知不觉地对非洲作出了承诺。我的童年和青少年时期对哲学、对生活、时间、永恒等含义的执著至此已画上了句号。

回顾这段过去，我清楚地看到，我的思想是在我 20 岁之前逐渐形成的，对我产生影响的是我的家庭、我所受到的教育、我所经历的战争岁月、多年来聆听的震撼心灵的布道，此外还有我所读过的那些书，我在户外自然界所度过的时光，以及我们家所饲养的小动物。现在，"肯尼亚卡斯尔号"正把我带向一个全新的世界，我的课堂将是那里丰富多彩的生活，而且可能十分艰苦、具有意想不到的困难，有时甚至是悲剧性的。我能够毫无恐惧地进入这个新的世界，因为我做好了充分的准备。由于我的家庭背景和我所受到的教育，我具有良好的道德准则，能进行独立、自由的思考。

在前往蒙巴萨的途中，我们只停靠了四个港口：加那利群岛、开普敦、德班和贝拉。到这些充满异国风情的岸上去走一走倒也别有一番情趣——毕竟我以前最远只到过战后满目疮痍的德国。我记得热带地区那温暖的夜晚、那商品琳琅的市场、那一张张黑色的面孔和人们身上色彩艳丽的服饰。是的，还有各种各样的气味：那是热带的花和水果的香气、在炭火上烘烤食物的香味、尘土的芬芳气息、动物粪便、尿味和汗味的混合。

我记得绕过好望角驶入开普敦港的情景。 开普敦是世界上最美丽的城市之一。 我之所以记得它，不是因为它很美，而是因为我在那里第一次看见种族隔离而深感震惊。 所到之处，我都能看见一部分人故意歧视另一部分人的公共揭示语：所有的商店、长凳、公共汽车、厕所、公园、海滩、旅馆都贴着大写的 SLEGS BLANCS 字样。 这两个词在南非语中的意思是"专供白人"。 这样的揭示语随处可见。

几天后我们抵达德班。 在那里见到的情况更加糟糕。 我在那里有个朋友叫彼得·戈登，在里士满希尔的时候是特雷弗的副手。 我与他呆了一天，从他那里了解到许多种族隔离方面的事，使我再次回想起纳粹集中营的可怕情景。 这是一个人种在歧视另一个人种。 他跟我说的一件事情使我终身难忘。 有一次他在街上走，一个老年非洲妇女因为要赶汽车，就小跑着超过了他。 她那只购物袋里装的东西过多，拎袋子的一只把手突然断了，袋子里的东西全翻到地上。彼得弯下腰帮她捡东西，她吓得脸色苍白，哀求他快别这样。 她说如果她让一个白人帮她的忙，她就会大祸临头。 彼得说他实在受不了。 不过我再也没有听到过他的消息，不知他后来的情况如何。

我已经习惯了船上的生活，当"肯尼亚卡斯尔号"到达蒙巴萨港的时候，我真不愿意旅行就此结束。 我们许多人都有这种感觉，因为海上旅行使人们形成了比较密切的友谊——不过这样的友谊多半维系不了很长时间。 我当时感情上真受不了，因为就要离开新朋友，离开船上的有趣生活，离开那个根本不用作出任何决策的轻松环境。随着发动机的突突声，船在港口平静的水面上无情地向前行驶——我们到了。 从海边到内罗毕坐了两天火车，我们也逐渐适应了陆地上的生活。 我和同一个舱室的另外三个人坐在一个小包厢里，那段海上漂浮的生活渐渐远去，变得朦胧了。 有节奏的车轮声代替了曾经在三个星期中伴我睡眠的轻柔突突声。 窗外已不是一望无际的大海，而是东非的地物地貌。 我终于到了。

火车进入内罗毕车站，克洛·曼奇和她父母在那里接我。 他们家的农场在基南戈普——当时被称为白人高地 [1]。 那一段汽车旅行十分神奇。 赤道地区的暮色降临得很快。 我们的车突然停下来，原来路旁有一只雄性长颈鹿。 我抬起头，好奇地看着它那张令人惊讶的脸，那长着长长睫毛的眼睛和那目空一切的表情，看着它转过身，翘起小尾巴，迈开别具一格的大步，似乎很悠然地走了开去。 我永远也不会忘记第一次看到长颈鹿时的情景，而且到现在对它仍然充满了好奇。 天黑之后，克洛的父亲又一次急刹车，为的是避免撞上一只土豚(又称南非食蚁兽)。 这也是我看过的书上所没有的。 那家伙大摇大摆地从路上穿过，消失在黑暗之中。 如果我当时知道这东西难得看见，我会更激动的。

随后的几周，我就住在曼奇家的农场里。 那里清新的山地空气、冰凉的溪水、发出各种啾鸣的珍禽异鸟使我感到心旷神怡。 他们把一只大猎豹的足迹指给我看。 一切都是那样的新颖、美好，那样激动人心。 可是我又一次了解到，在这表面之下掩盖着人类的仇恨和残酷，因为我遇到的许多人都参加过 50 年代初流血的茅茅运动。[2] 当时有许多白人定居者和吉库尤人中的温和分子遭到残酷杀害，其中有男有女，还有孩子。 几乎每个人都能说出一些受到残酷对待的例子来。 比方说一个欧洲医生被抓住后扔进了齐脖子深的蚁穴里，渐渐地被疯狂的行军蚁活活咬死。 只要被这种蚂蚁咬上一口，就疼得要命。 可怜他还患有糖尿病，很快就昏迷过去。 当然也有很多勇敢者的故事，特别是一些忠心耿耿的吉库尤族仆人，为了救他们的白人东家，不惜冒着死亡或者更加不可思议的危险。

也就是在那个时候，我又去参加了一次狩猎，我实在因此惭愧得

[1] 白人高地(White Highlands)，是肯尼亚西部于 1904—1959 年留给欧洲人居住的一个地区。 ——译者

[2] 茅茅运动(Mau Mau)，指的是 20 世纪 50 年代肯尼亚吉库尤人兴起的民族主义运动，主张以暴力推翻英国殖民统治。 ——译者

无地自容。那是我一生中第二次，也是最后一次。我怎么会做出这种卑鄙事？当时一个糊涂任性的年轻女孩凭一时冲动所做出的傻事情是我现在无法说清楚的。那是我遇到鲍勃之后。他是个年轻漂亮的男子，有一匹据说烈性的高头大马。那匹马已经掀翻了好几个人，谁也驾驭不了它。所以，当鲍勃邀请我到野外灌木林地去骑马的时候，我就请他把那匹马让我来骑。起初他坚持不允，可是经我一再请求，说了许多好话，(我一贯如此!)他答应了。那次骑马原来是去打猎，我以为被猎的对象是豺狗。我骑上那匹马(刚骑到它身上之后，它高高扬起前蹄想把我甩下来)，感觉真不错。它高17.2掌。不懂骑马的外行也许不知道，1掌约合4英寸，所以那马实际到肩甲突出部位的高度将近6英尺，是我骑过的最高大的马。我对猎狐行为的虚伪谴责就暂时说到这里吧。所幸的是，那次打猎什么也没有猎着——那也是我最后一次参加狩猎。

休息了一段时间之后，我到内罗毕找了一份工作，是给一家英国公司在肯尼亚的分公司经理当秘书。我动身离开英国之前，埃里克舅舅通过他的熟人安排了这份工作——这是对我们的照顾，所以我们决不可忘记老朋友。我在克洛家里已经住了几个星期，现在必须自力更生了。这份工作本身一点意思也没有，但它可以使我挣些钱以便在非洲生活，并为我今后找一份与动物研究有关的工作做些准备。

我并没有等待很长的时间。事情开始于一次晚宴后搭便车回住所的途中。"如果你对动物感兴趣，"有个人说，"那就得找路易斯·利基。"于是我跟那位著名的古人类学家兼考古学家约好，到科里登自然历史博物馆(现在叫国家博物馆)去见他。我们见面的地点是他那间又大又乱的办公室，里面摊着一堆堆文件、骨骼和牙齿的化石、石器工具和其他许多东西。路易斯·利基带我参观了博物馆，就各种各样的展品向我提出一个又一个问题。由于我一直在阅读有关非洲和有关动物方面的书籍，大多数问题我都能回答。即使有的问题我答不上来，至少我对他所谈的内容也略知一二。 我想他对我的印象一定不错，一个没有学位的人居然能知道像"鱼类学"和"爬行动物学"之类的专业术语。

我们首次见面的时候，路易斯已经 54 岁。 他的确是个很了不起的人，一个真正的天才，具有不断探索的头脑、充沛的精力、非凡的远见——同时具有绝妙的幽默感。 后来我了解到，对那些他认为是笨蛋的人(往往是那些不同意他观点的人)，他会发脾气，失去耐心。从我们见面的那一刻起，我就感受到他对非洲、非洲人和非洲动物的学识方面的魅力。 幸运的是，他也很赏识我的朝气和热情、我对动物的热爱以及我来非洲的决心，而正是这样的决心，才使我有幸认识了他。 他让我当他的私人秘书。 这样，我用了一年的时间，在博物馆里学习了有关东部非洲的动物方面的知识。 我还了解了这里的不同部落，特别是吉库尤族。 路易斯对他们的了解超过了其他白人学者，因为他的父亲是个传教士，鼓励他在部落文化的氛围中成长。他刚出生不久，就被放在篮子里置于户外。 这是吉库尤人的风俗，部落里的所有老人从他身边走，都给他以祝福——每个人向他吐一口唾沫! 到了青少年时期，他还与跟他一起长大的男孩子参加了成人仪式。 路易斯告诉我，在割礼节中，他们在地上围坐成一圈，在每只膝盖上放一块小鹅卵石。 如果在仪式中谁膝盖上的石头掉下来，那个男孩将终身背上胆小鬼的臭名。 我之所以对这一点很了解，是因为路易斯那本关于吉库尤人历史和风俗的书，就是由他口述，由我记录的。

我为路易斯·利基工作不久，他和他妻子玛丽就邀请我去坦噶尼喀的奥杜瓦伊峡谷 [1]，参加他们一年一度的考古发掘，跟我同去的还有在博物馆工作的另外一个英国姑娘吉莲·特蕾西。 1957 年的时

---

[1] 奥杜瓦伊峡谷(Olduvai Gorge)，是坦桑尼亚北部考古遗址。 以其出土丰富的化石和旧石器时代的石器而著称。 ——译者

候，奥杜瓦伊峡谷还是个名不见经传的地方，知道它的只有在塞伦盖蒂平原上过着游牧生活的马萨伊人。当年，塞伦盖蒂平原是个偏僻的地方，还没有对旅游者开放，谁也没有想到今后这里会修建道路，会定期有旅游公共汽车和小型飞机到那里去。当时去奥杜瓦伊峡谷根本没有道路，连小路也没有。我们离开从恩戈罗恩戈罗火山口到塞罗内拉的小路之后(这条小路现在已经成了塞伦盖蒂平原上一条通衢要道)，吉莲和我只好坐在东西堆得满满的兰德越野车的顶上，为的是看清利基夫妇一年前留下的隐隐约约的车辙。

几年来，路易斯和玛丽夫妇每年都要花3个月时间到奥杜瓦伊峡谷去寻找化石，他们对在遥远的过去生活在塞伦盖蒂地区的史前动物的情况了解很多。虽然他们也发现了不少简单的石制工具，可是还没有找到制作和使用这些工具的类人猿化石。正是为了寻找古人类祖先骨骼，他们夫妇才年复一年地到那里去。1959年，也就是两年之后，他们坚持不懈的努力得到了回报：发现一块类人猿头骨的，是他们的大儿子约翰尼。它被命名为"粗壮南方古猿"，但人们习惯上称它为"亲爱的小伙子"、"乔治"，或者称它为"胡桃夹子人"，因为他的颌骨和牙齿显得大而有力。

我们于黄昏前到达奥杜瓦伊峡谷。随后我们迅速支起帐篷，点燃篝火。我真后悔当初没有做日志，否则多年之后的今天能有一份书面记录该有多好！我到奥杜瓦伊的开头几天究竟有什么样的感觉呢？我从八九岁开始就一直梦想到非洲去，与野生动物一起生活在矮树丛中，如此算来也有大约14年了。早晨醒来的时候，我突然发现自己就生活在梦想的世界之中，梦想成真了：动物就在那里，在我们帐篷的四周。吃过晚饭后，我们坐在篝火边，常常可以听见远处狮子的吼声。吉莲和我共住一顶帐篷。后来我们躺在帐篷里的小床上，有时候还能听见一些频率很高、非常奇怪的咯咯声，像猫叫一样的悲鸣声，以及与众不同的呜咽声，我们知道，那是带斑鬣狗发出的声音。

每天工作结束后，吉莲和我就自由地到处转一转。有时候我们还下到峡谷底部。那里长着金合欢属树木和叶子像匕首的虎尾兰属植物和野生龙舌兰。有时候我们爬上陡峭的斜坡，到平原上去走一走。那里的草受到旱季烈日的暴晒，叶子已接近枯黄，只有被无情的风扬起的灰尘蒙着的地方才有一些生机。草原上的大批角马、斑马、汤姆森瞪羚早已销声匿迹。它们的迁徙跟它们所需要的水源有关，它们会随着降雨的情况而迁移。可是我们发现，还有许多动物仍然生活在峡谷及其周围地区，因为它们可以从多汁的植物叶子和根上获得足够的水分。我们经常会惊动一对对的小羚羊。它们的身体顶多只有兔子那么大，非常讨人喜欢。有时候我们会碰到一些格兰特瞪羚，偶尔还会看见一两只长颈鹿在草原上闲逛。

我们也有过一两次真正的冒险，比方说，我们就曾碰到过一只黑犀牛。犀牛的视力很差，可是那只犀牛已感觉到我们就在它附近。所幸的是，风是朝我们方向吹的。它用鼻子呼哧呼哧地嗅着，用蹄子在地上啪哒啪哒地刨着，用它那双猪一样的小眼睛朝四周张望，接着转过身，翘起尾巴，大摇大摆地走开了。我非常激动，等它离开后，我才觉得两腿发软，胸腔里的那颗心在怦怦直跳。我们亲眼看见了犀牛，而且是在步行的时候！还有一次，我和吉莲到了谷底那带刺的灌木丛中，我突然感到浑身上下很不自在，就像有人在注视着我似的。我转身一看，40英尺开外站着一只年轻的雄性狮子！它以极大的兴趣看着我们。吉莲想钻进浓密的灌木丛躲起来，但是我认为应当向上爬，到上面开阔的平地上去。我们小心翼翼地后退着离开狮子，慢慢朝峡谷边缘上方移动。那只狮子2岁左右，颈项上正开始长出蓬松的鬃毛。这个年龄的狮子好奇心特别强，而且那只狮子肯定从来没有看见过我和吉莲这样的怪物。它跟在我们后面至少走了100米，然后看着我们从峡谷边缘爬上平原。事后，路易斯对我们说，那是我们命大，只要我们撒腿一跑，它就会跟在后面穷追不舍——因为它无法抑制把我们当成猎物追逐的好奇心，就像小猫追着绒线球玩一样。

　　我在奥杜瓦伊峡谷的大部分时间都在采集化石。顶着热带的烈日干那样的活是比较苦的，可是也非常有意思。现场的初期开挖者是一些历年都为利基夫妇干活的几个非洲人。他们用镐和锹挖走表层的土。等他们快挖到化石层的时候，玛丽就提出剩下的重活由她自己亲自干。她认为，如果非洲人的镐头把一块重要化石弄坏了，那还不如由她自己干。有我这样的人当助手，玛丽很高兴，因为我年轻，身强力壮。我们抢着沉重的工具，汗滴如雨，但我们配合得很好。

　　等终于挖到化石层的时候，我们就用猎刀慢慢挑开硬土，寻找骨骼化石。一旦有所发现，我们就用很小的鹤嘴锄完成最后的这部分工作。我们每天至少要在化石发掘现场干8个小时，上午11点的时候歇下来喝点咖啡。中午很热，我们休息3个小时，那时候我们就都到一张油布棚下面的阴凉处去，把我们挖到的东西进行编号整理。在大部分时间里，挖掘本身是非常单调乏味的，但有时候挖到一些奇特的动物化石，我们也会感到激动不已。当然，我们总希望能第一个在奥杜瓦伊峡谷发现早期人类化石。

　　不过，也有的时候，虽然手上抓了一块骨骼化石，但却没有意识到，等我看清了或者感觉到它的时候，我会惊讶不已。我手里拿着的这块骨头，曾经是几百万年前在这个地球上行走、睡觉、繁衍的活生生的动物身上的一部分。它曾经是个具有个性特征、有眼睛、毛发、特殊体味、声音的生灵。它究竟长得什么样子呢？它是怎样生活的呢？我第一次有这种感觉的时候，手上拿着的是一根长牙，是足迹曾经遍布平原的巨型野猪的长牙。我感到自己仿佛回到了那极其原始的时代，仿佛看见了野猪那长满鬃毛的巨大黑色身躯、炯炯的目光和寒光闪闪的獠牙。我几乎可以闻到它身上的浓烈气味，听见它磨牙的声音。有好几次，我都带着这样的遐想回到遥远的过去，我的想象中出现了由艺术家复原的那个早就从我们这个星球上消失的多彩世界。

奥杜瓦伊峡谷与我儿时在白桦山庄那片园子，跟平静的大海边那片沙石峭壁相隔十万八千里，可是那个对这种生活曾经梦寐以求的孩子，现在已经确实过上了这种生活。我那个充满善意取笑，充满爱心的家，我星期天所聆听到的特雷弗的布道，我在战后英国生活并步入青年时代的经历，造就了我的心灵，使我在奥杜瓦伊峡谷这个全新的、激动人心的世界中不断探索。把儿童时期的我和青年时期的我联系在一起的，是我的思维过程的连续性。在奥杜瓦伊峡谷度过的3个月，对我来说非常珍贵。我们被神秘的进化所包围，我无疑受到了深深的影响。我在那里的经历有助于我后来有关人类进化过程、道德的出现、人类所作所为的目的——我们的终极命运——等思想的形成。

当时对我影响最大的是路易斯·利基本人。我们在一起交谈的机会无计其数，尤其是在饭后，我们坐在非洲晴朗的星空下——明亮的星星似乎离我们很近——看着给我们带来安全感的篝火那跳动的火苗，在充满凉意的夜里感受到篝火带来的温暖，耳边不时还传来动物的叫声。我们的话题很广，有时讲故事，有时讨论当天工作中碰到的事情，有时想到什么就谈什么。记得有一天晚上路易斯谈了吉库尤人的宗教问题。他说他们的宗教仪式中有很多方面，跟《旧约》中所描述的仪式有令人难以置信的相似之处。就连祭祀用的羊和鸡的颜色和年龄都一样。他在给他兄弟的信中——他兄弟是蒙巴萨的一名主教——他就列举了这些相似之处。可是他兄弟从未给他回过信，也许因为他认为研究这样的问题不大合适。

路易斯感到不解的是，为什么会有那么多人认为科学和宗教是格格不入的。对于这个问题，我也感到不解。我感到惊讶的是，许多科学家是无神论者或者不可知论者。当时，量子物理学还没有进入物理学的主流思想，也没有人提出宇宙形成的大爆炸理论，但它几乎把有些宗教信仰的东西具体化了。我们所谈论的是，人类这种动物通过进化逐渐在改善自己，包括他那十分复杂的大脑以及语言的出现，而语言的出现又使人类在更大程度上依赖文化的进化。与在时间长河中身体上缓慢的进化相比较，文化上的进化往往导致急剧的变化。记得有一天晚上我们在闲谈时，我说上帝在向下界看，看到自己所创造的人间万物，对人类的进步作出评价，觉得已经到了让他的孩子们明白——真正地明白——他们是什么的时候了。他们已随时可以接受圣灵了。

路易斯认为执迷不悟是最大的罪过。我想他对自己的父亲非常热爱，可是对他那种狭隘的苏格兰长老会式的思想却痛恨不已。他讲了很多这方面的例子。有一件事涉及到一位吉库尤人的酋长。他的父亲觉得，如果能让这个酋长皈依基督教，整个部落的人都可能受他的影响。那将是一个传教士的卓越成就。经过几个月的劝说，那位酋长终于作出了决定。他表示愿意接受洗礼。路易斯的父亲喜不自胜，于是安排了一个日子，可是他突然想到了一件事情，他说："你知道吧，成了基督徒之后，你就只能有一个妻子？"那位酋长少说有8个妻子。他的眼睛睁得老大，说这件事要容他再想一想。那个星期天，酋长依然去了小教堂。"我决定不接受洗礼了。"他说得非常坚决。"我的妻子们忠心耿耿地伺候我，她们都是我的好妻子。如果我把她们甩了，她们会没脸见人的。我原先以为你们的神是公正的，现在我不这样看了。你们的神不是我的上帝。"他说完就走了。像这样一些故事直接撕破了层层仪式的表象，撕破了我们用于包裹真理火花的包装。

路易斯很喜欢探讨我们人类的早期祖先的行为。他学会了制作石头工具，喜欢让人看他如何打造石斧、石箭矢，以及其他石器。他以前经常考虑石器时代的人如何使用这些石制工具，他们如何狩猎，他们又是生活在什么样的社会之中。他思考问题不落俗套。他强烈地意识到，要想理解人类的起源，不仅需要熟悉过去的骨骼化石和物件，还需要熟悉史前动物的后代。例如，他就对几种现代羚羊的腿部骨骼和运动方式进行过详细研究，了解了它们腿部各种骨骼构造所具备的功能。根据羚羊骨骼化石的构造，就可以把它们的运动方式复原。使人感到更加激动的是，在奥杜瓦伊峡谷突然发现了许多羚羊化石，我看着化石上那些与肌肉相连接的小小的隆起部位和肌腱凹槽，深感其中的奥妙。

到3个月快结束、我们即将离开奥杜瓦伊峡谷的时候，路易斯开始跟我谈起他对黑猩猩、大猩猩和普通猩猩的浓厚兴趣。黑猩猩只有非洲才有，他们生活在从非洲西海岸向东一直延伸到乌干达和坦桑尼亚的热带雨林地区。他听说最近有人在基戈马发现了黑猩猩的活动。那地方在奥杜瓦伊峡谷西南方向大约 600 英里，是坦噶尼喀湖以东的一片崎岖多山的地区。他解释说，那东部黑猩猩或者叫长毛黑猩猩，学名叫 *Pan troglodytes schweinfurthii*。他对所有大型猿都感兴趣，因为他们是我们人类的近亲。他认为有必要理解他们在野生状态下的行为，这将有助于他更好地猜测人类石器时代祖先的行为。这也将为他揭开人类史前之谜的终身追求提供新的途径。他根据经验丰富的解剖学家绘出的复原图，对人类石器时代祖先的模样心里已经大体有谱。他们的牙齿大小和磨损程度说明了他们喜爱什么样的食物。至于在他们生活遗址所发现的石器和其他物品的用处，他能进行卓有见地的猜测。可是从化石上无法看出他们的行为。路易斯认为，今天的黑猩猩和人类的共同祖先，就是几百万年前那些像猿又像人的类人猿，所以他提出，他们今天所共有的行为，很可能体现在我们的共同祖先身上。如果这样的推测是正确的，那么早期人类的行为大概也会是这样。这样的思维推理方式，在当时是前无古人的，如今已经被广泛接受。遗传学家告诉我们，人类与黑猩猩的遗传物质，也就是 DNA，只有略高于 1% 的差别。

路易斯非常希望能对这些黑猩猩展开科学研究。他特别指出，这项工作难度很大，因为没有任何前人的成果可以借鉴；对于这样的野外作业，也没有什么指导性的原则；此外，那又是一个人迹罕至的崎岖山区。那里会有危险的动物出没，而且人们认为黑猩猩至少要比人强壮四倍。我记得当时心里还在想，这样艰巨的任务不知道他将找什么样的科学家去完成。

从奥杜瓦伊峡谷回到内罗毕之后，我继续为路易斯在博物馆工作。对于整天处于没有生命的动物包围之中，对于为了扩大科学收藏的标本品种而进行杀戮，我并不很开心。对我来说，最糟糕的就是随采集探险队去卡卡梅加森林，因为有无数动物在那里被捕捉、猎杀、剥皮后制成标本。我喜欢那儿的森林，可是我讨厌那样的标本采集。我理解那些尽心尽责的工作人员，制作一个永久性的动物标本非常重要，因为说不定哪一天，有些动物就会绝种。可是，有必要制作这么多同样种类的鸟、啮齿动物，或者蝴蝶的标本吗？看看各个自然历史博物馆的非展览室吧：那里的一只只抽屉里装满了经过充填而制作的各种鸟类、小哺乳动物和成千上万种昆虫。这是对无辜生命的令人震惊的戮杀。

当时也是我第一次卷入了爱情旋涡的时候。它具有极大的讽刺意味。因为布赖恩是个猎手——白人职业猎手——他带领那些想打猎的客户外出狩猎。怎么会发生这样的事情呢？他吸引我的部分原因是他面对困境时的勇敢精神。在此前不久，他遭到一次可怕的车祸，差点儿失去了双腿。我第一次遇见他的时候，他从脚趾到腰部都上了石膏，但表现得很勇敢。他吃了许多苦头，在我跟他来往的那一年当中，他走路还是一瘸一拐的。他也有可爱和温柔的一面。他能善待所有家养动物，对饲养的野生动物也很好。他带我去过一些非常偏僻、人迹罕至、野兽出没、但景致非常优美的地方。可是，他猎杀的正是我到非洲来准备与之共处并进行研究的对象。我当时还年轻，天真地以为我可以改变他。然而这只是一厢情愿，我们之间的事情是注定成不了的。不过那段恋爱的过程还是令人激动、充满激情的。它还使我对人的——尤其是我自己的——本性有了更多的了解。

路易斯时不时地谈到黑猩猩。我多么希望自己能做一些事情，去观察研究他们而不是去杀害他们。有一天我说走了嘴："路易斯，但愿你不要因为我想做这件事情而总是提起它。"

"简，"他目光炯炯地说，"我一直在等着你这句话。你觉得我为什么总在你面前说黑猩猩?"

我知道自己当时一定是张口结舌地看着他。他怎么可能认为我是进行这项重要研究工作的合适人选呢? 我既没有受过这方面的训练，也没有文凭。可是他并不看重文凭。他告诉我，实际上他要选择的研究者应当到实地去，脑子里不要有科学理论方面的偏见。他一直在寻找一个有开阔的思路，强烈的求知欲，热爱动物，极有耐心的人。尤其重要的是，这个人要工作勤奋，能够长期远离文明，因为他认为这样的研究要花几年的时间。经他这么一说，我当然认为自己是最适合的人选!

实际上，自从我们去奥杜瓦伊峡谷之后，他就一直在仔细考察我。后来，他认定我就是他长期以来要物色的人选。他想让我在同意接受这项工作之前，意识到它的艰巨性，甚至危险性。而在他选定我之后，我就急切地希望出发。我当时有一股年轻人的热情，可是我几乎没有意识到动身之前的准备工作会有多长。路易斯得想办法弄一笔资金，还要获得一些必要的许可。

在路易斯进行这些准备工作的时候，我回到英国，为未来的任务进行充分准备。有关黑猩猩的书，只要能找到的，我都看了。关于他们在自然生活状况下的行为，书上几乎没有。1923年，亨利·W·尼森博士去过法属几内亚，对野生状态下的黑猩猩进行观察。他在野外只呆了两个半月，而且在森林里行进的时候，有许多脚力替他搬运设备。他如此兴师动众，黑猩猩见状逃之夭夭也就不足为怪了。除此而外，还有人发表了两项对非人类灵长目动物进行野外观察的材料。在这两项考察中，观察对象分别是长臂猿和红尾猴，研究者首先尽其所能地收集了有关它们行为的资料，接着杀死了他们的研究对象，为的是确定它们的年龄、性别、生殖状况，甚至它们胃里吃的东西。这又是在杀害无辜的动物。有些非常重要的信息资料，我是通过阅读两份关于对被捕捉到的黑猩猩群体行为的研究材料中获得的。沃尔夫冈·克勒和罗伯特·耶基斯都是心理学家，他们通过观察得出了关于黑猩猩智力的资料，令人大开眼界。我在伦敦动物园也对黑猩猩进行了观察——在那个装了铁栅的小小水泥笼舍里，只有两只萎靡不振的黑猩猩。我在那儿了解不到什么，而且对他们所处的境况感到震惊。我暗暗发誓，有朝一日我一定要帮助他们。

与此同时，路易斯为战胜当时的种种偏见进行了不懈的努力。谁会对一项被大多数人认定会失败的研究提供经费呢？他们说，利基肯定是大脑有问题，不然怎么会想到让一个没有受过专门训练的年轻姑娘去进行这项具有潜在危险的研究呢？这是不道德的。所幸的是，路易斯并不在乎别人持什么看法。由于坚持不懈地努力，他终于找到了一位支持者。此人便是来自伊利诺伊州的莱顿·威尔基。他的公司所生产的是各种工具，他本人对利基收藏的史前物品很有兴趣。他以前曾经向路易斯的其他项目提供过资金，这一次他也出乎意料地答应提供一些种子基金——这笔资金足以购买一条小船和一顶帐篷，支付飞机票以及维持我在野外生活 6 个月的费用。这件事令人激动不已，可是还有一个大障碍没有克服。当时是 1960 年，坦噶尼喀(它与桑给巴尔合并之后称为坦桑尼亚)还是英国的保护国，政府当局听说让一个年轻的白人女子到森林里去，感到大为震惊。可是路易斯对他们所给的否定答复并没有善罢甘休，最后还是他们作出了让步。不过有一条他们坚持没有让步，那就是，我必须带一位欧洲同伴。那么带谁呢？路易斯担心的是，带错了人会使我的成功化为泡影。这个人必须能与我较易相处，不与我争高比低，让我去进行我认为最合适的研究。还有谁会比万妮更好呢？她答应跟我一起去的时候，我真是大喜过望。

于是，万妮和我乘坐一辆超载的兰德越野车，经过充满冒险的行程，终于到达了基戈马。给我们开车的是贝尔纳·韦尔库尔，他是科里登自然历史博物馆的生物学家。他后来承认，他以为今后再也见不到我们母女俩了。经过湖上一段短暂的航行，我们就将到达那片树木丛生的小山丘。那里很快就会变成我们的家。

初到贡贝时，在煤油灯下写野外考察记录。

第四章

贡 贝 印 象

　　我们正吃着午饭，船上的发动机突突响起来。 1960 年 7 月 16 日，我们终于开始了从基戈马向北到贡贝的航程。 我们终于成行了，实在令人难以置信。 在此之前，比属刚果发生了成功推翻殖民统治的起义，这曾经给此行蒙上了阴影。 两个星期前，我和万妮的船刚准备离开基戈马，首批比利时难民蜂拥而至。 我们只好干等。基戈马的官员担心坦噶尼喀人会受到鼓舞，起而反对他们的宗主国。可是，基戈马的局势非常平静——不过从湖上逃来成千上万比利时难民，他们需要栖身之处，需要填饱肚子。 现在我们得到了准许，终于出发前往贡贝了。

　　在这段 12 英里的航程中陪伴万妮和我的，是在政府当局为我们践行席上作陪的森林动物保护员戴维·安斯蒂。 我们自己的小船也被装上了船。 它将成为我们与外界联系的惟一手段。 当时的风很大，湖面上波涛汹涌，大浪打来，溅起阵阵白色浪花。 西边就是局势动荡不安的刚果，它境内的丘陵隐藏在旱季的腾腾雾气之中，茫然不可见。 极目北望，一望无垠的湖面向远处的布隆迪延伸。 我们就像置身在清澈无比的淡水海洋之上。 船紧贴着东部的湖岸航行。地层断裂形成的斜坡异常陡峭，耸立在湖边高达 900 英尺，斜坡上林木葱茏，但顶部有些光秃，因为那上面尽是嶙峋的岩石，表土很薄，树木难以生长，就连那上面的草也被晒得几近枯黄。 峡谷里的小村落依稀可见，还有少量被砍去树木种庄稼的林中空地。 每当湖边出现沙滩的时候，就可以看见沙滩上泛着银光，因为那上面晒了数不清的沙丁般大小的小鱼。 戴维·安斯蒂解释说，这就是大麻鱼。 入夜之后，捕鱼人靠小独木舟上的阿拉丁的神灯把它们吸引过来，然后用类似捕捉蝴蝶的大网兜将它们捞起来。 有些捕鱼人还向我们招招手。 过了大约个把小时，我们抵达了动物保护区的南端(那地方到 1966 年才成为国家公园)。 如今，快到这个国家公园的时候就能看出来了，因为它外围的几乎所有树木都已遭到砍伐。 可是40 年前，它的界线却没有这么明显。 我久久凝视着这片丘陵，想象着即将在这里生活和工作的情景。 我记得当时心里在嘀咕：到什么地方才能找到黑猩猩啊？

　　我们很快到达森林动物保护员的哨位。 戴维·安斯蒂决定在那里过夜。 我跳上一片细沙和卵石的沙滩，这便是我今后成千上万次在这里登岸的第一次。 记得我当时既没有感到高兴，也没有感到焦虑，只是感到一种奇妙的超脱。 我们把东西从船上卸下，把帐篷支起来之后，万妮和戴维着手准备晚餐，我就离开他们，独自爬上帐篷对面那片树木浓密的斜坡。 接着我就见到了使我激动不已的情景，简直太神奇了! 记得我当时坐在一块石头上，目光越过山谷，看着远处的蓝天，心想但愿天堂里也是这个样子。 我看见了几只狒狒冲着我吼叫。 我听见了各种各样的鸟鸣。 我闻到了被太阳晒干的青草味、焦干的泥土味和一些成熟水果的香味。 这就是贡贝的气息。 太阳开始朝此刻已经风平浪静的湖面下坠。 我从斜坡上下来，准备与万妮和戴维一起度过这第一个迷人的夜晚。天空布满了闪烁的星辰，微风吹得头顶上方油椰树的叶子沙沙作响。等我钻进帐篷，在小床上躺下的时候，我觉得自己已经属于这个新奇的森林世界，觉得这是我应当呆的地方。

戴维·安斯蒂和我们一起呆了一两天，帮助我们把这片小小的营地整理好。营地上只有一顶帐篷，是我和万妮在今后4个月中合住的。另外还有一间用几根棍子搭建起来，顶上铺了草的临时厨房。那是我们从基戈马雇请的厨子多米尼克的小天地。他也有自己的帐篷，支在离我们不远的地方。接着戴维就离开了我们这两个英国怪女人。他跟大多数人一样，认为我们要不了几个星期，就会打退堂鼓的。他太不了解我们了！临走之前，他让我保证不独自一人上山，至少要等到对这里的情况熟悉了之后再说。他指派了一个叫阿道夫的森林动物保护员陪伴我，还让当地一个叫拉希迪·基夸莱的人做我的向导。

当然，我早就知道贡贝那地方有很多危险。然而，就在我们到达的第一个星期，就有一件让我非常吃惊的事情。有两个捕鱼人把阿道夫、拉希迪和我领去看离湖边不远的一棵树。那棵树的树皮上伤痕累累，不下百处。显然前一天晚上有一只公野牛向一个捕鱼人发起过攻击。那人设法爬到树上躲了起来。那只野牛在树下呆了个把小时，用犄角去撞那棵树，想把它的受害者撞下来。这几个捕鱼人显然是想告诫我，住在非洲的森林里非常危险。这件事无疑给我留下了深刻的印象。

在随后的几个星期里，我们只在斜坡下半截的密林中活动，有时经常顺着动物留下的足迹行走。记得当时我脑海里多次浮现出那棵累累伤痕的大树。当年在贡贝还的确有一些野牛。有一次(是那之后不久，当时我已经不要阿道夫和拉希迪的陪伴了)，天还没有亮，我就差点撞上一只野牛——那家伙个头很大，就躺在离我顶多6英尺的地方，正在反刍胃里的食物。幸好当时风比较大，风声盖过了我发出的那点声音，而且风又是从它的方向朝我吹过来的，所以我才能悄悄地离开而没有引起它的注意。 还有一次(离那次有很长时间了)，我正在山上睡觉，突然听见附近黑暗中有一只觅食的猎豹发出奇怪的呼哧声。 我的恐惧就没法说了——当时我还真害怕猎豹。 我暗暗对自己说，那豹不会伤害我，因为我的岗位在那儿，而且我有自己的工作要做。 我觉得自己会受到保护的。 我把毯子蒙在头上，希望最好别出事。 现在回想起来，我也不知道这是不是宿命思想，抑或我真觉得自己跟上帝之间有什么盟约。 "我要干这项工作，上帝，请求你保佑我。"不管怎么说吧，尽管那只猎豹对眼前这个陌生的白猿也许有很强烈的兴趣，可是它显然不想品尝这个新鲜东西。 这也是猎豹的生性。

　　还有一次，我正沿着湖边返回营地，为了不去爬一块巨大的岩石，就从湖里涉水绕过去。 这时我突然看见一条蜿蜒游动的黑蛇。我猛然站住了。 那蛇大约6英尺长，从它颈部那微凸的皮褶和黑色条纹，我知道它是斯托姆水上眼镜蛇——这种蛇有剧毒，如果当年被它咬一口，是没有任何药物可以解救的。 它乘着一个拍岸的浪头从水面上朝我游过来，它的一部分身体实际上已经碰到了我的腿。 我目不转睛地看着它，它那亮晶晶的黑眼睛也死死地盯着我。 我站在那里纹丝不动，连大气也不敢出。 接着那浪落了回去，把蛇也一起带走了。 我赶紧从水里跑出来，吓得心脏怦怦直跳。 幸亏那不是一条即将产卵的母蛇，因为我后来发现，在一般情况下，这种蛇还是比较平和的，可是在产卵期，它就可能变得极具攻击性，任何东西只要进入它的领地，就会遭到它的攻击。

　　其实，我当时几乎没有产生过怕遭野生动物伤害的恐惧心理。我真的相信，那些动物会感觉到我无意伤害它们，所以它们也就不会伤害我——就像我在奥杜瓦伊峡谷遇到的那只小公狮子一样。 路易斯鼓励我相信这一点，同时又要我明白：如果跟某种动物不期而遇的时候，我要具有理性，知道自己应当怎么办。 他要我牢牢记住，在任何时候都不要进行不必要的冒险。如果处于母兽和它的幼崽之间，或者遇上一只受伤后未能逃走的动物，或者是遇上一个出于某种原因而仇恨人类的动物，那是最危险的。可是与人们在城市里可能遇到的危险相比，这些危险并不算大——也许相对还要小一些，所以我也不在乎。

最初几个月里，使我感到焦虑的是，那些黑猩猩非常害怕，一见到我就逃得无影无踪。我是个入侵者，而且还是个陌生的入侵者。我知道他们对我最终会感到习惯的——可是要多长时间呢？在资金用完之前，我能掌握到一些真正有用的东西吗？我心里很清楚，如果这一次没有什么结果，那么路易斯就无法继续募集到资金。我真担心会给他丢面子。我对自己所处的新环境逐渐熟悉起来，而且非常高兴，可是这件事情却使我感到不安。

到贡贝6个星期之后，我和万妮都得了疟疾。我们躺在那顶军用帐篷里并排放着的两张小床上，忽而发起高烧，忽而冷得发抖，那副可怜相是可想而知的。去之前听说贡贝地区没有疟疾(是当地一个意大利医生向我们提供的错误信息)，所以我们就没带治疟疾的药。我们当时仅有的乐趣，就是有气无力地量量体温，比较一个体温记录。万妮连续发了4天烧，体温高达华氏105度，有一度连走两步的力气都没有，可是她有幸活了下来。

我的身体刚刚有点恢复，就急切地去搜寻黑猩猩。在一个凉爽的清晨，我去攀爬帐篷对面那陡峭的斜坡，我爬得很慢，经常停下来歇歇。那一天真吉利，是个转折点，因为我发现了"山峰"，而从那天起，我就开始时来运转了。

"山峰"其实只是一块突出的岩石，位于小山谷之间的一道山脊上，那山脊就是一段耸立在湖畔的峭壁。这是个绝妙的制高点，离湖面500英尺。从这里我可以观察到两个山谷：一个是我们帐篷所在的卡孔贝谷，一个是位于它北面的卡萨克拉谷。经过这一番攀登，我已精疲力竭地坐了下来。这时，我听见下面山谷里有黑猩猩的声音，看见他们正在吃大无花果树上的果实。 我通过望远镜跟踪他们离去的身影，还听见他们不时发出很响的喊叫。 他们全都离去之后，一切又恢复了平静。 我忘记了自己还在发烧，赶紧爬下斜坡，把这次奇遇告诉病得不轻的万妮。

我一生中最令人激动的几个阶段之一(有所发现的阶段)就这样开始了。 我没有一天是虚度的。 每一天我都了解到一些有关黑猩猩的非常有趣的事实。 我的生活有了节奏。 我每天把闹钟定在早晨5点半，吃上一片面包，用热水瓶里的水冲一杯咖啡，然后趁天还没亮就爬上"山峰"。 虽然我尽量不把万妮吵醒，她还是半睡半醒地跟我说声再见。 我在观察一群或者某个黑猩猩后，有时还下去把他们吃剩的东西收集起来，这样我也熟悉了那里的地形。 通过这样一点一点的积累，我对他们的生活方式逐渐有了了解，而他们看见我这样一个陌生的白猿也不感到奇怪了——不过，几乎过了有一年时间，我才能在大约100码的近距离上接近其中的大多数。

难得出现一天当中一只黑猩猩也看不见的情况，不过有时候要等上好几个钟头，才能有幸看见一只。 在等待的时候，最重要的是要集中精力，因为黑猩猩经常是小群出没，有时甚至是单只活动，而且悄无声息。 引起我注意的，往往是树上的动静或者树枝折断的响声——虽然在大多数情况下那根本不是黑猩猩，而只是狒狒或者猴子。 在开头几个月，曾经有一个科学家来找我，对于我不带些书到"山峰"上去边等待边看书打发时间，他感到非常惊讶。 如果那样，有许多精彩的东西我就根本不可能看见！

我呆在"山峰"上的那些日子里，根据点滴观察，逐渐对贡贝黑猩猩的日常生活情况有了些了解。 我那种害怕失败的情绪开始消退。 不过第一个真正有价值、真正让人激动的观察结果还是3个月之后才得到的。 那天早晨的情形一直令人失望，我上上下下爬了3个山谷，可是连个黑猩猩的影子也没有发现。 由于一直在茂密的树丛中穿行，到了中午，我拖着疲惫的步子朝"山峰"上爬去。 我突然看见前方大约 40 码的深草丛中黑影一晃，于是我立即收住脚步，调节望远镜的焦距，看出那是一只单独的黑猩猩，并很快认出他是那只我所熟悉的成年雄性黑猩猩。 他像其他猩猩那样胆小，我给他取了个名字叫"灰胡子戴维"，因为他的下巴上长了一些很显眼的白毛。

我稍微挪了挪，以便更好地进行观察。 他坐在一个白蚁冢的红土丘上，不断地把一根草伸进洞里。 隔一段时间，他就把草拿出来，用嘴在上面舔着。 偶尔他会再折一根草来用。 他离开之后，我走到那个蚁冢边上，看见地上扔了许多草棒。 土丘上许多白蚁在爬。 它们正忙着堵刚才"戴维"把草伸进去的那些洞。 我学着他刚才的动作，等我把草拿出来的时候，上面有许多用嘴咬住它的白蚁。

就在两个星期之前，我得到的信息是，如果我能观察到黑猩猩使用工具，那我的整个研究工作就是非常有价值的。 现在我看见"灰胡子戴维"在使用工具。 几天之后，我再次观察到像这样使用工具的行为——我看见黑猩猩怎样把一根小小的树枝折断，然后把上面的叶子摘去。 这是实物改造——是工具制造的原始行为。 我对所看见的情况感到难以置信。 长期以来人们一直认为人类是地球上惟一利用和制造工具的生灵。 我们被界定为"工具的制造者"。 人们认为，这种能力是区别我们和动物王国的其他成员的标志。

我把这个消息用电报形式告诉了利基。 他的回答现在已经成了众所周知的名句："啊，现在我们必须重新给人下定义，重新给工具下定义了，否则我们就承认黑猩猩是人！"我在贡贝所得到的观察结果对人的独特性是一大挑战。 只要出现这种情况，就会发生科学上和理论上的巨大反响。 这一次，有些人力图贬低我的观察结果，理由是我没有受过专业训练，所以不大可能获得可靠的信息。 可是我后来所拍摄的照片最终证明了这一事实。 有的科学家实际上暗示说，肯定是我教会了黑猩猩怎样钓白蚁。 然而，不管怎么说，人们认为有必要用比以前更为复杂的方式来给人下定义——因为上苍不允许我们失去人类所独有的任何特征。我当时并没有意识到会有那么多的争议和猜测，因为我还在过着非常简单的生活，还在继续了解有关黑猩猩的情况。

我所观察到的这些运用工具的现象不仅具有非常重要的科学价值。我认为，更为重要的是，正是由于这些观察结果，利基才能为我从国家地理学会争取到一笔拨款，使我的研究能够得以继续。他写信把这个激动人心的好消息告诉了我。可是，这时候，已经来了5个月的万妮也即将返回英国了。

我知道自己会非常想念她的。她是一个非常好的伴侣，在许多方面给我的帮助是巨大的。每当我从山林里回来的时候，她总是在那里等着我，急于想知道我干了些什么。我们坐在篝火旁边，相互交换信息。她也把一天的情况说给我听，讲述捕鱼人找到她搭建的"草棚诊所"来，她就用埃里克舅舅提供的药品给他们治病，并通过演示告诉他们，一滴盐水，只要定期涂抹，就能使最讨厌的热带溃疡得以愈合。实际上，过了多年之后我才知道，她当时竟以"白人巫医"而著称——当地人走很远的路来找她，向她讨取她自己花钱买的阿司匹林、泻盐之类的药物。我对她非常感激，这不仅因为她敢于跟我一起到这样的野外作业地来，而且因为她与当地人建立了良好的关系，而正是在此基础上，我和我的工作队成员以及我的学生才使这种关系得以发展。

万妮还有一个很好的品质，可惜我当时还不太理解。由于我求知心切，常常整夜呆在森林里，尤其是遇到黑猩猩在离"山峰"比较近的地方栖息的时候。我就带上一只铁皮箱上去，箱子里放进一把小洋铁壶，还有一些咖啡粉和糖，再加上一条毯子。我把毯子拿到夜晚能听见黑猩猩叫的地方，就睡在那里，到清晨我从那里就能对他们进行观察。我总是先到下面去，和她一起吃晚饭，然后就只顾自己，离开了她。我借助月光或者手电光爬上那条我熟悉的小道，心里总是很高兴的。我把她一个人留在营地，从来没有想到过她在那样一个陌生的环境里会有什么样的心情。可是她却从来没有抱怨过一声。 现在回首那段往事，我才意识到她所作出的贡献是多么巨大。

万妮离开之后，我还要在那里呆上一年。 把我一个人留在那里，她很担心，可是在利基答应把他所信任的小船驾驶员哈桑从维多利亚湖派到贡贝来和我作伴的时候，她心里的一块石头才落了地。 他将从基戈马把我的给养和信件带过来。 多米尼克将继续为我做饭，而且他的妻子和女儿也过来了。 他们将共同守护我们小小的营地。

观察工作的突破（1960）："灰胡子戴维"在制造工具。

第五章

孤 身 一 人

我怀念万妮与我作伴的日子，时常想起与她在篝火旁的促膝长谈，与她就新发现进行的探讨。 不过，她离开之后，我并没有感到孤单，因为我历来喜欢一人独处。 无论是天晴、刮风还是下雨，我每天都爬到山上去。 久而久之，我逐渐深入、并喜爱上了一个人类从未涉足的神秘世界——野生黑猩猩的世界。有时候，我根本就看不见野生黑猩猩们的踪影。 然而，有了新的资金，压力也就随之减小。 我可以自得其乐，独来独往于那片崎岖的山地。 我对它的熟悉程度就像我小时候对伯恩茅斯的白垩土和峭壁一样。

那是一段令人兴奋、有所发现的日子，每天都有新的收获，即便不是有关黑猩猩的，也是与生活在那片森林里的其他动物有关。 也许我遇见的是一群吱吱哇哇在头顶上方的树木间攀援穿行的红毛疣猴，抑或是轻声在树间运动、动作敏捷、毛色光润的红尾猴。 狒狒群里总是有一些狒狒活动频繁，幼小的喜欢嬉戏打闹，尚未成年的脸皮很厚，常受到长者的严格管束。 成年雄性体型魁梧，颈部厚厚一层毛，很像鬃毛。 他们硕大的利齿足以咬伤猎豹。 如果我无意中看着他们的眼睛，他们就会龇牙咧嘴发出警告。 除此而外，还有各种鸟儿、蜥蜴和五花八门、令人着迷的昆虫——从偶尔见到的漂亮蝴蝶和飞蛾到外形丑陋、滚着宝贝粪蛋的屎壳郎。

对森林里的这些东西，我几乎到了心醉神痴的地步。 这段时间内，我在生活上的孤独是前所未有的。 这似乎是对生存的含义和我自己的作用进行沉思的极好机会。 可是我忙于对黑猩猩的研究，没有时间进行自我反思。 我到贡贝为的是完成一项特殊任务，而不是来继续探求我在哲学和宗教问题上曾经有过的思考。 不过，在贡贝的那几个月造就了今天的我——如果不是那个新世界中令人着迷、层出不穷的新奇事物对我的思维产生了重大影响，我的感觉也就不会像现在这样敏锐。 我觉得自己越来越贴近动物和自然，结果也越来越贴近自己，而且觉得与那无所不在的精神力量也越来越合拍。 对那些感受过在大自然中独自陶醉的人，我就没有必要再多说什么了。而对那些没有这样体验的人，我又找不到恰当的词语来形容我所感受到的美和永恒，因为它的出现是那样地突然，那样地出乎意料，但却又那样地具有强烈、神奇的感染力。 那样的美无处不在，可是我难得有一两次真正意识到它的存在。 这种机会的出现是没有先兆的，也许是在我注视着泛出鱼肚白天空的黎明时分，也许是我抬头看林中大树那沙沙作响的繁茂树冠，看见那绿色、那棕色和那些黑影以及那时而露出点点峥嵘的蔚蓝色天空的时候，也许是在夜幕降临，我手扶着依然暖和的树干，看着一弯新月的清光把坦噶尼喀湖变得波光粼粼的时候。

我一个人呆的时间越久，觉得自己跟那片神奇森林的关系越密切，觉得它已经成了我的家。 没有生命的物体也有了自己的身份，就像对待我最崇敬的圣方济各[1]一样，我给他们都取了名字，并且像朋友一样跟他们打招呼。我每天早晨到了"山峰"上，总要说一声："早上好，山峰!"到小溪边汲水的时候，总要说一声："你好，小溪!"每当刮起大风，我对猩猩的观察受到影响时，我都要说："哦，风啊，看在上帝的份上，别刮了!"我对树木的存在有了一种特别强烈的感受。每当我用手抚摸林中一棵参天古树被晒暖的粗糙树干，或者抚摸一棵成长中的幼树那平滑稚嫩的树皮的时候，内心里都情不自禁地升起一股妙不可言的感觉，感受到被看不见的根系吸上来的水分，而后又被送到头顶上方那些枝干顶端的情景。有时候我在想，我们人类的祖先为什么不像树，不像其他灵长目? 如果我们当初也像栖息在树上的灵长目一样，那我们要下来干什么? 我特别喜欢在下雨的时候独自坐在森林里，静听雨点打在树叶上的叭嗒声，觉得自己完全沉浸在由绿色、棕色以及浅灰色空气组成的若明若暗的世界里。

有时候，在月色迷人的夜晚，我就呆在"山峰"上。从上面朝下看，只见银色的月光照在由无数叶子形成的树冠上，把平滑光洁的棕榈树叶映照得闪闪发亮。有时候，月光明亮，只能看见最亮的星星。有时，天空中灰蒙蒙的雾气紧贴着山顶，向下一直蔓延到谷底。这样的美景使我惊叹不已。当月亮最终落到湖对岸的大山背后，那淡淡的月色渐渐褪去时，一番迥然不同的夜色展现在眼前——到处一片漆黑，还有不祥的沙沙声和小树枝断裂的声音。不难想象，那是一只猎豹在深深的草丛中穿行，或者是一群野牛在啃低矮灌木上的叶子。可是，没有任何东西来伤害我。

随着时间的推移，我对黑猩猩也越来越了解。我可以单个识别他们之后，就给他们取了不同的名字。我当时还不知道，根据60年

---

[1] 圣方济各(Saint Francis of Assisi, 1182—1226)，天主教方济各会及方济各女修会的创始人。——译者

代初的动物个体生态学，我这种做法是欠妥的——我应当比较客观地给他们编上号码才是。 我还描述了他们生动的个性特征，这又成了一个过错，因为只有人类才有个性。 而我提出黑猩猩具有类似人类的情感就更是离经叛道了。 当时的观点是(至少许多科学家、哲学家和神学家认为)只有人类才有思想，只有人类才能进行理性思维。 好在我没有上过大学，对这些东西一无所知。 不过当我知道之后，我只是觉得那种想法很傻，随后也就不再去想它了。 我以前一直在给动物取名字。 再说，我从拉斯蒂、那些小猫，还有各式各样的豚鼠和金仓鼠那里学到了许多东西。 它们充分说明动物是有个性的，能够推理并解决问题，具有思维，还具有情感——所以我在描述黑猩猩的这些特征方面不曾有过半点犹豫。 路易斯派一个没有受到归纳主义的、过于简单化、过于机械论的理论影响的人来进行实地观察，真是太正确了。

一旦熟悉了黑猩猩之后，就会发现他们之间有很大的差异。"麦克雷戈先生"是我最早认识的。 他是个好斗的雄性猩猩，年岁比较大，肩膀上光秃无毛，头顶上光得像和尚，只有四周还稀稀拉拉长了几根毛。 他使我想起比阿特丽克斯·波特的《兔子彼得的故事》中那个脾气乖戾的老园丁。 还有长着肉球鼻子、耳朵有豁口的弗洛，带着她幼小的女儿菲菲和两个儿子，一个叫菲本，一个叫菲根。 再有就是愁容满面的长脸威廉、胆小的奥莉和她那个小精灵似的女儿吉尔卡。 还有"沃泽尔先生"，他的眼睛很怪，有点像人的眼睛，巩膜不是通常那种棕色而是呈白色。 再就是性格文静庄重的"灰胡子戴维"。 我一直非常喜欢他，因为他很快就不害怕我，而且帮助我取得了其他猩猩的信任。 他能接受我这样一个白猿就说明，不管怎么说，我不像他们起初担心的那么可怕。 每当我看见他那张俊俏的脸和明显的银灰色胡须，我总是非常高兴。 经常跟他作伴的是比他略为年长的雄猩猩"歌利亚"。 我之所以给这只雄猩猩取"歌利亚"这个名字，不是因为他的体型，因为他的体型属于正常范围，而是因为他大胆勇敢的性格。后来我了解到，他在当时的雄性黑猩猩中排行老大。

光阴荏苒，转眼几个月过去了，我对黑猩猩不断有新的认识和令人振奋的发现。我对他们越了解，就越意识到他们和我们在许多方面竟是那样的相似。我观察到他们如何进行推理以及如何计划即将做的事情——其中一个会坐下来，朝四周看看，故意在身上抓抓，然后突然有目地做一个动作，走到草丛边，仔细地挑选出一根，将它折断后放进嘴里，然后走向一个大家都看不见的白蚁冢。那只黑猩猩到了蚁冢之后，先对它审视一番，如果发现有白蚁，那个"钓鱼"过程就将开始。我还看见黑猩猩把其他东西用作工具或者加工成工具的情况，比如把叶子揉成一团后放进树洞以汲取雨水。石块可以当成投掷工具，有些雄性猩猩可以投得非常准。他们除了发出各种声音之外，还采用各种体态和手势——这些都是他们进行交际的手段。其中许多都是世界范围内人类文化中常见的，如亲吻、拥抱、握手、互拍肩膀、摆架子、挥拳、踢脚、呵痒、翻跟头、脚尖旋转等等。在相同的情况之下，他们总是采用相同的动作，所表达的含义跟人类的似乎非常接近。我还逐渐了解到，在猩猩的家庭成员或亲密朋友之间，长期存在着爱的纽带和相互支持。我看到他们是如何相互帮助和照顾的。我还观察到他们相互记仇，有时候记仇记得相当长，会持续一个多星期。我发现他们的社会是很复杂的。他们以小群体的形式长时间在一起四处活动，可是这些群体的成员却经常改变。所以他们经常要作出决定：是单独活动，还是加入小群体？是和"灰胡子戴维"在一起，还是和"弗洛"在一起？是到高坡上去享用美味的木罕罕果还是到凉爽的山谷里去寻找无花果？

有时候，"戴维"允许我跟在他后面，我在这个过程中也学了许多东西。有一次，我于黎明时分来到他夜宿的窝下面。他当时是单个独眠。天色渐亮后，他从树上爬下来，在地上小坐了片刻，似乎是在考虑去往何处。接着他似乎作出了决定，匆匆朝南走去。我跟在其后，离开有一段距离，在浓密的灌木丛中行走，想尽量跟上他。我们来到两个山谷之间的一道长满了草的山脊上。"戴维"停下来，朝下面的树林里看了看，然后用他那与众不同的深沉声音发出一系列呼叫。接着他侧耳静听，看有没有什么回应。他几乎立即就听见了从谷底传来的一阵呼叫声。我听见其中无疑有"歌利亚"的声音。

"戴维"朝他们那个猩猩群体所在方向走去。在靠近他们的时候，我能听见他们吃到好东西时得意的哼哼声，折断枝条的喀嚓声音，剥掉的果皮扔在地上的叭嗒声。突然，"戴维"又大叫了一声，但这一回的声音不同，他是在宣布自己的到来，随后即传来一阵呼应。"戴维"爬上一棵树，我正好看见他朝"歌利亚"的方向荡过去。他们高兴得鬃毛竖了起来，相互拥抱着。他们相互梳理对方的毛，接着"歌利亚"继续吃东西，"戴维"也吃起来。

在一两个钟头的时间里，黑猩猩们饱餐了一顿多汁的姆托博戈洛无花果(在贡贝地区的无花果大约有 15 个品种)。接着他们纷纷从树上下来。有些小猩猩开始戏耍，追逐打闹，成年猩猩坐下来相互梳理对方身上的毛。在大树的树阴下很凉爽，到中午时分，这个群体中的大多数都四仰八叉地躺在地上休息，有的实际上睡着了。到下午晚些时候，"戴维"和"歌利亚"转到别的地方去了，我也因此离开。我想我侵犯他们的时间已经够长的了。

有人认为，为了获得有用的科学数据，就有必要保持冷静客观的头脑，把所看到的情况准确无误地记录下来，尤其不能允许自己对观察对象产生移情。幸亏我在贡贝的时候还不知道这个。我对这些聪明的生灵的理解，有不少恰恰是建立在对他们产生移情的基础之上的。一旦知道有些情况为什么会产生，就可以对自己的解释进行严格的验证。现在世界上仍然有一些科学家，一听到对动物产生移情，就会傲气十足地扬起眉毛，加以指责。不过，现在他们的态度温和了许多。不管怎么说吧，在最初的几个月，我觉得我自己是在研究跟我们同类的动物——是在弥合被人们认为是我们和动物世界其他成员之间的鸿沟。

我在森林里跟踪观察、并与黑猩猩呆在一起的那段时间，不仅获得了许多科学数据，而且使我的心灵深处达到了一种平静。那些饱经沧桑的参天古木，那些在参差的岩石间涓涓流向大湖的小溪，那些昆虫、小鸟，还有那些猩猩，从耶稣诞生的时代到如今，形态上都没有发生什么变化。

在那段日子里曾经有一天，我一想起来就心潮澎湃。那一天，我躺在林中那铺满落叶和小枯枝的地上，可以感到身体下面压着的平滑石块，于是我就慢慢地挪动身体，直到舒适为止。"灰胡子戴维"就在我上面不远处吃无花果。偶尔我可以看见一条黑色手臂伸出来采摘果子，抑或是悬挂在枝干间的一条腿，抑或是一个在枝干间灵活移动的黑色身影。

我记得，使我感到惊叹不已的，不仅是森林中由鹅黄、翠绿、棕褐与绛紫组成的和谐色调，还有那些藤蔓的攀援方式，它们或紧贴着树木枝干爬行，或相互纠缠着蜿蜒向上攀援。我注意到，它们缠绕在一段枯树干上，并使这棵枯树再次增添生命色彩和活力。到了中午，林中的蝉鸣是那样响亮，此起彼伏，不绝于耳。它们就像唱诗班的歌手，一遍又一遍地唱着无词的歌。

记得在上神智学课的时候，我觉得最难做的事就是抑制自己的循环思维，那是走上体验真正意识之路的第一步。我一度经常这样训练自己，可是由于生活的压力，我逐渐失去了这种本领。现在，我感到这种神奇的本领又悄然回归了——体内的噪音已然消失。我就像回到美妙的梦境一般。

我躺在那里，仿佛与森林融为一体，再次体验到神秘的声音升华和感知的丰富多彩。我敏锐地感觉出森林中悄悄进行的各种活动。一只身上有条纹的小松鼠正以它所特有的螺旋运动方式向树上爬，还不时朝树皮上的裂缝里看一看，那双亮晶晶的小眼睛和那对圆圆的小耳朵表现出它那特有的机警。一只身上长着黑色绒毛的熊蜂在紫色的花丛中间飞舞，每当它飞进穿透森林的阳光中，它尾部那鲜艳的橘红色就显得非常耀眼。 这种没有语言思维的感受实在是无法用语言来表达的。 这时候的人也许会被带回自己的幼年时期，觉得世间万物都是那样地新鲜，有那么多奇妙的东西。 语言可以增加一个人的体验，可是它又埋没了许多体验。 我们看见一只昆虫，立即就会想到它的某些主要特征，而后对它进行分类——是一只苍蝇。 在这样的认知体验中，有些奇妙的东西业已失去。 一旦我们把周围的东西贴上标签后，我们就不太想再仔细看它们了。 语言是我们理性自我的一部分，暂时放弃它，是为了给我们的直觉自我以比较自由的空间。

从头顶上方纷纷落下的细枝条和一只熟透的无花果落地的声音打破了我的神奇遐思。 "戴维"正从枝干间悠荡着向下。 我慢慢坐起来，很不情愿地回到这个平常的世界中来。 "戴维"落地之后，朝我跟前走了几步，然后坐下来。 他先梳理了一阵毛发，然后躺下，把头枕在一只手臂上，非常悠闲地看着头顶上方那翠绿的天棚。 微风吹得树叶沙沙作响，天棚上透进的阳光像耀眼的星星在闪烁。 我一动不动地坐着，脑子里产生一个经常出现的想法：像这样被一个自由自在的野生动物所接受，该是多么令人惊叹的特权！我永远不会把这样的特权看成是理所当然的。

接下来所发生的事情，即使在 40 年后的今天，对我来说依然记忆犹新，历历在目。 "灰胡子戴维"沿着一条路径明晰的小道走开时，我跟了上去。 接着他离开小道，钻进小溪边的浓密灌木丛。 我的身体被那些藤条缠住，心想这下肯定跟不上他了。 可是，我发现他坐在水边，似乎是在等我。 我看着他那双分得很开、目光炯炯的大眼睛，觉得它们似乎在某种程度上表达了他的个性，他那沉着自信和内在的威严。 许多灵长目动物都把直接对着它们眼睛的目光看作是一种威胁，可是黑猩猩则不这样。 从"戴维"身上我了解到，只要我的目光中没有傲气或者乞求，他是不在乎的。 有时候他会以同样的方式看着我，而那天下午的情况则正是如此。 他的眼睛就像心灵的窗口，如果我有能耐，真能看出他在想什么。 自从那一天之后，我不止一次地希望，如果我能够通过那双眼睛，用黑猩猩的思维方式去看"灰胡子戴维"那个世界(哪怕只有非常短暂的时间)那该有多好哇。 有这样短暂的时间，也就不枉一辈子的研究了。 因为我们受到做人的局限，被禁锢在人类的视角、人类对世界的看法之中。的确，要想从一个截然不同的文化视角，或者从一个异性的视角来观察世界又谈何容易？

我和"戴维"坐在那里的时候，我看见从油椰树上掉在地上的一只熟透的红果子。 我把它放在手心上递给他。 他看了看我，然后伸手把果子拿过去。 他把它扔在地上，可是却轻轻地握了握我的手。我已经不需要任何语言就可以理解他传递的信息了：他不需要那只果子，可是他理解我的用心，他知道我没有恶意。 时至今日，我仍然记得他的手指轻轻握住我手时候的情景。 我们以一种比文字更加古老的语言进行了交流。 这是我们与我们的史前祖先所共有的语言，是沟通我们两个世界的语言。 我被深深地打动了。 "戴维"起身离开的时候，我没有跟着他，而是静静地留在汩汩的小溪边，回味着刚才那段经历，以便把它永远记在心里。

对"戴维"和他的朋友们更多更快的了解，增强了我对异类生命历来所持的深深尊重，使我不仅对黑猩猩、而且对人类在世间万物中的地位有了全新的认识。 黑猩猩、狒狒、猴子、鸟儿、昆虫、生机勃勃的森林中的各种生命、永不平静的大湖中那起伏的波澜、太阳系中那些数不胜数的恒星和行星在一起组成了一个整体。 这些都是一个了不起的神秘世界的一部分。 我也是其中的一部分。 我的心中出现一阵平静。 我发现自己越来越多地在思考："这是我应该在的地方。 这是我来到这个世界上应该做的事。"贡贝给以我的平静，与我身处繁忙的文明世界、在古代大教堂里感受的平静非常类似。

与格拉布在贡贝，1968 年。

第六章

十 年 变 迁

　　1964 到 1974 年是我非常忙碌的 10 年，在多方面取得成果。
我获得了剑桥大学的博士学位，8 年后我受聘担任斯坦福大学副教
授，每年有 3 个月给一个很大的本科生班讲授人类生物学。 我和
雨果·范拉威克结了婚。 他是个才华横溢的电影制片人和摄影
师，是国家地理学会派到贡贝拍摄黑猩猩项目的纪录影片的。 他
和我共同创办了一个研究站。 我们有了一个孩子，取名雨果·埃
里克·路易斯。 可是，到这 10 年结束的时候，我们离了婚。 那
10 年是我勤奋工作——管理、教学、分析、出版资料——的 10
年，也是我一生中变化最大的 10 年。 我发现了做母亲的欢乐和
责任。 我也像其他许多人一样，尝到了与配偶密切美满的关系逐
渐发生变故和破裂的苦涩，以及由此而造成的情感上的巨大痛
苦。 此外，还有一种失败和愧疚感。

　　我和雨果是 1964 年结婚的。 当时黑猩猩"弗洛"生了孩子。 尽

管我对小"弗林特"的成长作了极为详细的记录，雨果还是用 16 毫米摄影机和固定照相机拍摄了他的成长过程。雨果建立了一个黑猩猩香蕉供食站，这对他抢拍所需要的镜头起了很大作用。"灰胡子戴维"把他那个群体中越来越多的成员带来享用这个美味佳肴。我们因此又成功地向国家地理学会申请到一笔追加资金以便录用更多的学生，这样我们就可以有更多的机会收集数据资料。这些规模不大的雏形开始成为研究中心，最终成长为世界上最具活力的、跨学科动物行为野外研究站之一。

那 10 年中，我有不少时间是在贡贝以外度过的。我初次赴美国讲学的时候，心里比较紧张，不过还是挺了过来。我不仅把知识传授给了别人，而且也获得了一些经验。每次离开贡贝，我都有些伤感，登上开往基戈马的航船，回头看着山嘴那边林木覆盖的山坡，眼睛湿润了。那次讲学完我回英国去了一趟。使我感到欣慰的是，白桦山庄基本没有变化，家里的人都在等我。可是其他方面似乎都变了——变得非常陌生，变得与我格格不入。其实，发生变化的是我。在贡贝呆了几个月之后，我对我们所创造的"文明"世界有了新的认识：那是一个由砖石与砂浆、城市与高楼、道路与汽车以及各种机器构成的世界。大自然是那样地美好，那样令人心旷神怡，而人造的世界似乎是那样地丑陋，精神上是那样地贫乏。每次我从贡贝回到英国，这两个世界的巨大反差总使我感到惊诧不已，感到越来越丧气。我离开的是一个生生不息、非常宁静的森林世界，那里的居民过着简单而有目的的生活。我走进的是一个物欲横流、浪费惊人、相互攀比的西方社会。这里没有迎风微微作响的枝叶，也没有轻轻拍击沙滩的波浪，没有小鸟的歌唱，也没有蟋蟀的鸣叫。我听到的是隆隆的车流声、刺耳的摇滚乐声和喧闹的人声——没有一刻的安宁。这里闻不到入夜开放的白色花朵的芬芳，也闻不到久旱逢雨的土地所发出的气息，只有刺鼻的汽油和柴油味、人们做饭的气味，还有公共厕所里盖过臊气的消毒水气味。 离开贡贝回到发达的文明世界，我就发现自己无法感受上帝的存在。 当时我还没学会如何在内心世界中保持森林里的那份宁静。

在返回西方世界的那些日子里，我还意识到环境所遭到的破坏。 在越南战争中使用了可怕的橙剂[1]，它能使敌方领土上的植物叶子全部脱落——这种做法引起了世人严重的关切。 在英国一个主要核电站发生了严重的放射物质的泄漏。 雷切尔·卡森[2]发表了她那本有重大影响的著作《寂静的春天》。 她在书中写道，使用杀虫剂虽然对害虫有暂时的抑制作用，但对鸟类、鱼类和其他野生动物，甚至对家养动物和人类都有长期的危害。 约翰·肯尼迪总统组织了一个专门委员会来调查，结果证明这些指控属实。 结果，滴滴涕(DDT)和其他几种杀虫剂于1968年被禁用。 然而，在此之后的几年中，它却仍然被大量赠送给发展中国家。 另一部有影响的著作是《人口炸弹》，作者保罗·埃利希在书中对世界人口的不断增长表现出关切。

1967年，我们的儿子雨果·埃里克·路易斯降临到这个世界。后来我们都喊他"格拉布"(Grub)，而且他至今还保留着这个诨名。我们的非洲朋友认为我们应当给他取名"辛巴"(Simba)[3]，因为就在他出生前，我和雨果在恩戈罗恩戈罗火山口露营的时候，有三只年轻的雄狮造访了我们的营地。 它们撕碎了厨师的帐篷，后来我们只好动用兰德越野车把它们慢慢地赶走。 回到帐篷后，我们发现帐篷的门帘被点燃的煤气灶烧坏了——我们原以为一圈燃烧的火苗能吓唬想进入帐篷的狮子。 于是我们只好到附近一个小木屋去安身，可是就在它的廊下，一只长着黑色鬃毛的大雄狮饱餐之后正躺着消食呢，

---

[1] 橙剂(Agent Orange)，一种用作化学毒物武器的除草剂，因其容器的标志条纹作橙色，故名。 ——译者
[2] 雷切尔·卡森(Rachel Carson, 1907—1964)，美国女生物学家，以有关环境污染和海洋自然史方面的著述闻名。 ——译者
[3] Simba，东非用语，意为狮子，在此音译为"辛巴"。 ——译者

旁边的母狮正在享用那只没有吃完的瞪羚。

格拉布的童年主要是在贡贝度过的，但他在塞伦盖蒂也呆过，因为他父亲在那里拍摄有关狮子、鬣狗和野狗的电影。 我们不让他接触黑猩猩，因为黑猩猩毕竟是捕猎性的动物，最喜欢捕捉其他灵长目动物。 在野生黑猩猩看来，人类的婴幼儿只不过是一种灵长目动物而已。 据报道，黑猩猩捕食人类婴幼儿的事件在贡贝发生过两起，所以雨果和我都不敢掉以轻心。

我的生活有了固定的模式。 结束了开头一两年那种光荣的孤身一人的生活，每每想到那段时光，我的心里总有几分遗憾——靠我一个人，就连现在十分之一的数据资料也收集不到。 现在我们从学生和现场工作人员那里看到的资料令人异常振奋。 上午，我就在湖边的房子里写论文、考察报告和建议，处理其他有关事务。 格拉布在湖边上玩耍的时候，总有一个工作人员看着。 过上个把小时，我就到喂食站去，希望能看见有黑猩猩去。 下午我就陪伴格拉布。

人们以为我在贡贝，身边有个孩子也无所谓："你真幸运，可以一边工作一边带孩子。"其实不然，因为跟踪黑猩猩的工作我不做了——由学生或者现场工作人员去做。 我只是负责整个研究站的工作，此外就是花一些时间做母亲。 有时候一想到我独自在森林里转悠，单独和黑猩猩在一起的那些日子，我的心里就会产生一阵难受和失落的感觉。 现在，似乎有的学生对每一只黑猩猩都产生了浓厚的兴趣，因为那是他(她)所研究的行为的某个方面。这从某种意义上来说是件好事，不过这意味着我似乎是在干涉他人事务。 然而，我觉得与自己的孩子在一起，每一天都有新感觉，而且弥补了我的失落感。

通过观察黑猩猩如何照顾自己的孩子使我明白了一点：有孩子应当是很有乐趣的事。 每天下午我都跟格拉布在一起。 我们有很多时候都在玩耍，常常是在湖里，所以他很快就游得像鱼儿一样自在。那段时间对我来说也是绝妙的学习机会。作为成年人，我们都很有必要体验一下用童稚的目光重新看一看我们这个世界。我前面说了，我没有多少时间来刻意思考生活的含义，可是我每天都在感受生活的含义。在我迄今为止的体验中，那段岁月依然是非常有意义的。我意识到自己是多么的幸运。在我们现代工业化的社会里，人们把经济上的成功看成是幸福的同义词，许多妇女是永远也体会不到做母亲那份纯粹的乐趣。许多妇女在生完孩子之后就想去工作，去继续干自己的事业。一些妇女不得不去工作，把挣到的钱拿回家——为的是维持家庭的生活水平或者仅仅是为了养家度日。在发展中国家，许多子女众多的家庭都在饥寒交迫的贫困中挣扎，做母亲的和做孩子的都没有什么欢乐可言。格拉布和我都算是幸运的。

格拉布的诞生给我的生活中增添了一份新的爱，此外它还再次使我对"自然对抗自然"的辩论产生了兴趣。这是当时在科学界进行的一场激烈的大辩论。人类是遗传物质构成的产物，还是我们所处环境的产物？当然，近年来这场辩论已经偃旗息鼓。现在人们都承认，在具有复杂大脑功能的所有动物中，成年动物的行为都是由这个动物的遗传特性及其在生活中获得的经验的混合而成。换句话说，我们的行为既非完全由基因所决定，亦非完全脱离基因而形成。在行为形成过程中，动物的大脑越复杂，学习所起的作用可能就越大，而且不同个体之间的行为差异也越大。婴幼儿时期是行为形成过程中可塑性很强的时期，在这一时期所获取的信息和学习的东西可能具有非常重要的意义。

不言而喻，我也像所有的母亲一样，想给自己的儿子在生活中尽可能开一个好头。他是我的第一个孩子(后来证明也是我惟一的孩子)——我有必要多听听各种人的建议。其中有我自己的母亲，有斯波克医生——还有"弗洛"！即使是当时，我通过对做母亲的黑猩猩如何带孩子的观察，也明白了一点：一个有安全感的童年可能会导致成年生活中的自立和独立性，而一个受到干扰的童年生活，很可能造就一个没有安全感的成年生活。对黑猩猩的观察表明，母亲的个性，她与自己孩子的关系，以及在某种程度上她与社区中其他成员的关系，都是非常重要的。像"弗洛"那样的母亲，很活跃，有爱心，也有耐心，尤其是很乐于帮助，所抚养的子女在成年之后与群体其他成员的关系似乎就比较融洽。而像"帕辛"那样比较严厉，不大关心子女、不活跃的黑猩猩，所抚养的子女在成年之后往往就比较拘谨，总显得局促不安。这在女儿身上表现得尤为明显。但是，有证据说明这对儿子也有影响。与"奥莉"那样跟其他猩猩关系比较紧张、比较胆小、地位比较低的雌性猩猩相比，"弗洛"是个跟其他成年猩猩关系较好、比较果断、比较自信的母亲，所以她就能使子女在生活上有个良好的开端。我们在这些早期观察中所获得的所有信息，都为我们的早期印象提供了实实在在的证据。

我们还不能认为，影响黑猩猩幼仔成长的那些因素对于人类婴幼儿的成长有什么意义。可是常识和直觉告诉我，它们很可能是有意义的。我想自己一定要给格拉布的生活中增添欢乐。我从"弗洛"那里了解到，引导婴幼儿最好的办法是给他以娱乐而不是惩罚。可是我也明白了严格管束和始终如一的重要性。最后我有了一套抚养孩子的方法，这是我从万妮、"弗洛"、斯波克医生以及做母亲的天性中悟出来的。

格拉布3岁之前，我每个晚上都跟他在一起，而且每天至少有半天时间跟他在一起。孩子的初期教育靠的是函授课程。我试图亲自教他，可是效果不佳。雨果和我先后选了好几个想在上大学之前获得一年实践经验的高中毕业生。他们的酬金是按照他们在贡贝所呆的时间支付的。到9岁那年，格拉布就回国内上学去了，随我的母亲住在白桦山庄。对于英国人动辄把很小的孩子从国外送"回国"去上寄宿学校，我历来都不敢恭维。但我们的情况不同。白桦山庄有丹妮、万妮、奥莉、奥德丽，是格拉布的家的延伸。节假日我们都是和他一起度过的：圣诞节和复活节我都要回伯恩茅斯，而夏天他都要到坦桑尼亚来。有时候学校放周末假，他就去看当时在伦敦进行影片剪辑的雨果。

对黑猩猩的观察有助于我当好母亲，这已毋庸置疑。但我也发现，由于自己有了做母亲的体验，我对黑猩猩的母性行为有了更深的理解。对于自身没有体验的情感，就很难产生移情和理解。比如说，格拉布出生后，我才对母爱的强大本能有所理解。如果有人吓唬格拉布或者威胁到他的利益，我很自然地会生气。一只母猩猩看见其他猩猩离她的孩子太近，或者看见一起玩耍的猩猩并非有意地弄痛了她的孩子，她就会拼命挥动胳膊或者发出威胁的叫喊。对此，我现在感到容易理解多了。

1968年，我们营地上发生了一起惨祸：一个叫露丝·戴维斯的美国学生在跟踪一只猩猩的时候，从一处不明显的断崖上摔下去，不幸遇难。她是个聪明可爱、充满活力的姑娘，热爱贡贝，热爱黑猩猩。她对成年雄性黑猩猩之间相互控制的关系很有兴趣，花了大量时间观察"迈克"、"歌利亚"、"灰胡子戴维"、"休和查利兄弟"以及其他雄猩猩。这一点，间接地导致了她的不幸。当时，每个人都把自己正在进行的观察录在小型磁带录音机上。露丝的录音机就在她的遗体旁边，就像飞机上的黑匣子一样，记录了她生命最后时刻的信息。她跟踪"休"向南走了很远后出了事。磁带上记录了她临死之前奄奄一息的声音。不知道是什么原因，她脚下打滑，从悬崖上栽了下去。后来我们发现那段悬崖几乎全被茂密的植物遮住，根本看不出来。

露丝的父母决定把她的遗体安葬在贡贝，安葬在她生前所热爱的这片丘陵上。他们乘飞机前来参加了一个简单的葬礼。他们说，尽管他们非常悲痛，但能看一眼露丝所热爱的这块土地，就心满意足了。她找到了自己的最终归宿，我也感到高兴。此后，我总觉得她还活着，悄然无声地在那片森林里。我常常听她说，她在那片森林里度过了一生中非常开心的时光。

露丝遇难的时候，格拉布才1岁半。他跟雨果和我在这里呆着的几个星期里，很快就喜欢上了露丝。尽管我们从来没有把露丝的死因向他作过任何解释，他显然已经以小孩子特有的方式明白了所发生的事情。有一次我和格拉布在闲暇中翻阅一本相册，我们突然发现一张露丝跟他在花园里玩的照片。他指着照片说了声"露丝!"接着又很难过地说："露丝摔烂了。"

露丝出事之后，我们决定每个单独外出的学生，都要有当地一名坦桑尼亚人陪同。解剖露丝遗体的医生告诉我们，露丝死时没有痛苦，因为是当场死亡。可是在搜寻露丝的那5天当中，我们都很难受，以为她痛苦地躺在那里，叫天不应，叫地不灵。如果她不是一个人外出，陪她出去的人至少可以回来报告她的位置。我们的考察队又吸纳了希拉利·马塔马、埃斯洛姆·姆庞戈、哈米西·姆科诺、亚哈亚·阿拉马西以及其他几个人。事实很快就证明，从这个国家公园附近的小村庄里聘用的这些人，都是一流的野外考察队员。我们花了大量时间对他们进行培训，他们很快就成了我们考察队里不可缺少的人物。

遗憾的是，虽然我认为我对儿子尽了相当大的责任，但是，我和丈夫雨果的关系却开始出现裂痕。由于他一直在西非拍摄影片，而我在美国讲学，我们分居的时间多了。此外，我们之间还有一些相互不能兼容的东西。当然，我们在婚前就知道双方在对许多事情的看法上有分歧——可是我们也像大多数年轻人一样，相信自己所选择的配偶会有变化。然而，这样的奇迹没有出现。随之而来的是越来越厉害的斗嘴和争吵。1974年，我们决定分手。雨果和我还保持朋友关系，可是这是件很痛苦的事情，对格拉布来说尤其如此，因为他爱着我们两个人。

正是在这段非常痛苦的时期，我去巴黎参加联合国教科文组织召开的关于反对侵略会议，并趁此机会游览了巴黎圣母院。自从读了维克多·雨果的《巴黎圣母院》之后，我就期盼着有一天能到那座闻名遐迩的大教堂里去看一看。 我没有预料到那次游览会对我产生如此重大的影响——正如我在本书前言里所谈的，我体验到一种如痴如醉的状态，至少我看是这样。 那一次游览复活了我对哲学和人生含义的深深思考。 宇宙之中有没有什么指导力量，或者万物的造物主，乃至生命的创造者？ 在地球上的生命有没有什么目的？ 如果有，那我们人类在整个的大画面上应该扮演什么样的角色？ 尤其是我自己，扮演的是什么角色？

在我看来，对于我们在地球上的存在，似乎只有两种解释方式：要么同意麦克白斯 [1] 所说的，生命不过是由"白痴讲述的故事"，生命形式的出现是无目的的，包括被我们称为"智人"的"进化论的傻瓜"——精明、贪婪、自私，并且很不幸地带有破坏性的人类；或者像德日进 [2] 所说的，"宇宙中正孕育着变化，很像妊娠和分娩"。 换言之，所有这一切都是有计划，有目的的。

在由婚变带来痛苦的那段日子里，我想到了这些终极的问题，我意识到在森林中的经历以及对黑猩猩的理解，使我能从新的视角来看待世界。 我深信有一种伟大精神力量的存在，我们把它称为上帝、真主或者婆罗贺摩， [3] 不过我也深知自己有限的大脑是永远无法想象出它的形态和特性的。 即便没有上帝一说，即便没有灵魂一说，有一点仍然是确定无疑的，那就是进化在千百万年的活动过程中造就了一种了不起的动物——人类。 与我们在生物学上关系最近的黑猩猩可能也是这样造就的，然而又是那样的不同。 我们对黑猩猩的研究有助于我们准确地说出他们与我们的相同之处，以及我们之间最大不同的方

---

[1] 麦克白斯(Macbeth)，莎士比亚悲剧《麦克白斯》的主人公，是苏格兰大将，在野心的驱使下杀死了慈祥的国王。 该剧探索了人性由善变恶的过程。 ——译者

[2] 德日进(Pierre Teilhard de Chardin，1881—1955)，法国古生物学家、哲学家，主张进化论，曾参加对北京人头盖骨化石的鉴定。 ——译者

[3] 上帝为耶稣教所信奉的神，真主为伊斯兰教所信奉的神，婆罗贺摩为印度教所信奉的神，三者分别被各自的教派尊为造物主。 ——译者

式。毋庸讳言，并非只有我们才具有人格个性、推理能力、爱他主义、喜怒哀乐的情感，也并非只有我们才能够体验心理和身体上的痛苦。可是自从两百万年前人类第一次从类人猿的行列中脱颖而出，我们在智能方面的复杂性就有了极其巨大的发展。我们人类，而且只有我们人类，才有了高度发达的口头语言表达能力。在进化史上第一次出现了这样的情况：一个物种能把那些并不直接在眼前的事物告诉它的下一代，把过去成功——以及失败——中获得的智慧传给下一代，为遥远的未来制订计划，就一些思想进行讨论，使之有所发展，经过群体的智慧，有时候会发展到无法辨认的地步。

有了言语，我们就可以问我们是谁，为什么在这儿之类的问题，而其他动物就无法做到。毫无疑问，这种高度发达的智能意味着我们对这个星球上的其他生命形式负有一种责任——它们的继续生存受到了我们人类肆无忌惮的行为的威胁——而这与我们是否相信上帝是毫无关系的。的确，那些认为没有上帝，但认为我们是这个世界上进化的偶然产物的人们在环保责任方面也许更加积极——因为如果没有上帝，那显然就完全靠我们人类自己来纠正所发生的错误。我曾经遇到过一些对上帝笃信不疑的人，他们完全推卸了作为人类所应该具有的责任心，认为世间万物都安全地"掌握在上帝手中"。我小时候就受到过这样的教诲："上帝只助佑自助者。"我们都应当负起责任，发挥作用，为这个被我们以多种方式亵渎了的星球进行清洁和治疗。

我认为，也许是我在巴黎圣母院得到的体验在召唤我去采取行动。我觉得自己虽是凡人，但却听见了上帝的声音——虽然我当时并没有这样想。我没有听见任何话语，只是听见了一种声音。无论有没有话语，那样的体验却是强有力的。它使我回到了自己所出生的那个世界，一个充满各种问题的20世纪。它使我意识到，我在野生状态下美丽的森林里所强烈感受到的精神力量，与我在孩提时期和特雷弗牧师相处的岁月，与我独自久久地呆在那个古代小教堂时所得到的感受，是完全一样的。 现在回想起来，我在巴黎圣母院的游览是我人生道路上的里程碑。 最终，等到时机成熟的时候，我会回想起那个光辉的时刻，那时候我将会悟出其中的话语。 但是在最近的将来，这还是不可能的。 在此之前所发生的各种事情，都将对我的韧性和我对上帝的信念作出前所未有的检验。

与德里克在一起，1976 年。

第七章

失 落 之 园

　　就在我的世界被搅得天翻地覆的时候，我遇上了德里克·布赖森——在此后的几年当中，他成了我在爱情和事业上的新伙伴。　他是坦桑尼亚国家公园的主任、达累斯萨拉姆的议会议员。　他对自己所入籍的国家非常热爱，也非常忠诚，多年来一直是黑非洲自由选举中的惟一白人议员。　要不是结识了他，我相信我们的研究工作就会因 1975 年 5 月在贡贝发生的那起绑架事件而夭折。　他性格刚毅，他的诚实近乎残酷无情，但却具有令人捧腹的幽默感。　他还是个理想主义者，具有为取得积极成果而工作的毅力和精力。

　　第二次世界大战期间，他是英国皇家空军的战斗机飞行员，可是参战才一两个月他的飞机就被击落了。　飞机坠毁时，他的脊柱受到严重损伤，医生说他一辈子也不能走路了。　他当时才 19 岁。　他决心证明医生的预言不对，硬是凭自己的意志，借助一根拐杖学着走步。　他只有一条腿有力气向前迈步，另一条腿要靠大腿根用力才能向前挪。他还学会了开车，不过他要搬动左腿才能使脚从离合器踏板上移动到刹车踏板上。

能够行走之后，德里克到剑桥大学去学习，后来获得农业学士学位。他没有接受在英国的一份"舒适安逸地坐在扶手椅里享受"的农业工作。他告诉我那是一份"适合残疾人"的工作。他去了肯尼亚，在那里干了两年农活。后来他向英国政府申请并获得了乞力马扎罗山脚下的一个小麦种植农场。他在那儿工作了两年之后，结识了富有魅力的政治领袖朱利叶斯·尼雷尔[1]，此后便投身于争取坦桑尼亚独立的斗争之中。他的后半生一直是坦桑尼亚政治生活中的主要人物，在内阁中任过多种要职，包括农业部长和卫生部长。

在我结识他之前不久，他刚刚被尼雷尔总统任命为国家公园的主任。他定期到各个国家公园视察，有时候，格拉布和我还一起坐上他那架塞斯纳公司生产的四座小飞机。有一回我们坐他的飞机一起旅行，差点把命都丢了——不知怎么的，也许是一种世事无定的感觉导致了我们的结合。在飞行了将近1个小时之后，仪表板下面突然冒出一缕轻烟，就像从烟灰缸里没有完全掐灭的烟头上冒出的烟一样。当时我们正处于飞往鲁阿哈国家公园的途中，还要飞45分钟才能到达。我们的下方是延绵起伏、林木覆盖的山石地。德里克检查了仪表，除了有这点烟，一切似乎都很正常。除了这点烟！显然，谢天谢地，最好还是不要有烟。然而，当时是一点办法也没有，只能听天由命，祈祷上苍保佑了。我们都想对这点烟不予理会，可是我发现自己的眼睛总也离不开那一丝青烟。所幸的是，它没有冒火，可是那45分钟真长得太难熬了。

我们终于飞临国家公园上方。护林人的营地和供来客居住的招

---

[1] 朱利叶斯·尼雷尔(Julius Nyerere, 1922—1999)，坦桑尼亚首任总统、泛非主义的坚定信仰者、非洲统一组织主要领导人之一。1985年辞去总统职务，1999年因白血病逝世。——译者

待所已经进入我们的视线，我们看见鲁阿哈河畔灌木丛中的简易跑道。 仪表板下还没有冒火。 就在我们准备着陆的时候，有一群长颈鹿突然从跑道上横穿而过。 我们的飞行员将机头拉起。 然而就在这时候，他却失去了勇气。 经过长时间的带烟飞行，这最后一分钟的耽搁使他慌了手脚。 他不是让飞机盘旋飞行后再次对准跑道着陆，而是让它在河边的灌木丛中进行紧急迫降。 我正忙着给格拉布系上安全带，却听见德里克说："你不是想在这个地方降落吧? 不行!"最后那个词简直是大声喊出来的。 可是已经来不及了。

飞机以比正常降落快出一倍的速度触及地面。 承蒙上帝的恩宠，一只机翼撞在一棵树上，飞机横向滑行，否则直冲向前，极有可能起火燃烧。 飞机完全失控，在灌木丛中磕磕碰碰地向前冲，很久很久才停下来。

飞行员打开他一侧的机门，大声说道："快下去，飞机就要起火了!"说着他连发动机都没关，就抛开乘客独自离开了飞机。

"快下去，格拉布!"我对他说道。 "跟着那个人!"格拉布机灵极了，完全按照我说的去做。 跑出一段距离之后，他还转过身来看着我们。

德里克跳不下去。 他那一侧的机门只能打开一条缝。 那边飞机轮子变了形，机身整个倾斜，另一侧机翼高高翘起，堆放在后面的行李全都倒在前排座位的后面，所以他的座位无法向后推，身体自然也就无法移动了。 我拼命把行李向外扔。

"是你的钱包丢了，还是怎么的?"德里克嘴角挂着调皮的微笑。 我瞪了他一眼。 "别担心，它现在起不了火。"他想让我放心。 到这时候了还有那种绝妙的、淡淡的英国式幽默感。

等德里克爬出座位，从另一侧的门爬下飞机的时候，国家公园的工作人员也赶到了。 见我们都还活着，而且没有受伤，他们都松了一口气。 他们都看见飞机下落的情景，以为我们都完了。 我们得决定是等他们把兰德越野车开过来，还是冒险涉水过河。 那辆车停在上游那只人工摆渡船旁边，要等半个小时才能到。 而鲁阿哈河里经常能看见体型硕大的鳄鱼。 是格拉布为我们下了决心：如果在飞机坠落的时候，是上帝救了我们，那么他肯定不会让我们败给鳄鱼吧？我同意他所说的。 我们总算脱了险，而这时我才感到两腿发软，口渴难当。 我们过河的时候没有碰上鳄鱼，这也许是天佑，但也可能是由于护林人在我们四周把水拍击得哗哗直响的原因。

到了招待所，我们换上干衣服，休息放松一下。 现在已经脱险，我们意识到自己很幸运，开始回味刚才所受的一番惊吓。 在和德里克、格拉布坐着喝咖啡的时候，我想到了坠落时的情景。 在飞机撞击地面，然后在灌木丛中向前乱冲的时候，我心想这下是必死无疑了。 记得当时我心里在想："这架飞机会撞得粉碎，起火燃烧的。"在整个过程当中，我根本没有感到恐惧。 一丝一毫都没有。我想自己大脑里的反射功能已经麻木。 我只是暗暗对自己说："此乃天意!"我们经常听人说，在面临死亡的时候，自己一生中的许多场景都会生动地在脑海中闪现。 可是在我身上却没有出现这种情况。 这实在有点遗憾。

黄昏时分凉爽宜人。 我们驱车进入国家公园。 我们发现一小群象在饮水。 西下的太阳给蓝桉树抹上一层橙红色。 在死里逃生之后的幸福时光里，我们觉得非洲似乎比以往任何时候都更加美丽。 德里克向我求婚的时候，我答应了。

我们结婚之后，我依然住在贡贝，当研究中心主任。 到1975年，来贡贝的学生有时多达20名，有的研究黑猩猩，有的研究狒狒。 我们那里还有来自美国和欧洲不少大学的研究生，他们的学科领域很广，主要是人类学、人种学和心理学。 学生们住的是覆盖着草的铝框架结构的房子，都隐蔽在营地附近的森林里。 他们全都到湖边上一座大房子里来用餐，我和格拉布经常和他们在一起吃。 德里克继续生活在达累斯萨拉姆，但在对国家公园进行例行视察的时候，他也经常到贡贝来。 在办研究中心方面，他对我的帮助非常大。

　　5月份的一个夜晚，突然发生一桩恐怖事件。有40名武装分子乘一艘小船从扎伊尔(现今的刚果)越过坦噶尼喀湖，袭击了我们的营地。公园管理员伊塔·洛哈伊听见叫喊声，就起床看看是怎么回事。他们把她抓住，用一支步枪顶着她的脑袋，命令她把他们带到学生住的地方去。她拒绝了。也算是伊塔的运气，袭击者发现了4名学生。这个数字是他们在湖对岸所预料到的——两间小屋，每间屋里有两张床。他们把伊塔押到湖边放了。看见几个受害者的手被紧紧地反绑着，她非常害怕，赶紧去找坦桑尼亚学生阿迪·利亚鲁。他们脱掉白色的睡衣，潜入夜色之中，赶紧去通知其他学生。我的房子在湖边上比较远的地方，等那艘小船走了之后，我才听说遭袭击了。等确信袭击者已经离开，大家才惊魂不定地集中在一起，讨论该怎么办。失踪的4名学生中，有3名美国人和1名荷兰人。有人报告说湖面上传来4声枪响，我们担心被绑架去的人已经遭到杀害。过了几个星期，我们才得知他们的确切遭遇。

　　所有非坦桑尼亚人都必须离开贡贝，我们搬到了达累斯萨拉姆，挤进德里克那间供客人居住的小房子里等候消息。那段时间真有如一场恶梦。两个星期之后，我们听说绑架者把其中一名学生送到基戈马，并索要一笔赎金，我们的心里才像一块石头落了地。至少我们知道其他3个人都还活着。绑架者提出的要求极其过分，不仅索要一大笔赎金，而且还提出向他们运送武器，此外还向坦桑尼亚政府提出了一些要求。德里克知道其中一些要求政府是不能答应或者不会答应的。后来，叛乱分子派两名代表到达累斯萨拉姆，与美国和荷兰的大使馆谈判。谈判似乎无休止地拖着，搞得各方面的关系都非常紧张。这是一段非常痛苦的时间，我真不愿意去回想。我们在达累斯萨拉姆，是在惶惶不安地等待，而被绑架的受害者想必是度日如年了。他们在翘首企盼，不知道自己能不能得救，心想他们被从贡贝的乐土上劫持出来，可能就这样死在对岸的森林里。

那笔赎金最后还是支付了。 现在已经弄清楚了：那笔钱给了洛朗·卡比拉领导的革命运动。 这就是20年之后击败蒙博托、控制扎伊尔并将国名改为刚果民主共和国的卡比拉。 赎金于夜间在湖畔支付之后，叛乱分子违背了部分协议——他们只释放了3个人质中的2个年轻女子。 我当时深感失望，心想叛乱分子肯定会杀掉第3个人质以示警告。 来自美国的那个权力很大的谈判小组已经回国。 谢天谢地，也不知道为什么，过了一两个星期，叛乱分子决定作出让步，从湖上把那个人质送回了基戈马。 我们的心里一块石头落了地。

4名迎回的人质都没有受到伤害——我说的是身体上。 但他们精神上受到的折磨却是可怕的。 他们每天都被告知这样的话："你们的朋友会用钱把你们赎出去的，你们不要失望，不然我们早把你们都杀了。"我想他们永远也摆脱不了那段经历在他们心理上所造成的创伤。 他们肯定无法摆脱那个记忆，在他们生病、感到孤独或者伤心的时候，随时都会从他们的潜意识中像恶梦一样浮现到他们的脑海里来。

发生那次事件之后的几个月里，贡贝被认为是一个"敏感"地区，我们每次前往都要获得政府方面的特别许可。 没有德里克，没有他在政府中所享有的崇高威信，那次绑架事件就可能导致贡贝地区黑猩猩考察工作的结束。 靠我一个人是无论如何也应付不了那么多问题的。 研究中心和国家公园的行政工作，他都可以帮得上忙。 更为重要的是，他帮助重组了在坦桑尼亚的野外考察人员队伍，鼓励他们更加认真负责地把日常考察工作组织好。 此外，我们在达累斯萨拉姆还可以通过无线电联系了解现场的工作情况。 我尽量想把绑架事件造成的不快忘掉。

等我1975年10月到美国的时候，我发现那次事件还远远没有结束。 我在斯坦福大学除春季有两个星期的讲学外，整个秋季都在那里。 我们原来以为那笔赎金是学生被释放之前募集的，后来发现不是那么回事。 实际上，募集赎金的工作依然在进行。 我尽己所能捐了些钱，但数额不大。 接着所发生的事情对我来说就是一场不可思议的恶梦。

当时，谣言四起。 两个星期后，有人提出我应当离开斯坦福。有人对我说，"在事情平息之前"，我最好还是去避避风头。 大多数谣言是有关德里克的。 他的确曾经希望不交赎金就能使学生安全获释——因为他想在这种问题上开个先例。 那种认为他让学生死掉的看法是荒谬的。 他去参加谈判，希望他在皇家特种航空队的朋友帮点忙。 此外还有人说我不负责任，说那天晚上我为什么不挺身而出换回学生？ 我直到学生被绑架后才知道情况，可是这一事实他们根本就听不进去。

这样的谣言在美国不少地方大行其道。 有一点是确定无疑的：如果我听从有些人的建议，当时就离开斯坦福大学，那我也许就永远不能再踏上美国的土地了。 我租了一套房子，不久万妮和格拉布就过来了。 最后德里克也过来了。 于是我就着手辟谣。 在那年秋天的几个星期中，我所作的努力使我进一步体会到《圣经》上所说的"束好腰带"的含义。[1] 我一次次地作好了准备，去找那些设法躲避我的人。 有时候这意味着用周末时间乘飞机去找，这笔费用是我承担不起的。 这一切都是为了从我的角度来解释所发生的事情。万妮像以往一样，给了我极大的力量。 我们在一起商量对策，常常谈到深夜。 而这时候，白天在大学园区一所小学里学习的格拉布已经平静地进入了梦乡。 我睡在床上，辗转反侧想尽快入睡，外婆的字条给了我很大的宽慰："你的日子如何，你的力量也必如何。"当然是这样。

---

[1] "束好腰带"(Gird up the Loins)，圣经成语。 源自《彼得前书》第 1 章第 13 节。 后来西方人用该成语比喻"做好行动准备"，与汉语成语"严阵以待"意近。 ——译者

所发生的这些事使我情绪低落，同时也使我感到大惑不解。后来有个人来采访我，他近期调查了在世界各地发生的 12 桩重大绑架案件，其中包括轰动世界的帕蒂·赫斯特绑架案。[1] 在采访即将结束的时候，他对我说了一番话，的确使我终身难忘。"简，我知道你觉得你的处境很不公平，感到震惊。遗憾的是，在我所调查的这几个案件中，一大笔赎金被交付之后，就出现了关系的破裂。友谊和信任变成了敌意和怨恨。一无例外。"

这是对人性所作的可怕的评论。在别人有痛苦和困难的时候，乘人之危，友情变成了敌意和怨恨。尽管这几个难熬的星期终于过去了，但我也被弄得焦头烂额，疲惫不堪——不过，至少大多数谣言已经偃旗息鼓。这也标志着我在斯坦福大学任教的结束：这是一个时代的结束。

这是很久以前的事了，而且我很少去回想。我在这里提及它，主要是因为它在当时对我的冲击太大，同时也因为它在人性方面给我上了深刻的一课。有许多人我原先一直认为是好朋友，可是他们只是一些不能共患难的朋友。我也明白了谁是真正的朋友。是他们给了我宝贵的支持! 我以前的一些学生，从老远的地方赶来陪伴我，给了我极大的鼓舞。毫无疑问，我变得更加坚强，更加自信。这一系列的体验都是前所未有的，但也显得莫名其妙，极具挑战意味。记得我当时曾祈祷上帝给我力量，让我去做我不得不做的事情。现在回想起来，我觉得战胜挑战增强了我对上帝的信念。

绑架事件之后，在贡贝就没有博士研究生了。我们的主要资金来源已经无法继续支持这项研究——这本身也是一个挑战。有两位了不起的朋友想提供资助，一位是拉涅里·迪·桑·福斯蒂诺亲王，另一位是他的妻子吉纳维芙(吉尼)。拉涅里认为我应当能建立起自

[1] 帕蒂·赫斯特(Patty Hearst, 1954—)，报业巨子威廉·伦道夫·赫斯特的孙女。19 岁时(1974)被激进恐怖组织绑架，被绑期间与绑架者合作抢劫银行。1975 年 9 月被联邦调查局逮捕，被判 7 年徒刑。1979 年卡特总统为其减刑，坐牢仅 22 个月后便获释。——译者

己的基金，这样我就不必完全依靠别人的捐赠。于是，他着手争取为一个以我的名字命名的非盈利性研究机构的合法地位。遗憾的是，这件事情还没有办成，他就与世长辞了。他的妻子吉尼继续作文字材料方面的准备工作。简·古多尔研究所于1976年成立。在此后的多年中，许多热心支持、富有才华、有献身精神的人都愿意成为董事会的成员，愿意帮助确保贡贝黑猩猩有个良好的未来，也愿意帮助我们扩大研究计划。所以，尽管有绑架事件以及其后的一段混乱，在贡贝的研究仍然得以继续，不过其方式与以前略有不同：信息的采集不再仅仅依靠学生，而是越来越多地依靠由熟练的坦桑尼亚人组成的野外工作队，其成员都是从国家公园附近村庄里招聘的。后来还将有为数不多的几个外国研究工作者加入他们的行列，其中包括一位坦桑尼亚的博士。

可是，在绑架事件发生后的一两年里，在贡贝那边一个外国学生也没有了。那次事件后的几个月里，就连我自己要去，每次最多也只有一两天时间。渐渐地，随着情况有所缓解，我也能获准呆一两个星期了。只要一去，我就觉得似乎回到了从前，因为在那个湖畔有我自己的房子，我可以再次跟踪我想跟踪的黑猩猩，而且不必担心这样会使某个学生感到不快或者会干扰他们的研究。绑架事件发生的3年之后，有一次我坐在湖边看着绚丽的日落，陷入了沉思。天空呈现鸭蛋青色。大湖远处的丘陵上方，是千姿百态的火烧云。这一景象显得如此恬静。然而在这平静的、波澜不惊的大湖西面，也就是扎伊尔的东部，以及再向北的布隆迪，却没有丝毫的平静——那里充满了恐惧、仇恨和暴力。那里的扎伊尔村民不断受到来自搞绑架的那个叛乱组织的其他小分队的威胁。就在我看日落的前一天晚上，我还从望远镜里看见那里火光冲天——是村民的小屋遭到焚烧，那是叛乱分子对他们的惩罚，因为他们没有提供他们索要的粮食。显然，这样的事是司空见惯的。偶尔也有满载悲伤不已、饥肠辘辘的难民的独木舟划到贡贝的湖岸边来。

回想起来，扎伊尔也真是多灾多难。1960年，我跟万妮刚刚到基戈马，就遇上了从当时的比属刚果来的难民潮。他们是从赶走殖民者的革命中逃出刚果的比利时难民。那次革命导致蒙博托总统独裁统治下的扎伊尔的诞生。从湖上逃难来的比利时人成百上千。他们之中有的人受了伤，许多人两手空空，被暂时安置在基戈马港口的一座大仓库里。万妮和我暂时克服困难，帮助基戈马人为那些难民准备食物。我还记得自己当时参加了一个小组，大家做了两千份三明治，用湿布把它们包起来，分装在大大小小的白铁皮箱子里，然后分发给难民。万妮和我前往贡贝的行程被耽搁了个把星期，直到当局认为事态已经恢复平静后才成行。

除了开头的那段风波，以后一直比较平静。虽然1961年11月坦噶尼喀独立，英国当局那时通知我离开基戈马，以防暴乱，但是，那里的人们相当平静。在当时发现黑猩猩的21个非洲国家中，路易斯·利基无意中选择了一个政治上最稳定的；我在坦桑尼亚的40年中，那里就从来没有发生过暴乱或者叛乱，而这在很大程度上要归功于坦桑尼亚的缔造者、国父朱利叶斯·尼雷尔。贡贝离北面的布隆迪不过22英里，我们隔一段时间就听说那个小国家局势紧张，图西族人和胡图族人大火并，每次都有成千上万无辜的男人、女人和儿童惨遭杀戮。

1972年，这种由来已久、不断发生的冲突变成了大规模的屠杀。碰上刮北风，我们就能听见枪声。我们甚至制订出局势恶化如何躲进山里的应急计划。操法语的非洲人沿湖岸南下明显增加，除此而外，我们觉得似乎没有什么大的变化。

我坐在湖畔，观看落日渐渐西沉到宁静的远山背后，心里想着那些暴乱冲突。就在我观看日落的时候，远山那边的人们仍然在东躲西藏，为自己的身家性命而担忧，想方设法要逃脱给他们造成灾难的那些人的魔掌。我心里在想，尽管我们人类有无与伦比的智慧，有远大崇高的抱负，可是我们的攻击性行为在许多方面与黑猩猩相比不只是类似——而是有过之无不及。因为人类有能力超越他们的卑劣本能，而黑猩猩也许就做不到这一点。我想，在贡贝的研究逐步揭示了黑猩猩本性中的阴暗面，也使我对人类如何行为及其原因有了新的认识。

第七章 失落之园

"菲本"

第八章

罪 恶 之 源

　　路易斯·利基派我去贡贝，是希望对黑猩猩的行为作更好的理解，这也许能向我们提供一个认识人类过去的窗口。他是个具有远见卓识的天才。他对我说，他认为我的工作至少要 10 年才能完成，而当时进行为期一年的这类研究也还闻所未闻。当然，我在动身前往贡贝的时候，并没有要呆 10 年的打算。在当时 26 岁的我看来，那似乎等于一辈子了。可是，如果在 10 年之后我就中止了研究，我至今仍然会认为黑猩猩的行为虽然跟人类很相似，但却比我们要友好。可是后来的观察中却出现了一连串令人震惊的可怕事件。

　　1971 年，我们有一个叫戴维·拜戈特的研究人员观察到邻近黑猩猩群中一个雌猩猩遭到残酷攻击的事件。她遭到的是"我们"这个群体中一些雄性的攻击，他们把她打倒在地，还逐个到她身上去踩。这次攻击持续了 5 分多钟，她那大约 18 个月的孩子被抢，杀死之后，被他们吃得残缺不全。那母猩猩侥幸逃脱，但是流了很多血，伤势非常严重，也许后来就死了。戴维回来后把观察到的情景跟我们一说，我们都惊骇不已。我们一直讨论到深夜，最后的结论是，那大概是一次绝无仅有的事件，是变态的失常行为。毕竟领头的"汉弗莱"是头号雄猩猩，我们多数人都认为他在大多数情况下都有心理变态行为，有过多次猛烈袭击本群落雌性的劣迹。我们认为肯定是"汉弗莱"鼓动其他雄猩猩共同参与了这次越轨行为。

可悲的是，那个"高尚的猿人"跟"高尚的野蛮人"一样神秘。我们此后还观察到多次群落内部的攻击行为，好几次都有小猩猩被杀。有时候"我们的"黑猩猩和来自其他群落的"陌生"雌性黑猩猩的冲突形式特别奇怪。有这样一只倒霉的雌猩猩，正好被一群在自己南部边界巡逻的成年雄猩猩撞上。他们爬上她所在那棵树，当时它正在吃东西，她的孩子紧紧贴着她的肚子。她拼命作出各种姿态，低声下气地哼哼，紧贴着树干蹲下，想以此来讨好把她包围起来的成年雄猩猩。这一招似乎暂时奏了效，有几只雄猩猩开始吃起东西来。有一只雄猩猩从她身边经过，她伸出手，以一种特别卑微的动作去触摸他，可是那雄猩猩猛地让开，看了看被她触摸的手臂，然后抓了一把树叶在那只被摸过的手臂上使劲擦起来。过了几分钟，所有雄猩猩都加入了一场残酷的群体攻袭。她的孩子被打死，她被打成重伤。虽然我们没有证据说明她已经死亡，但是她恢复的可能性似乎微乎其微。

1975年，我们首次观察到并记录下由地位较高的雌性黑猩猩"帕辛"发动的同类相残的攻击。参与攻击的有她已成年的女儿"波姆"，被攻击的对象是她们自己群落里的其他雌猩猩的幼仔。我是在达累斯萨拉姆的时候听到这个消息的。"帕辛"和"波姆"把"吉尔卡"的孩子杀死后生吞活剥地吃掉了。从对讲机里传来的消息好像是这么说的。我当时真希望他们的消息不准确——怎么会发生这样的事情呢？遗憾的是，这就是事实。

德里克和我立即飞往贡贝，听了令人毛骨悚然的详细汇报。

"吉尔卡"当时正坐在那里带自己的孩子。"帕辛"突然出现后，先是瞪着她看一会儿，接着就竖起鬃毛发动攻击。"吉尔卡"大声惊叫，开始逃跑。可是她有点伤残——1966年由于脊髓灰质炎大流行，使她的一只手腕的功能部分瘫痪。由于有点瘸，加上带着孩子，她根本没有逃脱的希望。"帕辛"一把夺过孩子，在孩子前额上狠咬一口，把他咬死，接着就坐下来，跟她的女儿和未成年的儿子一起享用这顿可怕的肉餐。

为什么会发生这种事情呢？当时在贡贝并没有出现食物短缺——"帕辛"并不是要靠吃掉小猩猩才能活下去。"吉尔卡"并不是邻近黑猩猩群落的成员。她和"帕辛"早就相互认识。我们对这一可怕的事件进行了讨论，并开始怀疑"吉尔卡"12个月之前生的第一个孩子也遇到了同样的命运。那个幼仔也是出生一两个星期就消失得无影无踪了。最后一次类似事件出现在一年之后，"吉尔卡"又生了小宝宝，可是小幼仔再次受到"帕辛"的残害。"吉尔卡"尽管身有残疾，还是进行了激烈抗争。可是这一次"波姆"加入了，她趁"吉尔卡"受"帕辛"攻击的时候把孩子抢去杀死的。"吉尔卡"被打伤后，也许再也没有恢复。几年中，她接连失去三个孩子，我想她的精神一定崩溃了。

大约两年后，我在湍急的卡孔贝溪流边发现了她的尸体。她当时还不到20岁。我对她的一生非常了解，因为60年代初，她还是个婴儿的时候我就认识了她。我站在那里，想到她从小就遭受的一连串不幸。她小时候也有过一个美好的前景，可是后来的生活却充满了不幸。尽管她的母亲比较沉默、不大合群，"吉尔卡"幼年时却很讨喜，生活中充满了欢乐。她小时候就喜欢跟雄猩猩在一起，天生就喜欢表现自己，经常高兴得坐在地上打转转，用脚尖支撑身体旋转或者玩翻跟头。可是在少年时期，她得了脊髓灰质炎病。那场病不仅使她一只手腕几乎瘫痪，而且夺走了她心爱的小弟弟的生命。刚成年不久，她那张小精灵似的心型脸上就由于残酷的真菌病而变了形。她的鼻子和眉脊曾经肿得很不像样子，有一段时间她几乎完全失明，在小路上挣扎着向前走，经常撞在其他东西上。 她的母亲死后，她显得非常孤独。 跟她关系最密切的是她的兄长。 他们在一起行走的时候，他经常停下来等候有生理缺陷的妹妹，那情景着实令人感动不已。 她生下第一个孩子的时候，我非常高兴，因为她将与他相依为命。 可是一两个星期之后，那孩子就失踪了。 "吉尔卡"三次做母亲的权力几乎全部给剥夺了。 她的三个孩子很可能都是"帕辛"杀死的。 在她带孩子的那几个星期里，她是个非常细心，很有爱心的母亲。

森林里一片幽暗的绿色，夹杂着摇曳的斑驳光点。 那是透过头顶上方沙沙作响的枝叶缝隙的残阳的光斑。 小溪在潺潺流淌。 知更鸟那哀婉动听的叫声深深触动着我的心。 我低下头看着她，突然感到一阵平静。 "吉尔卡"终于丢下对她来说已经成为负担的躯体而去了。

从 1974 到 1978 这 4 年中，我们所研究的这个群落一共生了 10 只黑猩猩，存活下来的只有 1 只。 我们知道，其中 5 只(包括"吉尔卡"的 2 只)是被"帕辛"和"波姆"杀死后吃掉的，而且我们怀疑其他 3 只也是她们杀死的。 我们开始认真讨论预防这类攻击的办法。 所幸的是，"帕辛"和"波姆"都有了孩子，同类相残的事件也就此告一段落。

这并不意味着所有问题都解决了。 因为一度很和平的黑猩猩，逐渐深深地卷入了一种原始状态的战争。 在我很熟悉的这个群落中，之所以出现这种情况，是因为黑猩猩中出现了分裂。 有 7 只成年雄猩猩和 3 只带着孩子的雌猩猩，开始在整个群落的领地南端滞留，而且时间越来越长。 到 1972 年已经可以明显看出，这些猩猩已形成一个全新的独立群体。 南边这个叫卡哈马的群体放弃了北边的林中领地。 而卡萨克拉群落发现，他们原先可以自由出入的那片森林，现在已经不能去了。 这两个群落的雄猩猩在交界处相遇的时候，双方都向对方发出威胁。 雄猩猩较少的一方很快就退缩到自己领地的中心地带。 这是典型的领地行为。

到了 1974 年，侵略行为日趋严重。 第一次重大攻击是我们的队长希拉利·马塔马亲眼目睹的。6只卡萨克拉雄性黑猩猩悄悄运动到南部边界，遇上了卡哈马群落在那里静静吃东西的雄猩猩"戈迪"。"戈迪"发现他们之后就想逃，但还是被他们抓住了。那几个卡萨克拉暴徒把他按在地上，拳打脚踢再加上口咬，狠狠地打了他10分钟后，扬长而去。"戈迪"躺在地上，有气无力地呻吟着。他随后慢慢站起来，看着他们远去的背影，嘴里还在叫喊。我们后来再也没有看见过他，看来他肯定死了。

这是强大的卡萨克拉群落向分裂群体中个别猩猩所发动袭击，是一系列凶残攻击的第一次——一场"四年战争"。受害的不仅仅是成年雄猩猩，还有成年雌猩猩。攻击时间都在10到20分钟，都是以受害者的死亡而告结束。我们总共观察到分裂群体的7只雄猩猩中的4只遭到袭击的情况。我们还发现一具残缺不全的尸体，他似乎也是被卡萨克拉的雄猩猩所害。剩下的2只也不见了踪影。我们观察到3只成年雌猩猩中有1只被袭击的情况。另外2只不翼而飞。换句话说，在战争中，那个搬到南边的群体被全部消灭——除了3只没有孩子的年轻雌猩猩之外。胜利的雄猩猩把她们逐一抢去。

1974到1977是贡贝历史上最黑暗的4年，也是我一生中对智力和情感有极大挑战的4年。我们那个和平的、田园诗般的世界，我们的小乐园被闹得天翻地覆：那次绑架事件及其造成的震惊和恐惧；充满暴力的"四年战争"以及其他一些群落之间的相互攻击；"帕辛"和"波姆"对同类残杀的行为。我个人则经历了非常痛苦的婚变。此外，还有外婆辞世的消息。在短短4年当中，我生活中许多美好的东西都被打得稀烂。

所有亲身经历绑架事件及其后的痛苦和悲伤的人都深受触动。对绑架和赎金的事我早就知道了，可是亲身的经历并没有改变我对人性中黑暗面的看法。不过，我们所观察到的黑猩猩之间的残杀却有所不同：它使我永远改变了对黑猩猩本性的看法。正如我在前文中提及的，在研究工作的头10年里，我一直认为贡贝的黑猩猩在大多数时候比人类要友好得多。我知道侵略性的袭击可能会出现，有时甚至会因为一些鸡毛蒜皮的小事。黑猩猩生性活泼，在多数情况下，群落内部的侵略行为主要不是激烈的打斗，而是一般的吆喝和恐吓——很多的"吵闹和发怒并不能说明什么问题"。可是我们突然发现，黑猩猩竟然也会那样残忍——他们也像我们一样，在本性方面存在着阴暗面。

为了使自己适应新近出现的情况，我苦苦思索了几个月。我常常于夜间醒来，脑子里充满暴力场面的画面："帕辛"把目光从"吉尔卡"的孩子那弱小身躯上移开，抬起头来，嘴唇上血淋淋的；"魔鬼撒旦"用手舀起"斯尼夫"受伤的脸上流出的血，然后把它喝下去；"菲本"把"戈迪"的那条断腿拧成了麻花；"比太太"躺在植被丛中，因伤势过重正在慢慢死去，而她 10 岁的女儿在一边轻轻地梳理着她的毛发，给她以安慰，一边驱赶着苍蝇。

我把在贡贝观察到的黑猩猩群落之间相互残杀的第一手资料公布于世的时候，我知道有些科学家会对我进行大肆批评。有些人批评说我的观察不过是"胡编乱造"，不足为信。这种批评分明荒唐之极。卡哈马群体遭到残忍袭击的情况，是我们在近距离上观察到的，况且不是一次，而是五次！此外我们还有对邻近群落的雌猩猩进行袭击的大量记录。有些科学家认为，贡贝黑猩猩之所以行为反常，是因为我们给猩猩提供香蕉的做法不对头。这个批评是有效的。可是对群落外的雌猩猩进行攻击的地点远离香蕉供食站，全都在卡萨克拉群落所在领地的边缘。卡哈马群体的猩猩全部都主动地、而且显然是永久性地离开了有香蕉供应的领地。没有任何证据能说明，他们是因为想返回原先的领地才受到攻击的。更重要的是，在非洲其他一些黑猩猩生活的森林中从事科学研究的人也观察到类似的领地攻击行为。

有的科学家即使接受了我们所公布的科学考察数据资料，他们仍然认为公布这些事实是错误的。他们认为我应当尽可能把这种侵略行为加以弱化。 为什么会产生如此强烈的抵制呢？ 这是我第一次体会到科学的政治，也就是由于政治、宗教或者社会方面的原因，在发表还是不发表的问题上所受到的压力。 我把黑猩猩之间的暴力行为告诉一个同行之后，他对我说："你绝对不能发表，因为这将给那些不负责任的科学家和作家提供他们所需要的素材，以'证明'他们所说的人类进行暴力冲突的倾向是天生的，所以战争是不可避免的——遗憾而且可悲的是，这都是我们凶残的猿人祖先的遗传。"

侵略性的问题带有如此浓厚的政治色彩，是 70 年代初期的事。这也不足为怪，因为在当时，侵略本性的问题仍然与我们刚刚经历的可怕的第二次世界大战联系在一起。 这场辩论的一方认为侵略是人的天性，存在于我们的基因密码之中。 另一方的人则认为，人初到这个世界的时候就像一张白纸，在婴幼儿时期所经历的事情将会永远被铭记，将会决定这个孩子成人后的行为。

我第一次参加关于先天天性和后天教育的大辩论，是联合国教科文组织在巴黎召开的。 使我感到非常惊讶的是，一些深受我尊敬的科学家竟然庄严地宣称，他们认为所有的侵略行为都是后天学来的。所以他们提出，只要从我们的孩子们的生活中清除所有暴力和侵略的经验、所有有关这方面的故事、所有民族主义、军乐、竞争、惩罚，还有其他许多我现在已经想不起来的经验，我们就能够创建一个没有侵略的乌托邦社会。 这种观点认为，像南非布须曼人和爱斯基摩人，毕竟因为没有接触到"进步"，所以他们那里就根本没有侵略和战争。 显然，人类的真正本性就完全是和平的。 这种说法早就被证明是不对的了，可是许多人依然抱着"高尚的野蛮人"的说法不放。我在大会上发言，对黑猩猩之间为争夺主宰权的争斗、黑猩猩群落之间的冲突以及其他侵略行为，提出了自己的评论。 我的发言受到一半与会代表的欢迎，另一半代表则针对它展开了激烈的辩论。

使我感到惊讶的是，在辩论中有一位我以前非常崇敬的科学家以不偏不倚的态度发了言。 在喝咖啡的时候，我问他："你真的认为所有的侵略都是后天学来的吗？我不明白，你是个人种学家，怎么能有这个看法？"他回答说："简，我最好还是不谈我的实际想法是什么。"我永远也不会忘记这件事。他在我心目中的形象下降了。

一位来自前苏联的心理学家也是我永远忘不了的。当然，我们当时正处于冷战巅峰。他不敢擅自回答任何哪怕带一点点政治倾向或者有一点点争议的问题，而是要先去打电话请示他的上司才行。

我去贡贝的目的，既不是为了证明黑猩猩比人好或者比人坏，也不是为了给自己一个讲台来发表关于人类"真正"本性的咄咄逼人的讲演。我为的是去学习，去观察，去把观察结果记录下来；我只想把我的观察结果和我的想法以尽可能清晰的方式坦诚地和其他人交流。当然我的态度很明确，无论事实是如何的不确定，我们还是应当予以正视，而不应当加以否认。

关于贡贝黑猩猩群落之间冲突的细节发表之后，的确有几位作家引用了其中的资料，并提出这一劳永逸地证明了暴力是深深植根于我们基因之中的，是我们从我们灵长目祖先那里继承来的。他们得出结论说，人类是嗜血成性的，因此暴力和战争是不可避免的。随着1976年理查德·道金斯的《自私的原因》的出版，这种观点的可信度就更强了。道金斯从社会生物学的角度研究了人类的动机，他认为我们的行为主要是由我们的基因所决定的。由于这些蛋白质微粒的主要"目的"就是自我繁殖，所以我们的所作所为大多是由遗传生存的需要所决定的，是通过我们自身的成功繁衍或者通过我们亲戚的成功繁衍而实现，因为他们和我们共享着一部分基因。这就意味着，为了确保我们的基因得以延续，我们可能帮助我们的亲戚，尤其是与我们关系最近的那些亲戚，如兄弟和姊妹。如果我们帮助的是非亲戚呢？这其实不是因为人类有关爱之心，而是因为我们（或者更确切地说是我们的基因）"希望"我们的善行能有所回报。我今天救了溺水的你，希望有一天你能救我，或者救我的亲戚。我们天生就是自私的——因为我们所做的一切都是为了我们基因的生存。道金斯在此后发表的一篇论文中进一步评论说，我们不应当希望有什么上帝来帮助我们，因为我们生活在一个由"盲目、无情的冷淡"所主宰的宇宙之中。

道金斯的书之所以如此畅销，我认为，部分原因是它向许多认为人类是自私残酷的人提供了借口。这是因为我们的基因。我们是无能为力的。与此同时，医学研究揭示，许多心理障碍是由生理原因引起的。也许否认对自身丑行负责可以得到一些安慰。我回想起纳粹大屠杀的幸存者讲述的那些惨无人道的残酷折磨。一个被人认为有文化和文明的国家，为什么会做出这种大规模的屠杀和种族灭绝的行为呢？道金斯的理论能解释这一点吗？

我当时的结论认为，而且我现在依然认为，否认人类具有内在的侵略性和暴力倾向是没有意义的。当我的小宝宝格拉布似乎会受到伤害的时候，我自己会不由自主地感到愤怒，这就是一个很有说服力的例子。许多科学试验表明，侵略性的行为模式至少是很容易模仿的。70 年代初期，我在斯坦福大学担任副教授的时候，心理学家罗伯特·宾多拉正在进行一项试验，测试儿童对侵略性行为模式的模仿程度。他拿出一个假人，把它放在一群两三岁的幼儿中间，然后对它又打又捶，又踢又踩。每个动作他都做得很慢，一招一式都要重复好几次。后来在几个不同的时间，他让这些孩子有接近这个假人的机会，记录下他们的反应。正如他所预料的那样，他的小研究对象都想去打那个假人几下，许多动作都是他演示过的。这为反对儿童看有暴力镜头的电视的观点提供了很好的论据。(我倒希望进行一次类似的试验，试验中对假人施以亲吻、拥抱、抚摸等动作。可是从来没有人做过这样的试验。)

贡贝黑猩猩的行为为许多理论提供了燃料，许多科学家对此进行了热烈的争论。用它——或者不用它——来佐证或者批驳自己提出的人类侵略性本质的理论。可是我在贡贝的工作为的是更好地理解黑猩猩的侵略性。我的问题是：在类似人类通向仇恨、罪恶和全面战争的道路上，黑猩猩已经走出了多远？

黑猩猩们在搏斗

第九章

战 争 前 兆

　　黑猩猩也能产生与某些原始的人类战争形式不无相似的敌对行为和领地行为。 了解这一点既非常有趣，也令人寒心。 我以前一直认为，战争是只有人类才有的行为。 对于类似战争行为的描述可以追溯到人类有文字记载的历史之初。 它似乎是人类群体一个几乎带普遍性的特征。 引起战争的原因是一些范围非常广泛的问题，包括由文化和知识所决定的意识形态方面的问题。 至少从生态上来说，战争解决了胜利者获得生存空间和充足资源的问题。 在某种程度上，它还起到了降低人口水平，保护自然资源的作用。

　　此外，正如达尔文所指出的，史前的战争是群体之间的冲突，而不是个体之间的冲突，肯定对群体成员之间越来越复杂的合作关系的发展产生了相当大的选择性压力。 交际能力变得非常重要：复杂的口头语言的出现带来极大的优越性。 智力、勇气和利他主义就会受到高度评价，因而，与群体中胆子较小、技能较差的成员相比，优秀的武士就会有较多的女人，生出较多的后代。 这一过程将不断升级，因为一个群体的智能、合作和勇气越突出，它的敌人所受到的压力也越大。 实际上，有人认为战争也许是进化中的主要压力，而正是这种压力使得人类的大脑和与人类亲缘关系最近的类人猿的大脑之间出现如此巨大的差距。 大脑不太发达的原始人类在战争中无法取胜，因而就被消灭了。

毫无疑问，早期人类的独特之处就在于他们发达的大脑。 因为人类的大脑比起黑猩猩的大脑要大得多，所以化石考古学家多年来一直在寻找一种介乎半猿半人之间的骨骼化石，以便从化石方面为人与猿之间提供一个联系环节。 实际上，这个所谓"失去的环节"肯定是由一系列业已消失的大脑形态组成的，而且每一个都要比先前一个更复杂。 对于科学来说，这些大脑除了在有些头盖骨化石上留下过一些微弱的痕迹之外，的确是永远失落了。

只要一想到战争，我们的脑海里往往会出现一支庞大的军队在运动的情景：骑在马上的、徒步行进的、驾驶装甲吉普坦克的、开着战斗机和轰炸机的军人面对着可怕的冲突。 更为糟糕的情景是，按下一个键钮，就可以在转瞬之间消灭一个国家。 人类的战争是在国家之间，或者一个国家的各个派别之间进行的——其中尤以革命和内战最为惨烈。

贡贝黑猩猩之间的"四年战争"当然无法与人类的战争相提并论，可是它却清楚地说明，这些猿类已经达到只有人类才能达到的战争的残酷性。但毕竟人类历史上大规模部署兵力和武器的能力也不是一夜之间就如此成熟。人类的战争也像人类的所有文化进步一样，经历了许多个世纪的发展，从原始的、类似黑猩猩那样的侵略行为发展到如今有组织的武装冲突。现在仍然有一些土著人部落的战争形态跟贡贝黑猩猩的"四年战争"差不多——参加袭击的群体悄悄潜入一个村庄，然后进行杀戮和抢劫。

人类的战争形式是文化的发展，但是，在人类早期祖先的战争形式出现之前，肯定有过许多其他形式的活动，其中最重要的可能包括群体共同生活和狩猎技能、建立领地、使用武器以及合作制订计划的能力。 此外还必然会产生对陌生人的恐惧和仇恨，其表现形式就是侵略性的攻击。 贡贝黑猩猩中显然或多或少地存在着上述这种特征。

　　黑猩猩的领地意识无疑是很强的。 他们不仅保卫自己的林中领地不受来自相邻群落的"外来者"的侵犯——不论是雄性还是雌性(不过青少年雌性不在此列)。 他们每星期至少要对自己家园的边界进行一次巡查，监视其邻居的动向。 他们不仅保卫自己的领地，有时还以弱小的邻居为代价扩大自己的领地。 贡贝"四年战争"的原因很可能是卡萨克拉雄猩猩产生的受挫感，因为他们不能进入原先属于自己的领地，因为它已被分裂出去的群体所占领。

　　有一点也很明显，那就是，有些雄猩猩，特别是那些年轻雄猩猩，觉得群落内部的冲突很刺激。 尽管"巡逻队"的其他成员已经离开边界返回，那些年轻猩猩有时却冒险悄悄地逐渐深入，去观察他们的"敌人"。 这种带危险性的好奇心也许是早期人类战争出现的重要原因。杀死成年同种成员的情况在哺乳动物中很少见，因为这类冲突对侵略者可能很危险。 用文化的方式鼓励人类的武士历来是非常必要的：表彰他们的作用，谴责胆小者，对战场上表现勇敢、杀敌有功者予以重赏等等。 如果人类的男子天生就觉得侵略(尤其是对邻居的侵略)具有极大的吸引力，士兵的训练就会容易得多。 这似乎确实不假。 在两次世界大战中，总动员的号角一吹响，我们家里的男性成员全都报名参了军。 当时德里克还不够当兵年龄，于是他就去了一个又一个飞行训练中心，最后找到一个不死扣条条框框的地方当了兵。 人类对死亡和痛苦有极大的好奇，这对我们来说已经不是新鲜事了。 在中世纪的英格兰，绞刑示众是很常见的事。 今天(1997 年 8 月)，在写这一个章节的时候，我从报纸上看到这样一条消息：在德黑兰西部处决一名强奸犯，结果围观的人群有上万之多。 他们看着那个人的脖子被套上绳索，然后被起重机吊起来，吊到他们的上方。 由于只有出气没有进气，他的腿越蹬越无力，身体扭动也逐渐停止。 在观看赛车的过程中，危险的拐弯处往往聚集的人最多。 在障碍赛马中，人们最喜欢看的是那些他们知道摔倒次数最多的马。 公路上发生恶性交通事故之后，会出现数英里长的塞车——部分原因就是因为大家都放慢车速想看上一看。 当然，这是因为这些事情异乎寻常，许多过着平平淡淡生活的人都需要一些刺激，所以在我们的电视、报纸和杂志上，暴力才被认为是有新闻价值的东西。

在人类对付同类成员的战争或暴力行为中，有一个重要事实已经得到证明：文化的进化引起了伪物种形成的发展。 简单地说，伪物种形成就是，在某个特定群体的一代成员中，个体所获得的行为被传到下一代。 经过一段时间，这就形成了一个群体的集体文化(习惯和传统)。 人类的伪物种形成(我主张用"文化物种形成"来表述)主要意味着一个群体(本群体)的成员不仅会把自己看成与其他群体(外群体)成员不同，而且对本群体和非本群体成员的行为方式也不同。 文化物种形成的极端形式会导致对外群体成员的非人化，以至于把他们几乎看成是异类。 这就使得群体成员不受群体内运行的禁令和制裁手段的约束，使他们得以对"那些另类"采取在群体内无法容忍的行动。 奴役和折磨是一个极端，而愚弄和放逐则是另一个极端。

从贡贝黑猩猩身上，可以清楚地看出文化物种形成的前兆。 他们的群体意识很强；他们对"属于"本群体的成员和非本群体成员加以明确区分。 本群体雌猩猩的幼仔受到保护，而非本群体雌猩猩的幼仔则被杀死。 这种群体意识非常微妙，它不是一般的生客恐怖心理。 在发生分裂之前，卡哈马群体的成员和他们的侵略者之间的关系密切而友善；有的甚至是一起长大，一起漫游、觅食、玩耍，相互梳理毛发，并在一起睡觉的伙伴。 卡哈马群体的分裂行为，似乎使他们自己丧失了被看成群体成员的"权利"——他们被当成了"陌生人"。 对这些以前的朋友所发动的攻击可以达到令人震惊的地步，就像我们人类的内战一样。 那些攻击大多数都是非常残酷的，但在我看来，最残酷的是对我的老朋友"歌利亚"的攻击。 我们不知道为什么"歌利亚"会和南边的一伙走到一起。 他当时已经老态龙钟，十分瘦弱，根本不构成任何威胁。 他千方百计想躲藏起来。 他们找到他的时候，他正躲在浓密的灌木丛中。 他被拖出来的时候哇哇大叫。 参加攻击的5只成年雄猩猩，以前都跟他关系很好。 1只未成年猩猩乘机冲上来用小拳头打他，嘴里高兴得吱吱哇哇乱叫。他们的攻击持续了18分钟，猛打猛咬，乱拖乱拽，把一条腿一拧再拧。他们近乎癫狂地离开之后，"老歌利亚"想挣扎着坐起来，但又倒在地上，浑身颤抖着。虽然我们找了他一个星期，但始终没有发现他的踪影。

卡萨克拉雄猩猩一再对卡哈马猩猩发动攻击，所使用的攻击模式在群落内部打斗中从未见过，但却常见于黑猩猩对付大型猎物，使之失去抵抗能力、并将其肢解的过程中。卡哈马群体那些倒霉的成员不仅遭到拳打脚踢，被踩在脚下，而且被打断筋骨，撕开皮肉，四肢被拧了又拧，就像我们看到的"歌利亚"的遭遇一样。在受到集团攻击时，他们被往死里打。其中有个攻击者甚至喝了他的受害者身上的血。卡哈马黑猩猩的确被当成了猎物来对待——他们被彻底"非黑猩猩化"了。

不幸的是，"文化物种形成"在全世界的人类社会中已经到了高度发达的水平。我们往往形成一个经过挑选的"本群体"，把那些与我们种族背景、社会经济形态不同，政治上不一致、宗教信仰不同的人排除在外。这便是战争、暴乱、团伙暴力以及其他各种冲突的主要原因之一。我们发现人类组织本群体倾向的许多例子，把我们的城市、小镇、村庄、学校或者邻里中的一些人排除在外。孩子们会很快组成这样的排他性群体，抱成一团，相互支持，使自己和其他人之间产生距离。组成这种群体的孩子可能会对"外面的人"非常残酷，有些孩子因此而吃了很大的苦头。威廉·戈尔丁 [1] 的《蝇王》是一部很了不起的小说，因为我们知道，在一定的(或者说在错误的)条件下，孩子们的行为可能会变得非常野蛮。在一些现代团伙可怕的演变过程中，"文化物种形成"已经变得非常明显。像洛杉矶的克里普斯帮和血盟帮，已遍及世界，他们具有相同的肤色、文身图案和其他有别于其他人的文化上的区别。他们只不过是人类"文化物种形成"所产生的丑恶事例之一。

---

[1] 威廉·戈尔丁(William Golding, 1911—)，英国小说家，作品讽喻人性中固有的邪恶与理性的文明的矛盾，代表作为长篇小说《蝇王》。1983年获诺贝尔文学奖。——译者

在70年代后期，我研究了黑猩猩的侵略行为和人类暴力之间的关系，我发现在世界范围内，人类组织"本群体"和"外群体"时的许多弊端。在卢旺达、布隆迪、以色列、巴勒斯坦、柬埔寨、北爱尔兰、安哥拉和索马里，都存在着种族、政治和宗教方面的仇恨。因种族灭绝或者叫做种族清洗而丧生的人成千上万——不，有上百万。在德国，由于一个人的上台，导致了我们这个时代最为恐怖的大屠杀，其规模之大，其策划之周密和手段之残忍令人发指。的确，当希特勒疯狂的杀人计划在公众中传开之后，整个自由世界都认为，这种惨绝人寰的行径决不能再重演。

不同的宗教群体从一开始就想把自己的信念强加于他人，我每每想到这一点就感到特别震惊。历史上由于宗教问题而引发的战争数不胜数。那些所谓的圣战的结果总是当时的胜利者给那些异教徒造成无法估量的巨大痛苦。我上学的时候，历史教科书上关于罗马天主教西班牙宗教法庭的酷刑故事是最令人毛骨悚然的。

不过，伟大的宗教领袖们教导的核心确实是要求人们放弃暴力，去团结而不是排斥那些有不同信仰的人。虽然我没有正规地研究过宗教，我读过《圣经》，听过布道，特别是听特雷弗的布道。我所感悟到的是，耶稣对"本群体"的危害性非常敏感。他毕生都在寻求扩大自己的同情圈，把它扩大到包括所有种族、教派、社会阶层的人，甚至包括为当时的人所痛恨的罗马人："要爱你们的仇敌。为那逼迫你们的人祷告。"他还忠告说："你们不要论断人，免得你们被论断。"关于忍让和容人的类似教导在东方的经典中当然也不乏其例。

我认为"文化物种形成"显然对人类的道德和精神成长起了破坏作用。它妨碍了思想的自由，限制了我们的思维，把我们禁锢在我们所诞生的文化之中。只要我们把自己禁锢在这种文化的思想牢笼之中，我们的一些美好的想法，如人类家庭、地球村、团结各民族等等也只能是说说而已。不过，我们至少意识到应当怎样生活，应当有什么样的关系，知道这一点，还是令人欣慰的。可是，如果我们不"身体力行"，那么种族主义、偏执、狂热以及仇恨、傲慢、欺侮显然还会大行其道。(而且也的确如此)

"文化物种形成"显然是世界和平的障碍。只要我们继续把我们自身狭隘的群体成员资格看得比"地球村"重要，我们就只能使偏见与无知进一步蔓延。属于某个小的群体自然是没有害处的——对具有狩猎—采集群体意识的我们来说，这的确是一种宽慰，它使我们有了值得信赖和绝对可信的圈内朋友。它还能使我们达到心理上的平静。真正危险的是，我们在自己的群体和任何其他有不同想法的群体之间划一道明确界限，挖一条鸿沟，布一片雷区。

到70年代末，我逐渐接受了这样一个观点：人类本性中的阴暗和邪恶面深深植根于我们的过去。我们在有些情况下的侵略行为是受了天性的强力驱使。这些情况与驱动贡贝黑猩猩的侵略行为是一样的——忌妒、恐惧、复仇、争夺食物、配偶或领地等等。此外我还知道，猿类在生气的时候，体态和手势都跟我们的十分相似——摆出傲慢姿态，把脸沉下来，动手打，动拳头，用脚踢，又抓又挠，拽头发，跟在后面追赶等。他们还扔石块和棍子。毫无疑问，如果黑猩猩有刀枪并且知道如何使用，他们也会像人类一样去使用的。

可是，人类的侵略行为在某些方面是很独特的。虽然黑猩猩似乎对给受害者造成的痛苦有所知晓，他们肯定没有人类做得那样残忍。只有我们人类才能故意给活着的生灵造成身体上或者和心理上的伤害，尽管我们知道——甚至正是由于我们知道——那会造成什么样的痛苦。我得出的结论是，只有我们人类才那么邪恶。正是我们的邪恶，使得我们在过去的千百年中想出那么多折磨人的坏招，使千百万活生生的人遭受了令人难以置信的痛苦。因此，我清楚地看到，黑猩猩最恶劣的侵略行为跟人类的邪恶相比，也只是小巫见大巫而已。

可是，这是不是意味着我们人类必须永远做自身邪恶基因的奴隶？当然不是。跟任何其他动物相比，是不是只要我们愿意，我们就肯定能控制我们的生物本性？难道关爱和利他不也是我们人类从灵长目那里继承来的吗？

我在想，不管怎么样，不知道我们对黑猩猩的研究，能不能告诉我们爱的根源来自何处。

"小范尼"和"费伊"

第十章

同 情 关 爱

　　我到贡贝后不久，就观察到黑猩猩之间经常表现出友好和关爱行为，我对此很感兴趣，也感到很高兴。在一个群落中所观察到的相安共处的行为要大大多于侵略行为。在一个黑猩猩小群体中，有时候确实几个小时甚至一整天都看不到一点侵略行为。当然，我们现在已经知道，这些黑猩猩也会表现出暴力和残酷。可是同一群体的成员之间的打斗最多也只有几秒钟，而且难得有成员受伤。在大多数情况下，同一群落成员之间的关系是和平友好的。我们经常看到他们相互表达关心、帮助、同情、利他精神，而且无疑还有某种形式的爱。

　　黑猩猩通过大量身体动作来表达自己。别后重逢的朋友会相互拥抱和亲吻。他们突然感到恐惧或者兴奋的时候，会伸出手去相互抚摸——有时候他们会极力寻求接触，拥抱对方，张开嘴吻对方，拍拍对方或者握握对方的手。相互梳理毛发是最重要的亲善行为，友谊会因此而得到维系，不良关系会因此而得到改善。 相互梳理可以使成年黑猩猩长时间地处于友好和放松的行为状态。 这样的梳理有可能长达一个多小时，他们用手指去触摸对方身体的每一个部位。梳理可用以使紧张或者不安的伙伴得以平静。 母猩猩经常用这种方法抚慰不安宁或者情绪低落的小猩猩。 黑猩猩在玩耍的时候，有大量的身体接触，他们相互呵痒，或者像摔跤似的抱起来在地上打滚。这种欢乐的游戏常常伴有响亮的咯咯笑声，就连群体中的成年成员有时也不得不加入其中。

在贡贝呆了几年之后，我们对复杂的黑猩猩社会中相互之间的社会关系有了更多的了解。 我们发现，家庭成员之间的关系特别牢固而且持久，这不仅是母亲与子女之间，而且子女与子女之间也是如此。 我从对"弗洛"及其一家的长期观察中学到了很多东西。 我发现她不仅奋不顾身地去保护自己的未成年子女"弗林特"和"菲菲"，而且会帮助她已成年的孩子"菲根"和"菲本"。 "弗林特"出生的时候，"菲菲"的精力很快就转移到小弟弟身上。 等允许她跟小弟弟玩的时候，她立即就跟他一起玩耍，替他梳理毛发，还带着他到处跑。 她的确成了母亲的好帮手。 最后我意识到，所有未成年猩猩对自己家庭新添的成员都非常好奇和兴奋，这种同胞亲情可以维系许多年。 在从成长到成年的过程中，兄弟之间会成为好朋友，成为盟友，在社会冲突中或者受到其他猩猩攻击的时候会相互给以保护。

这样的同胞亲情具有几方面的适应性。 有一次，9岁的"波姆"领着她的弟弟在林中小径上行走，突然她看见前面路上盘着一条大蛇。 她发出轻轻的报警声后就很快爬到树上。 可是她3岁的弟弟"普罗夫"当时行走还不稳，没有理会她的警告。 也许他不明白那声音的含义，抑或是他没有听见。 他离那条蛇越来越近，这时"波姆"毛发倒竖，大惊失色，吓得张开了嘴巴。 她似乎再也忍不住了，赶紧从树上下去，一把拉起"普罗夫"爬到树上。

在孤儿"梅尔"与他未成年的保护者"斯平德尔"之间有一段极为感人的故事。"梅尔"3岁零9个月的时候死了母亲。他没有哥哥或者姐姐来收养他。使我们感到惊讶的是，12岁的"斯平德尔"收养了他（我们原先以为他会死掉的）。虽然贡贝的所有黑猩猩都有一些共同的基因，"斯平德尔"显然并不是"梅尔"的近亲。然而，随着时间的推移，他们变得难分难舍，形影不离。走路的时候，"斯平德尔"总是等着"梅尔"；他还让"梅尔"骑在他背上。"梅尔"害怕的时候或者天下雨的时候，他甚至像母猩猩带幼仔那样，允许"梅尔"搂着他的腹部。更了不起的是，如果在兴奋的社交场合，"梅尔"离那些大雄猩猩太近，"斯平德尔"就会赶紧过去把他拉开，因为在那种时候有些规矩会被置之脑后。虽然这往往意味着他自己感到受不了。这种密切的关系持续了整整一年。"斯平德尔"救了"梅尔"一命，这是毫无疑问的。"斯平德尔"为什么要那样做呢？为什么要给自己添麻烦，去照顾一个跟自己没有亲缘关系、弱小多病的小猩猩呢？这也许是我们永远也无法知道的。"梅尔"的母亲死于一场流行疾病，"斯平德尔"年迈的母亲也死于那场流行病。如果想想这一点，也许还有点意思。一个12岁的雄猩猩虽然已经完全可以自卫，但仍将在母亲身边呆很长时间，特别是当他和成年雄猩猩有过不愉快的经历或者在打斗中受了伤害之后。会不会是丧母在"斯平德尔"的生活中留下空白的原因呢？是不是跟一个依附于他的小猩猩在一起有助于填补这个空白呢？是不是因为"斯平德尔"产生了类似我们所说的恻隐之心呢？也许是兼而有之。

动物园里的黑猩猩一般都关在封闭的空间里，四周环以注水的壕沟，或部分由注水壕沟隔开。由于黑猩猩不会游泳，所以经常发生溺水死亡的不幸事件。受害者的一个或者几个伙伴总是面对极大的困难想进行营救。有关这类英勇营救行为或者营救尝试的故事不少。有一次，一个成年雄猩猩在试图营救一只溺水小猩猩时丧生，而那只小猩猩并不是他的孩子。

研究进化的生物学家们认为，帮助自家成员的行为不是真正的利他主义行为。他们认为，你和你亲戚多多少少都有一些共同的基因，所以你的行为只是为了确保那些可贵的基因尽可能多地得以保存。虽然你在帮助行动中失去了自己的生命，但是你那得救的母亲、兄弟姊妹或者孩子将确保你的基因在后代中得以保存。所以，你的行为基本上还应被看成是自私的。那么如果被你所救的对象跟你没有亲缘关系呢？这被解释为"交互利他主义"——现在帮助你的同伴为的是希望他将来能帮助你。这种社会生物学理论虽然有助于理解进化过程的基本机制，但用作解释人类——或者黑猩猩——行为的惟一理论往往有陷入简化论的危险。虽然我们不能否认我们的生物本性和本能，我们千万年来毕竟一直是处于文化进化的过程之中。有时候，我们所做的事跟任何想保存基因的希望都毫不相干。甚至理查德·道金斯在接受《伦敦时代杂志》采访的时候也这样说："如果我们看见有人伤心落泪，我们大多数人会走过去，用一只胳膊搂住他们，设法安慰他们。这样的事情我会以无法抑制的冲动去做……所以说，我们知道我们可以超越自己达尔文主义的过去。"当被问及这怎么可能的时候，他笑了笑说他不知道。可是我逐步意识到，这里有一个简单而且不言自明的解释。

在母亲与孩子、在家庭成员之间的关系中，关爱、互助和安慰的模式是经过千百年的演化而产生的。在这种情况下，这些模式对家庭成员的利益显然有莫大的好处，而从进化的角度来看也是如此。所以这些行为就越来越牢固地植根于黑猩猩（以及其他高级社会化动物）的遗传物质中。我们可以预料，经常与熟悉的伙伴在一起的个体——他与他们一起玩耍、梳理、行走、觅食，与他们建立了良好的关系——至少在一段时间内会把他们当成自己家里的荣誉成员。那么，显然，他对这些荣誉成员所表现出的情绪低落或者请求，很可能会作出像对与自己有亲缘关系的家庭成员一样的反应。换句话说，一个亲密、非血缘关系的伙伴受到的对待有可能像有亲缘关系家庭成员一样。

在许多人类文化中，同情心和自我牺牲精神得到高度评价。如果我们知道某个人（尤其是自己的好友或者亲戚）在受苦，我们也会感到难受。只有做点什么，帮帮他（或者试图帮帮他）才能减轻我们的难受程度。我们也可能会感到有必要帮助那些我们并不认识的人。一旦我们听到有关地震灾民、难民或者世界上其他地方有人在受苦受难，我们就会给他们送钱、送衣物或者医疗器械。我们这样做，是不是为了让别人为我们的善行鼓掌？是不是因为我们看到饥肠辘辘的儿童或者无家可归的难民之后产生了同情心，感到心里不是滋味，感到愧疚，因为我们知道我们如此富有，而他们却如此贫寒？

如果我们行善事只是为了提高自己的社会地位，或者只是为了减轻我们内心的愧疚，那是不是可以说，我们的行为归根结底是自私的？有些人会提出这样的观点——而且某些情况下可能的确如此。但是我认为，接受这种归纳主义的观点是错误的——甚至是危险的，因为它在给人类所有真正非常崇高的东西上抹黑。历史上有很多非常激励人的勇敢和自我牺牲的故事。天哪！我们会对那些从未见过面的人所遭受的苦难感到伤心难受，这一事实本身就为我说明了一切。我们听说有个孩子在一次事故中大脑受到了损伤，或者一对年迈夫妇的毕生积蓄被窃贼偷去，或者一只家养的狗被偷去卖给医疗研究实验室，等追查到那儿已为时过晚这类事情，我们会产生移情，会感到非常难受，这确实是很了不起的，令人感到温暖在心。

我们人类一半是罪人，一半是圣人，具有从我们祖先那里继承来的两种对立的倾向，忽而把我们拖向暴力，忽而又把我们拖向仁爱和同情。我们是不是要永远被这样拖来拖去，忽而变得残暴，忽而又变得仁慈呢？我们有没有能力控制这两种倾向，而选择我们所希望的方向呢？这些都是 70 年代早期一直困扰我的问题。在这些问题上，我对黑猩猩的观察至少给了我一些启示。

我意识到，黑猩猩虽然在想干什么的时候比我们人类要自由，但也不是不受任何束缚的。随着年纪变大，他们往往也抛弃了已经被磨掉的小孩脾气。不过有时候他们也会发疯似的在灌木丛中胡乱奔跑，有时候会在挡住他路的旁观者身上打两下，不过那只是为了出出气而已。在类似的情况下，人类可能会破口大骂或者气得拍桌子。黑猩猩化解紧张局面的本领特别值得称道。打斗中的受害者尽管显得非常害怕，但他（她）常常会走到侵略者面前，发出恐惧的尖叫或者呜咽声，作出表示屈服的手势或者姿势，比如弯腰在地上爬或者伸出手表示恳求，仿佛是在恳求对方应允。侵略者一般都会作出反应——在恳求者身上碰一碰，拍一拍，甚至亲一亲，拥抱拥抱。受害者明显放松下来，和谐的社会交往得以恢复。确实，黑猩猩在多数情况下的所作所为很符合我外婆最得意的口头禅：他们不记隔夜仇。

在荷兰一家动物园里生活着一个黑猩猩群体，其中有一只雌猩猩有令人惊叹的和解技能。每当两只成年雄猩猩发生冲突之后紧张地坐在那里，相互避开对方的目光时，这时候整个群体里就会出现明显的骚动。这头年老的雌猩猩就会先给其中一个梳理毛发，在此过程中，她逐渐向他的对手靠扰——那个雄猩猩会随着她慢慢挪动。这时她就丢开第一个，开始给他的对手作同样的梳理。最后，两只雄猩猩已经离得非常近，近到可以同时给她梳理了。现在他们之间只隔着她，于是她悄悄地离开了他们。梳理使两个雄猩猩都冷静下来，谁也不必首先来打破僵局，于是他们也相互梳理起来。

我想，如果黑猩猩尚且能够控制自己的侵略倾向，化解失控的危局，我们人类肯定也能。由此看来，也许我们的未来还是有希望的：我们的确有能力战胜我们的基因遗传。我们可以像严格的父母或者老师一样，批评我们的侵略倾向，不给它以表现的机会，挫败那些自私的基因（只要我们生理上或心理上没有问题，再说对这些毛病的治疗上已经取得了很大的进步）。我们的大脑是非常复杂的；问题在于我们是否真的想控制我们的天性。

实际上，我们大多数人每天都在约束这些叛逆的基因。 就像 12 岁的美国黑人男孩惠特森一样，成功地化解了一桩可能升级为冲突的小事情。 惠特森与一群孩子聚集到科罗拉多州开青少年高峰会。 当时天刚下过雪——来自旧金山的惠特森有生以来没有见过下雪。 他做了个雪球，放在地上越滚越大。 他在别人的帮助下，把这个又大又重、滚得很实的雪球用头顶起来。 他想看看顶着它徒步能走多远。 这时一个来自弗吉尼亚州的中产阶级家庭的白人女孩从他后面走上来，把雪球从他头上推了下去。 当时我就在旁边，我觉得她是开玩笑。 雪球滚落到坚实的地面，碎成了许多块。 我离得很近，整个过程看得很清楚。 我看见惠特森的面部表情，先是震惊，接着是害怕——而后无疑就成了愤怒。 虽然他比那女孩小多了，可是他把手一扬，像是要抽她似的。 这时候，她已看见自己莽撞行为的后果，感到大吃一惊，大声说道："哦，真对不起，我真不知道怎么会做出这种事来。 实在实在对不起。"说着她跪在地上想修复那个四分五裂的雪球。 一时之下，惠特森愣在那里，慢慢地放下手臂，脸上的怒气也随之慢慢消失。 接着他也跪在地上，和那女孩一起把雪球修复了。 他战胜了自己侵略性的冲动。 我为他们两个人感到骄傲。

我们并不非要服从自己的侵略性冲动不可，这的确是很幸运的。 我们在不断抑制自己的侵略冲动，不然整个社会就乱了套，就会出现暴乱和战争时期社会道德准则崩溃的情况——无政府主义的丑恶嘴脸就会在一片混乱中发出得意的微笑。

到 70 年代末，我开始振作起来。 我们对黑猩猩行为的了解表明，人类的侵略倾向的确深深地扎根于我们灵长目的遗传因素之中。 但我们的关爱和利他精神也同样源出于此。 看起来，与黑猩猩的侵略行为相比，我们的丑行要恶劣得多。 而我们的利他主义和自我牺牲中所体现出来的英雄主义也比黑猩猩的伟大得多。 我们已经知道，黑猩猩会对处于危险中的同伴的直接需要作出反应，尽管这对他们自己也有很大的危险。 然而我认为，人类具有复杂的大脑功能，只有人类才能够在充分意识到目前或者未来将付出什么代价的情况下，作出自我牺牲的行动。

如果黑猩猩能够理解去救同伴会有生命危险，他们还会不会选择死亡，这我就不得而知了。 看来，猿类不大可能理解死亡的概念：这样他们就不可能作出为朋友牺牲自己生命的有意识的决定，尽管他们的帮助行为也许会带来那样的后果。 我们人类肯定能作出这样有意识的决定。 只要看看报纸和电视，我们随时都能发现许多自我牺牲的英勇事例。 最近发生在英国的一个例子就是皮特·高斯。 就在他即将赢得环球游艇大赛，顶着一场可怕的风暴返回的时候，他听见一个参赛伙伴的呼救信号。 他毫不犹豫地冒着生命危险把一名法国参赛选手从已经被风浪打得散了架的游艇上救了出来，而且还牺牲了赢得令人羡慕的大奖的机会。 有些最激励人的英雄故事来自战场。那些男人们和女人们冒着生命危险——或者牺牲了自己的生命——去营救一位受伤的战友或者身处险境的战友。 在英国，维多利亚十字勋章是授予最勇敢者的勋章——很多人都是在死后被追授的。 在被占领土上的抵抗运动战士一而再，再而三地执行对付敌人的秘密任务，尽管他们面临着死亡的危险，或者痛苦的折磨和拷打。 他们为了自己的信念，为了自己的祖国，不惜牺牲自己甚至自己的家庭。

在惨无人道的死亡集中营里，自我牺牲的事例更是不胜枚举。奥斯威辛集中营 [1] 里曾发生过一件催人泪下的故事。 一个波兰人在面对死亡判决的时候哭着哀求不要让他死，因为他还有两个小孩。就在这时候，把生死置之度外的牧师圣马克西米利安·科尔比走上前去，表示愿意替他去死。 纳粹把科尔比在饥饿地牢里关了两个星期，然后将其杀害。 他的故事在暗无天日的集中营里传扬着，成了鼓舞依然被关押的人们的希望和爱的灯塔。

---

[1] 奥斯威辛集中营是第二次世界大战时期纳粹德国最大的死亡集中营，惨死在那里的人估计约有 400 万人。——译者

这样的事情不仅仅发生在死亡集中营里。 奥斯卡·辛德勒曾经在波兰雇佣和营救了无数的犹太人。 斯蒂芬·斯皮尔伯格的《辛德勒名单》将使他那极为无私的行动百世流芳。 在纳粹占领下的立陶宛，有两位领事的英勇事迹则不太为人们所知。 荷兰代理领事扬·茨瓦尔滕戴克在没有任何授权的情况下，给将近 2 000 名立陶宛犹太人签发了通行证，帮他们逃离那个即将被纳粹占领的国家。 这些文件以荷兰政府的名义允许他们进入荷兰殖民地库拉索岛。[1] 茨瓦尔滕戴克本人也侥幸脱险。 日本驻立陶宛领事杉原千畝直接对抗东京的上司，给几千名犹太人发放了途经俄国去库拉索岛的签证。 他知道自己因此将承担的风险，不但会丢面子，而且会丢官。 但他是个武士，知道要帮助有困难的人。 他说："我大概只好违背我们政府的意愿了，如果我不这样做，我就会违背上帝的意愿。"他回到东京之后，的确受到了屈辱，后来在贫困中默默无闻地死去。 但是，有大约 8 000 名立陶宛犹太人得以逃生，否则他们都将死在集中营里。 这是那段大屠杀的历史上第三大营救行动。 据估计，1940 年由于这两个人的英勇行为而得救的犹太难民的后代，如今已经达到 4 万人。

对于基督教徒来说，最重要的事件（包括耶稣的复活）就是耶稣深知自己会受到什么样的苦难，却把自己交给了迫害他的人，宁可牺牲自己的生命。 "父啊……求你将这杯撤去。"他在客西马尼园祈祷说。 "然而，不要从我的意思，只要从你的意思。"他牺牲了自己，因为他相信自己的行为将拯救人类。

正是仁爱、同情和自我牺牲等无可否认的人类品质给了我对未来的希望。 我们人类有时候确实很残酷，很邪恶。 这是任何人都否认不了的。 我们纠集在一起相互对抗，我们用语言和行动相互折磨，我们不仅打斗，我们还杀人。 但是我们也可以做出最崇高、最慷慨、最英勇的行为。

---

[1] 库拉索岛（Curaçao），系荷属安的列斯群岛中最大的岛。 ——译者

德里克在贡贝的林中喂食站

第十一章

生 离 死 别

我们已经知道，人类的同情心、利他精神和仁爱都深深植根于我们遥远的过去。爱有许多形式，可是我们常常把这个词用得很滥。我们爱自己的朋友、家庭、宠物，还有自己的国家。我们爱自然、风暴、大海。我们爱上帝。无论我们爱的是什么，爱得越深，一旦我们所爱的人或者东西失去之后，我们的悲痛也越深。我们的悲痛程度不是取决于我们所喜爱的物体的性质，而是取决于我们对它所爱的深度。一个孤独的、跟自己所喜爱的猫或狗生活在一起的人，会因自己的宠物死亡而悲痛欲绝，其悲痛程度要远远超过因一个亲戚（甚至父母亲）去世所引发的悲痛。这是非常合乎情理的，因为他与他们之间的关系中不存在真正的爱。

由于人类有死亡的概念，我们清醒地认识到有生就会有死，知道自己有一天也会走到生命的尽头。几乎可以肯定，我们是具有这种知识的惟一生灵。黑猩猩能理解生和死的区别。在脊髓灰质炎流行的时候，"奥莉"那刚满周岁的幼仔因患此病而几乎瘫痪——他只会呼吸和喊叫。他似乎能感觉到疼痛，因为每次他母亲一动他就尖叫。她温柔地抱着他，仔细地把他那瘦弱的四肢放好，防止碰断它们。那情景实在令人感动。后来，在她与她女儿"吉尔卡"一次长时间的相互梳理过程中，那幼仔死了。"奥莉"对待他的方式有所不同，而且极具戏剧性。随后三天，她仍然带着他四处活动。可是她带的已经不是她的幼仔，而只是个物体罢了。她提着他的腿，把他搭在背上，还头朝下地把他往地上放。她以前也失去过幼仔。她知道。可是，年轻母亲"曼迪"在第一个幼仔死后的 3 天里，一直把死孩子当活的对待。等到尸体开始发臭，并招惹苍蝇的时候，她对死孩子才不那么无微不至。看起来黑猩猩似乎要有所体验才能明白死亡是不可逆转的。如果"曼迪"的下一个幼仔又得了病，她会不会害怕他会死去呢？她会不会记得疾病会使她的幼仔身体逐渐虚弱，以至最后死亡呢？也许吧。黑猩猩的行为继续使我们感到吃惊，因为他们不断表现出我们原以为只有人类才具备的某些特征。但我认为他们还不具备死亡的概念。他们也不会有死而复生的概念，对此我更加深信不疑。

我本人从来没有惧怕过死亡，因为我从来没有怀疑过我们死后，我们的精神或者灵魂会继续活下去。我只是想避开死亡的过程。我想大概我们都是如此，因为这个过程往往和疾病与痛苦相关——在现代医院里，死亡还与各种使人失去尊严的治疗联系在一起，因为生命是靠各种管子和输液来维持的。这是活着的死。我想我们大家都希望能死得比较突然，希望在我们即将离开这个世界的时候，走得快一些，因为这不仅是为了我们自己，也是为了那些爱着我们的人。（而且还节省许多钱。死亡的开销有时候大得惊人!）

在西方社会，死亡不是人们议论很多的话题。人口中 65 岁以上的人数比例在上升，可是我们仍然在强调要年轻，要保持青春。生了病的人很快就被送去由陌生人护理——而且往往不只是对病人有好处，还因为亲属不愿意卷入对他们疾病的护理。 在危重病人面前，我们感到很不自在，其中部分原因是，我们从感情上不知道如何对待他们的病痛。 不过我觉得还有一个原因，那就是，它使我们感到自身的脆弱。 现在，人们很少把遗体放在客厅里让亲友向死者作最后的告别。 人们觉得这样太令人伤感，而且让人害怕。 既然我们活着，死亡就应当置于我们看不见的地方。 所以我们就创造了一个奇特的人为环境，在那里熟悉死亡的只有关怀室的人员、医生、护士、护理人员和殡葬人员。

过去，人们都死在自己的家里，临死前一家人都围在四周。 外婆是亲眼看着她自己的母亲去世的。 当时呆在病榻边的是她和一个护士，她们是看着老人咽气的。 我永远也忘不了外婆对我说的话："我们俩都看见她嘴里冒出一股白气，稍稍悬停后就消失了。 我们知道那是她的灵魂离开她的躯体。"

德里克死的时候，我在他身边，但我没有看见他的灵魂离开。我确实听到他临终之前那沉重的呼吸声。 他去世前的 3 个月，我一直在他身边。 当时的每一天都是我一生中最难受、最残酷的——看着自己所爱的人因患癌症而慢慢地、痛苦地死去。 我以前一直认为这种事是我无法应付的。 可是事到临头，我也别无选择。 我不得不看着他日渐虚弱，看着他在受苦，看着他离开人世。 许多读到这本书的人，将会理解这种折磨人的体验。 那些还没有读到的人，将来完全可能会有这种可怕的体验。

1979 年 9 月，德里克经预约去达累斯萨拉姆看了医生，当时他已经出现过几次严重的腹痛。 我至今也不知道他当时是否已怀疑自己得了癌症。 我也不知道为什么自己对诊断结果将是什么会那么肯定。 他刚刚离开家，我就忍不住痛哭起来。 我觉得自己仿佛是在读小说的时候受了感动。 我一头扑倒在床上，哭得像个泪人儿。 "上帝啊，千万可别是癌啊! 上帝，千万可别是癌啊!"我一遍又一遍地念叨着。 我哭到后来已精疲力竭。 实际上，我是白哭了一场，因为他回来告诉我，他们发现腹部有个肿瘤。

打那以后，事情就很快发生了变化。 过了不到一个星期，我们就起程飞往英国。 我们预请了英国一名最好的外科会诊医师替他看看。 那位医生给了我们不少鼓励。 他对他进行了诊查，研究了 X 光片以及各种化验结果，然后作出了判断。

"是的，你身上是有一个肿瘤。"他说道。 "在结肠部位。 不过，手术很简单。 病人完全康复的比例非常高。 我认为你没有任何担心的必要。"

所以，我暗暗对自己说，哭了半天，原来是一场虚惊。 我们在伯恩茅斯的白桦山庄非常愉快地度过了几天。 我们的情绪特别好，相信一切都会重新好起来的。

可是事情并没有好起来。 一点也没有好起来。 我们再度回到伦敦。 这一次他被推进了手术室。 "别呆在这儿。"他们对我说。 "过 3 个钟头再来。"

我的心情非常紧张。 我到大街上转了 3 个小时，打发时光。 回到医院后，我就在候诊室里等着。 我等啊等啊，后来有个好心的护士把头伸进来对我说："比我们预期的时间要长些。"我继续等待。如果我有时间，我真想把医院候诊室重新设计一下。 在这种四壁空空、毫无生气的候诊室里，有成千上万的人曾经像我这样等待，等待着可能重新改变他们的生活或者打碎他们生活梦想的消息。

德里克终于被推出来了。 他跟所有动过大手术的人一样，脸色苍白如纸，身上插着各种各样的管子。 我真不愿意看见我所热爱的丈夫变成了这副模样。 很快他们又给他注射了麻醉剂，把他推走了。

当时已经快晚上 9 点。 最后，手术大夫出来见了我。 他跟我的谈话是我后半生永远也不会忘记的。 他说他要跟我单独谈谈，并把我带进一间放了两张病床的空病房。 我记得房间里没有灯光，出于某些原因，医生没有把灯打开。 他转过身，背对着从半开的门里透进的微弱光线，对我说："嗯，恐怕我当时判断有误。 已经没有希望了。 他的癌细胞已经转移，扩散到整个腹腔。这样的话，他还能活上 3 个月。可是我们还不能告诉他，因为我们不想给病人雪上加霜。"

我惊呆了。我想我只是愣愣地看着他。他对我说："如果我跟你同路，我就带你一段了。不过你还比较坚强。我知道你可以对付。叫辆车吧，好吗？"说着他在我肩上拍了拍，然后走出黑乎乎的病房，不见了身影。

这太残酷了。我坐在那里过了似乎有好几个钟头。一位好心的护士端来一杯咖啡，可是我喝不下去。我刚才听到的是德里克不久就要去世的消息，而且已经没有希望了。就在一个星期之前，就是这个外科医生满脸微笑地告诉我们，一切都会好起来的，我们应当好好度个周末。我感到前所未有的孤独。我感到麻木，由于害怕而浑身难受，而且什么也不愿意想。

我和德里克的弟媳帕姆·布赖森呆在一起。去她的家乘地铁大约 30 分钟。我从医院出来的时候已经晚上 10 点多，天下着雨。我不想找出租车，也不想跟任何人说话。我不想对任何人承认这样的事实。我只想永远呆在这个几近半夜的不现实的世界中。我像个夜游症的患者，心不在焉地走到地铁车站。我沿着台阶向下，心想早晨从这里上来的时候，心中还充满了希望。我站在空荡荡的月台上，真希望这样的事情不是发生在我的身上。后来车来了，我上去坐下来，呆呆地坐着。我不希望马上就到站。也许如果我静静地多呆一会儿，我会发现那只是一场梦。我不敢去想医生对我说的话。于是，我像个傻瓜似的被车带到了一个很远的地方，带到了地铁的终点站。接着我又像傻瓜一样走到月台的另一侧，坐到下一班开往伦敦市中心的车里。我想那是末班车了。一切都是那样的虚幻。我走出地铁后，还有很长一段路要走。我心想，我很可能遭歹徒袭击。我真愿意自己遭到这样的袭击。我无法直面德里克。雨下大了。我心想，这样可能得肺炎的。上帝呀，让我得一场肺炎吧。

当然，我既没有遭袭击，也没有得肺炎。随后的几个星期是我一生中最难熬的，而且要回避也不可能。许许多多的人都无法回避这样的熬煎，而且我亲身体会到它是多么痛苦。那天夜里，帕姆打开门的时候，急于想听到有关手术的消息。她看了我一眼，发现我浑身透湿，面如死灰，赶紧伸出手臂搂着我，让我把湿衣服脱掉。可怜的帕姆刚死了丈夫，还在服丧期间。现在她又听到了这个不幸的消息。她给我倒了一大杯威士忌，让我坐到火炉边，强迫我吃了点东西，然后让我服下一片安眠药。我以前是从来不服安眠药的。她对我说："你必须睡觉，这样明天才能对付得了。"

要是没有帕姆，没有她的同情，没有那安眠药，我肯定无法应付随后几天的恶梦。我每天睡觉前，都要诵读外婆最喜欢的那句话："你的日子如何，你的力量也必如何。"我整个白天都陪着德里克，晚上回到帕姆那温暖的家里去睡觉。我没有告诉任何人，因为不让德里克知道的惟一办法就是不让其他任何人知道。如果我回去的那天晚上没有看见帕姆，我也不会主动告诉她。不过，不久等我精神上坚强一些之后，我打了个电话回家，把这个不幸的消息告诉了他们。

万妮像以往一样，依然是我力量的源泉。她赶到伦敦后，我们安排了一个计划。我们想寻求其他治疗办法。所以，等德里克手术后的体力稍有恢复，我们都假装认为他很快就能康复。我约见了伦敦好几个擅长顺势疗法的医师和专长于通过信念治病的医师。可是他们都没有给我任何希望。后来，万妮从一位朋友那里听说小提琴演奏家耶胡迪·梅纽因的姐姐、钢琴家黑普齐巴赫·梅纽因正在德国汉诺威附近一家诊所里治疗癌症。趁她回伦敦过一两个星期的机会，我去拜访了她。我们给她的医生打过电话，安排德里克去他那里住院治疗的事宜。把一切都安排妥当之后，我决定对德里克说明真相。现在开口告诉他要容易得多，因为我有了新的希望——他听了也容易接受。我们离开那家医院，并于次日飞往德国。

从我现在所知道的情况来看，我觉得当时这个决定是正确的——医生说得对，癌的扩散是无法阻挡的。最糟糕的是，我们似乎与世隔绝了，因为会说英语的只有黑普齐巴赫、她的丈夫理查德和医生。在这个陌生的新环境中，我和德里克形影不离，几乎每时每刻都在一起。 在他生命最后 3 个月的头两个月里，我们还真相信他能够康复。 我们是绝对地相信。 人们说："真糟糕，你们还傻乎乎地抱那样的希望。"我不这样看，因为在那两个月中，德里克的脑力显得很充沛。 他开始写一部自传，我替他打字。 我们还在一起听了许多古典音乐。 他在英国和坦桑尼亚的朋友们纷纷打来电话。 许多朋友还从英国坐飞机来看望他。 当时坦桑尼亚驻德大使就经常来看望。 我们和理查德、黑普齐巴赫谈得最多，每天都要谈几个钟头。

那些谈话都很有意义。 理查德和黑普齐巴赫都相信人死之后会到另外一个世界去，而且会投胎转世。 我们在谈论这些话题的时候非常认真，德里克开始相信这是真的。 但是这并没有给我们多少帮助，因为他的身体状况开始恶化，疼痛不断加剧，不用吗啡就疼痛难忍。 当时我已经意识到那个英国外科大夫说得对，但又不甘心去承认。 每一天都像一场恶梦。 当然，德里克肯定也意识到了，但是他不愿意去正视它，至少是不愿意去谈它。 理查德和黑普齐巴赫的情况也与我们的大同小异。

德里克的健康状况日益恶化，我天天都感到度日如年，夜里根本无法入睡。 我一再地用"你的日子如何，你的力量也必如何"这句话激励自己。 后来我晚上也不能离开了。 有个护士发现我歪在椅子上睡，就给我搬来一张小床。 德里克接受了大量的镇静剂，在药物的作用下进入昏睡状态。 即使他像这样度过一个夜晚，我还是睡不着。 他最后说的那句话一直在我的脑海里翻腾："我以前还不知道会有这么疼。"到了最后，我向医生哀求说："求求你，别让他这么活着。 别让他再受罪了。"他的最后一天是在昏迷中度过的。 夜里我躺在那里，根本睡不着。 我听着他那刺耳的呼吸声，知道他已经奄奄一息，也知道他至少已经没有疼痛，已经平静了。 我爬到他的病床上，最后一次紧紧地搂着他。 这是护士亲眼看见的。

在德里克遭受磨难的日子里，我对上帝的信念发生动摇。 有一阵子，我确实觉得这个信念已经荡然无存。 从我们刚到德国的时候起，德里克跟我就一起祈祷，有时候长达个把小时。 我们全身心地投入祈祷，希望癌细胞被摧毁。 我在外面租用了一个小房间。 房东老太太是个好人，具有同情心而且乐于助人。 有时候她女儿和她的外孙会跟我一起到医院来。 我回到房东老太太家里，喝上一杯茶，跟她聊聊，然后回到自己的房间，又进行一番祈祷。 可是似乎谁也听不见。 "上帝呀! 上帝! 你为什么要抛弃我?"当然，这反映了我的情绪已经低落到了极点。 我为德里克难过，自己也感到很伤心。 我在他死后把这些全都写了下来，为的是驱除内心的痛苦。我写道："疼痛日渐剧烈，夜晚已用注射代替了口服药片。 哦，太可怕了。 真可怕。 人间地狱呀。 日复一日，我为自己深爱之人的痛苦而感到越来越痛苦。 那样的惨状，那样的痛苦。 那样的希望，那样的祈祷，那样不顾一切地寻求解脱办法，因不成功而深深自责，不断地祈祷。"

你看：因不成功而深深自责。 多不符合逻辑! 不过，处于这种情况下是不会有逻辑的。 当然，我想责备某个人。 我也生我自己的气：我什么办法都试过了，可是全然无效。 埃及的信念治疗医师。 印度的精神治疗者——他有一种治病的土，如果我能弄些来多好。我弄来了。 用凉茶擦洗身体。 医生使用药物疗法和化学疗法，还使用了一些可能很有效果的技术。 可是没有用，什么用也没有。 病情反而恶化了。 我很伤心，很痛苦，也很生气，生上帝的气，生命运的气——命运竟然如此不公正。 所以，在德里克死后的一段时间里，我对上帝是抵触的，整个世界似乎都很凄凉，而且由于人们把死亡当成忌讳的话题，世界就显得更加凄凉。 如果人们跟死者的亲属谈起他们死去的亲人，他们担心会勾起悲痛的情感。 如果死者的亲人哭起来，他们怎么办? 他们怎么受得了? 这种感情我是深有体会的，而且我现在知道那样做是很不对的，因为它加重了亲属的孤独感。 我意识到我自已应当主动地去和朋友们接近。 结果角色的作用奇怪地颠倒了，变成我去安慰他们，告诉他们去跟德里克谈谈，那对我的精神恢复不仅无害，反而有益。

德里克去世之后，我去白桦山庄住了一阵子，而后返回坦桑尼亚。 德里克的遗愿是进行火化，然后将骨灰洒进他生前所热爱的大海，洒在印度洋里他最喜欢的一处海域——我们常在那里一起潜入水下，不无惊叹地欣赏着鬼斧神工的珊瑚世界。 我实在很难受，尤其是到了希思罗机场，他们把盛着他骨灰的盒子递给我的时候。 一个活生生的人现在就剩下盒子里这一点点东西了。 我双手接过骨灰盒，心如刀绞，在他过世已近 20 年后的今天，当时的情景依然历历在目。 后来我把这粉末状的骨灰抛洒出去，让它随风飘去。 那是我亲爱的丈夫那经过炽热的烈焰净化的血肉之躯。 天下着雨，很冷，我感到呼吸困难。 骨灰飘落在海面上，很快就将被水下珊瑚世界的生机勃勃的生命所吸收。

一个星期之后，我返回贡贝。 我离开那里已经好几个月了。 在那里工作的人听到德里克的消息无不感到悲伤，可以理解，这其中也包含了他们对自己未来的担忧。 我希望这古老的森林能治愈我的心灵，能给我以力量，希望跟黑猩猩的接触能减轻我内心的痛苦，因为他们对于生活所带给他们的都能接受。

开头两天我的确伤心不已，尤其到了晚上，我独守在屋里——德里克、格拉布和我在这里共享过天伦之乐。 这里原来颇有人气，现在却阴森森的。 到了第三天上午，发生了一件事。 我非常难受地坐着，两眼望着湖面不断变化的颜色，独自喝完咖啡后，准备去找黑猩猩。 我爬上斜坡，朝喂食站走去的时候，发现自己突然笑了：我现在走的这段小道，腿脚不方便的德里克曾觉得很难走，走得很累。 可是现在只剩下我这个凡人还在这酷热中奋力攀登——他已经轻松了，解脱了。 他正在笑我呢，所以我也大声笑起来。

那天晚上所发生的事更令人感到奇怪。 我躺在我们曾经共享的大床上，耳边传来湖浪拍岸的声音、蟋蟀的叫声和夜间其他熟悉的声音。我并没有指望很快就能睡着，可是睡意却来得很快。夜里，也不知是什么时候，我醒了。我是醒了吗？不管怎么说，德里克在那里。他面带微笑，栩栩如生。他在跟我说话。他似乎说了很长时间。他跟我说了一些重要的事情，一些我应当知道的事情，以及应当做的事情。就在他说话的时候，我的身体突然变僵了似的，我感到血液在奔流，耳朵嗡嗡直响。血液哗哗地、哗哗地、哗哗地在我僵直的身体里流淌。我慢慢地放松下来。"嗯，不管怎么说吧。"等我能说话的时候，我说了，也许说的声音还很大。"至少我知道你真的在这儿。"几乎就在这时候，刚才的感觉又恢复了。我的身体又僵直起来，那哗哗声再度响起。记得当时我心里在想：我肯定是要死了。不过我一点也不害怕。等一切都停下来之后，我什么也记不得了——只记得德里克来过，他给我带来一些消息，而且我很高兴。仅此而已。没有什么格言之类的东西。几乎在同时，我又沉沉地睡去。

后来我回到伯恩茅斯，给一位有神视能力的人写了封信。她在以前曾经给了我外婆很大的帮助。她已经退休，而且也为自己丈夫的死而悲痛不已。但是她答应跟我通电话。我跟她说了所发生的事情之后，她先是一阵沉默，接着她说："我丈夫死的时候，我也遇到过这样的事情。不管怎么说，如果下次再发生这样的事情，千万不要下床。"

我跟她说，我觉得自己想下也下不了。她告诉我，她很想把所听到的记录下来，所以就强迫自己下床去取纸和铅笔。她一下床就晕倒了，醒来时发现自己躺在地板上，动弹不得。所以我很想知道她觉得发生了什么事情。她告诉我，那是一种身体外的体验。她还说，我已经到了意识的另一个平面上——到了德里克的平面上。那哗哗声是由精神回归到人类通常的意识平面所造成的。她认为她那么一动对她的生命或者神志是危险的。

不过，这只是她个人的见解。不管那天夜里发生了什么，到第二天早上，我知道那决不是一个普通的梦。我起床之后感到浑身乏力——但是心情好了些，比较能够应付了。我以前一直相信躯体死亡之后还有一种"存在"。我也一直认为思想和思想的沟通可以跨越空间的距离。德里克死后所发生的事情使我在想，思想和思想的交流也许还可以跨越时间。我觉得没有必要向任何人来证明这一点：有类似感觉的人不少，可是，我们所受的西方教育还不足以说服那些不相信有精神存在这一事实的人。科学要求有客观事实依据——证据；精神体验是主观的，信念即由此而生。我的信念给了我内心世界的平静，使我自己的生活有了意义，这已经足够。可是我也非常愿意把自己的体验与那些愿意听我说的人们分享。让我举两个例子。这两件事情都发生在德里克去世的那天夜里。两件事情所涉及的都是孩子。一个是当时在英国的我的儿子格拉布，另一个是当时住在达累斯萨拉姆的一个叫露露的小女孩。

德里克患病期间，13岁的格拉布是伯恩茅斯附近一所寄宿补习学校的寄宿生（是他自己的选择）。他丝毫不知德里克不久于人世。可是，在德里克去世的那天夜里，格拉布从一个他记得很清楚的梦中醒来。他梦见奥莉到学校去找他，对他说："格拉布，我有个不幸的消息告诉你。昨天夜里德里克死了。"他接着又睡着了。可是他再次因为一个内容相同的梦醒了，还是奥莉，重复的还是那个消息。等第三次做了这样的梦之后，他变得很沮丧，再也睡不着了。他去找了学校的女舍监，跟她说他做了好几个恶梦，不过他没有告诉她是什么恶梦。

早上，奥莉到学校去找他。万妮当时在德国，是前一天到的，因为她突然感到有必要看一看德里克。奥莉把格拉布带到室外的花园里，说有不幸的消息要告诉他。"我知道了。"格拉布说。"德里克死了，对吧。"奥莉大吃一惊——后来他把梦中的情形跟她说了一遍。

露露当年跟格拉布年龄相仿,是个患先天愚型的女孩。 德里克和我是她父母亲的好友,是她家的常客。 德里克去世后,我返回达累斯萨拉姆后就住在他们家的,因为我实在无法忍受自己那幢空房子。 德里克生前对露露很好,所以露露很喜欢他。 在他死的那天夜里,露露于半夜醒来,跑到她的保姆玛丽睡的地方去。

"玛丽,"她急切地说,"请醒醒。 那个人来过。 他很喜欢我。 他总是带着微笑。"玛丽睡眼惺忪地告诉露露,说她刚才是做梦,叫她快回去睡觉。 可是露露执意不肯。 "请你来一下,玛丽。我想让你看看。 他在微笑。"最后玛丽坐起来,显得无可奈何。

"露露,告诉我,你说的是谁。 这个向你微笑的人是谁?"

"我记不得他的名字。"她说道。 "他跟简一起来,走路拄拐杖。 他喜欢我,真的喜欢我。"

两个孩子,在世界上两个不同的地方。 他们都是德里克非常喜欢的孩子。 持怀疑论的归纳主义科学家可以一言以蔽之,把这些简单地解释为偶然巧合的梦、幻觉,或者是由痛苦、紧张、失败而引起的心理反应。 可是我从来也无法把这样的体验如此简而化之——在我自己的生活中,在我的朋友们的生活中,这样的事情太多了,而且都是科学所无法解释的。 科学还没有找到合适的工具来解剖精神。

在战争年代,人们每天都有亲人死去,其中也有很多精神体验方面的例子。 万妮有预感的本领(虽然她对此从来不谈),肯定有所体验。 我在前文中谈到过,德国飞机轰炸了我们度假的小村庄,而正是她对危险的预感救了我们的性命。 另一次事情发生在战争刚开始不久。 当时他正在洗澡,突然她喊了一声,喊声既响亮又急促:"雷克斯!"雷克斯是我父亲的弟弟。 她痛苦地抽泣起来,泪水顺着面颊直往下淌。 当时正在休假的父亲赶紧跑进来,看看究竟是怎么回事情。 "究竟怎么了?"他问道。 "我不知道。 我不知道。"她呜咽着说。 "我只知道是雷克斯。"后来她才知道,她当时大声叫喊的时候,正是雷克斯在罗得西亚上空被击落的时候。 雨果的母亲也有过类似的体验。 那是战争期间她丈夫的舰艇中了鱼雷的时候。她当时在英国，而那艘舰艇远在数千英里之外。 那是在夜里，她从睡梦中惊醒，听见头顶上方德国飞机的嗡嗡声和大炮的隆隆声，吓得魂不守舍。 她顿时哭起来，知道她丈夫身临险境了。 渐渐地，她意识到一切都恢复了平静。 其实并没有飞机，也没有大炮声，就连空袭警报声也没有。 可是正是那天夜里，她丈夫在海战中牺牲了。

我的外婆对自己即将辞世是提前意识到的。 她总是说，她不愿意成为家里人的负担。 到了97岁高龄的时候，她患了支气管肺炎。有一度她自己一个人连床都下不了。 她很不喜欢这样。 后来她渐渐地好了，可是她并不高兴，因为她发现家里人要花很多时间来照顾她。 有一天晚上，万妮上楼去跟她说晚安的时候，看见她正在读放在床边的我外公的信。 外婆靠在枕头上，仔细地用缎带把"博克塞"那些珍贵的信件扎起来。 （她总是喊他"博克塞"，可是我们一直不知道为什么。）她的脸上浮现出一丝微笑。

"呃，亲爱的，我想你最好在今天夜里筹划一下我的后事。"

她也向奥莉告别。 第二天早上，她已经仙逝了，那微笑依然挂在她的脸上。 她已经到她的"博克塞"那里去了。 在那些信件上有一张纸条，要求让她带这些信件去进行她那漫长的旅行。

德里克死后的半年左右时间里，我时常感到他的存在。 我深信，以精神状态存在的他是听不见也看不见的——抑或他也无法感受到他生前所喜爱的东西——蔚蓝的大海、滚滚的浪涛、优美的芭蕾，还有那些在树上戏耍的年轻黑猩猩悠荡的优雅动作。 我强烈地感觉到，如果我全神贯注地去看、去听，集中精力去注意每一个细节，他对自己所喜爱的东西就能多一点陶醉——通过我的眼睛，通过我的耳朵。 也许这是异想天开，但这使我感到好受些，因为我想到他在身边，我觉得可以为他做些什么。 后来，过了一段时间，他仿佛知道我还好，我这些日子已经增添了足够的力量，我发现他来得也越来越少了。 我知道他也该到别处去了，所以我也就不再喊他回来。

在贡贝的森林里，我找到了"传达理解的平静"。

第十二章

走 出 阴 影

　　我是从贡贝的森林里，走出德里克去世给我留下的阴影的。 进了森林，我那受到打击和创伤的心灵才逐渐得到一些安慰。 在森林里跟踪、观察黑猩猩，跟他们在一起，使我内心有了寄托。 这样我才没有失去希望。 在森林里，死亡并没有被落叶所掩盖——偶尔也有。 它随时随地都在你身边发生，因为它是无穷尽的生命大循环的一部分。 黑猩猩也有生老病死。 但总有年轻一代来为某个物种传宗接代。 这些事情使我对前途又产生了信心，随之而来的是内心的平静。 渐渐地，我的失落感中的痛苦成分得以清除，对命运不公的无益抱怨也逐渐平息。

　　有一天是我记忆中最清楚的。 那是1981年5月的一天，我刚刚从美国进行了为期6周的讲学回到贡贝——在6个星期中，走马灯似的讲学、募款午餐会、大小会议以及为了黑猩猩的各种游说。 6个星期中，进旅馆、出饭店、解行李、打行李，拎着手提箱到处奔波。我感到疲惫不堪，渴望着森林中的平静。我什么也不想，只想跟黑猩猩在一起，重新恢复与老朋友的关系，重新施展我那善于攀爬的本领，去欣赏森林里的各种景象，聆听各种声音和享受各种气息。我不愿意呆在达累斯萨拉姆，因为那里有许多使我触景生情的东西：我和德里克居住的房子、我们一起购买和种植的棕榈树、我们同床共枕的房间，还有那印度洋——德里克在陆地上行动不便，可是一到水里，就到他所酷爱的珊瑚礁世界里自在地遨游。

回到贡贝时天还没亮。我坐在自己那幢湖畔小屋的台阶上。一切是那样宁静。远方的地平线上是坦噶尼喀湖那一边刚果的山岭，在山岭的上方，一钩下弦的弯月挂在空中，倒映在微波荡漾的湖面上，粼粼生光。我吃了根香蕉，喝罢咖啡，就出发了。我带着小望远镜、笔记本、铅笔，还带了一把当午餐的葡萄干，从屋后的陡坡向上攀爬。我在森林里到处走动的时候，从来不觉得饿，也很少觉得渴。我终于又独自陶醉于长期以来给我精神力量的简单生活之中。这样的感觉真好。

淡淡的月光映照在沾满露珠的草叶上，上山的路并不难找。周围的树木依然笼罩在最后一抹夜色的梦幻之中。悄然无声。一片宁静。只有偶尔一两声蟋蟀的叫声，还有下面传来的波浪轻轻拍击湖岸的声音。突然传来一阵鸟鸣，是一对知更鸟在唱歌，委实动听。我意识到光的强度发生了变化。黎明已经不知不觉地到来。喷薄欲出的太阳立即使它自身从月亮上反射出的微弱银光黯然失色。

5分钟之后，我听见头顶上方的枝叶沙沙作响。我抬起头，看见在逐渐明亮的天空映衬下，树枝在摇动。黑猩猩们醒了。是"菲菲"和她的子女"弗洛伊德"、"弗罗多"和"小范尼"。他们朝山坡上运动，我跟在后面。"范尼"像个小骑手似的骑在她母亲背上。他们爬上一棵大无花果树，开始用餐。我可以偶尔听见无花果的皮或者籽儿落在地上的声音。

在随后的几个小时里，我们悠闲地从一棵移动到另一棵树，寻找吃的，渐渐地越爬越高。在一片长满草的开阔山脊上，猩猩们爬上了一棵高大的姆布拉树。一个上午的饱餐之后，"菲菲"在我头顶上方做了个舒适的大窝，开始睡中午觉。"小范尼"躺在她怀里睡着了。"弗罗多"和"弗洛伊德"在附近玩耍。回到贡贝，只有我自己和黑猩猩们以及他们的森林在一起，我感到莫大的放松。我离开了那个充满贪婪、自私、繁忙的物欲横流的世界，感到自己又像当初一样，跟大自然融成了一体。我觉得自己与黑猩猩之间非常和谐，因为我花时间跟他们在一起并不是为了观察他们，而仅仅是因为我需要他们那样不提任何要求、不带任何同情的陪伴。从我坐的地方，我可以看见卡萨克拉谷。在我下面再向西去，就是那个"山峰"。一连串的思绪涌进了我的脑海：我刚来的时候，坐在那个制高点上进行观察，学到了许多东西；久而久之，黑猩猩们对我这个入侵他们领地的陌生白猿已经不感到害怕。我坐在那里，仔细地回想，再次捕捉到一些多年以前的情感。当时由于有所发现，由于观察到西方人闻所未闻的情况，我非常激动。还有当时那日复一日地生活在自然世界中所感受到的宁静。这是一个使人类的情感变得渺小，但又在某种程度上使它得以升华的自然世界。

由于陷入了对这些东西的沉思，我只是隐约感到一场暴风雨即将来临。突然，我意识到它不是远方的闷雷，而是直接到了头顶上方。天空乌云翻滚，黑阴沉沉的。稍高些的山峰都被带雨的云所遮断。越来越黑的天，四周是热带大暴雨之前所特有的沉闷和寂静。打破这种沉寂的，只有那越来越近的隆隆雷声。除了雷声，还有黑猩猩发出的沙沙声。突然一道炫目的闪电划破长空，转瞬间就是一声震耳欲聋的炸雷，似乎把岩石都震得发抖，而后那隆隆声就在山峰间回响。紧接着，倾盆大雨从黑压压的乌云中直泻而下，天地之间似乎被一道道水线连成了一片。 我坐到一棵棕榈树下，它那宽大的叶子暂时替我抵挡了一阵。 "菲菲"躬身坐着以保护她的幼仔；"弗罗多"呆在窝里紧紧地贴在她们身上。 "弗洛伊德"弯腰坐在附近一根树枝上。 雨越下越大，那棵棕榈树已经无济于事，我的身上越来越湿。 我开始感到一阵寒意，随之刮起了冷风，吹得我直觉得冷。 接着我就只能顾及自己，连时间也忘了。 我和黑猩猩一起静静地、耐心地、毫无怨言地忍耐着。

过了肯定有一个多钟头光景，暴风雨的中心向南移去，雨势慢慢减弱。 到4点半的时候，黑猩猩们从树上爬下来，而后我们就穿过湿漉漉还在滴水的植被下山。 我们来到一道长满了荒草、可以俯瞰大湖的山脊上。 太阳露了脸，显得昏惨惨、湿淋淋。 阳光照在雨滴上，似乎每一片树叶和每一根草叶上都挂着闪亮的珍珠，把这个世界装扮得更加美丽。 前方小路上有一张编制精巧、挂满晶莹剔透水珠但却不堪一击的蜘蛛网，为了不把它碰坏，我蹲下来从它下面挪了过去。

我听见"菲菲"一家碰到"梅莉莎"一家时相互打招呼的声音。他们都爬到一棵矮树上去吃鲜嫩的树叶。 我走到一个可以立住脚的地方，看着他们享用当天的最后一餐。 下方那依然灰蒙蒙的湖面上白浪翻滚，南面的天空还是黑压压的乌云。 北面的天空已然放晴，只有几丝灰色残云。 这一景象美得令人陶醉。 柔和的阳光在黑猩猩身上罩上一层古铜色。 他们所坐的树枝又湿又黑，就像乌檀木。 新长出的叶子浅绿色，油亮油亮的。 他们的身后就是那充满戏剧色彩的靛蓝天幕，电光闪闪，雷声隆隆。

我全然陶醉在周围的美景之中。 我肯定进入了意识的升华状态。 我于刹那之间所感悟到的真理很难——或者说实际不可能——用语言来描述。 即使是神秘主义者，也无法描述他们所感受的转瞬即失的出神境界。 事后我曾极力想回忆当时的体验，我觉得自我似乎根本不存在：我和黑猩猩，和大地、树木、空气似乎融合成一个具有自身精神力量的整体。 空气中回荡着百羽交响乐，是鸟儿的黄昏大合唱。 在这美妙的乐曲声中，我听见新的声音频率，还听见昆虫的振翅鸣叫——其声部之高，其旋律之动听，皆使我惊叹不已。 我从来没有像这样强烈地感觉到每一片树叶的形状和颜色以及上面那独特的叶脉图案。 各种气味也非常明显，极易辨别：因过熟而开始发酵的果子、集水的地面、冷湿的树皮的气味，黑猩猩潮湿毛发发出的气味，是啊，还有我自己身上的气味，折断的嫩叶发出的浓郁青香。 这时我感到有另一样东西存在，是一只南非羚羊在上风处吃草。 在雨中，它那螺旋型犄角微微闪亮，它那栗褐色皮毛显得很黯淡。

突然，远处一阵大声呼唤引起"菲菲"的回应。 我仿佛从梦中醒来，回到现实世界。 我感到身上虽冷，但却充满了活力。 猩猩们走后，我在原地——那近乎神圣的地方——草草写下几行字，想用最简单的语言记下我的体验。 玄秘大师和圣人都见过天使或者来自上天的其他神仙，我还从未有过这个福分，可我相信这一次是我自己的神秘体验。

时间在流逝。 最后我沿林中小道下山，从我房子背后的山坡下到湖边。 太阳像一只火红的大球，逐渐向刚果那边的山背后下沉。我坐在湖边，看着被晚霞染成红色、金黄色和紫红色的瞬息万变的天空。 暴风雨之后的湖面平静下来。 在火红的天空映照下，粼粼的波光泛着金黄色、紫罗兰色和红色。

后来，我坐在炉火边，用青豆、西红柿和一只鸡蛋做了一顿晚饭。 我依然在回味刚才的体验。 我心想，是啊，我们人类一直在寻找世间事物的含义，其实我们可以通过许多窗口来观察我们周围的世界。 有些窗口就是西方科学造就的，它们的玻璃被一个又一个出色的伟人擦得异常明亮。 通过这些窗口，我们可以透视不久前还不为人知的领域，我们现在可以看得更远，看得更清楚了。 我得到的教诲是，通过这样的科学窗口去观察黑猩猩。通过25年多的仔细记录和认真分析，我逐步把他们的复杂社会行为拼在一起，以期理解他们的大脑机制。这不仅帮助我们更好地理解他们在大自然中的地位，而且也帮助我们较好地理解人类自身行为的某些方面以及人类在自然界中的地位。

不过，还有其他一些窗口，可供我们人类观察周围的世界，而东方的神秘大师和圣人、世界上各大教派的创始人，不仅通过这些窗口来观察世界上无比美好的一面，而且观察其阴暗丑陋的一面，以期寻找我们在地球上生活的目的和意义。这些大师通过自己的脑、心和灵魂，沉思他们所见的真理。那些不朽的经典之作、圣贤之书，以及神秘主义的优美诗歌和文学中的精神实质，皆出自由这些思考所获得的启示。那天下午，仿佛有一只无形的手拉开了窗帘，使我在瞬间瞥见了窗外。在这瞬间的"观察"中，我领悟到永恒和出神，感悟到一条真理，而主流科学只是这条真理中的一部分。我知道这个启示将伴我后半生，虽不全记得，但却永远留在了心里。在艰难、残酷或者绝望的时候，它将是我可以汲取的力量源泉。

可悲的是，许多人似乎认为科学与宗教水火不容。借助现代技术知识和现代技术手段，科学发现了地球上生命形式的形成和发展的许多方面，还发现我们这个星球只是太阳系中很小的一个部分。近来，天文学家们已经描绘出各个行星上的大气情况，还发现了许多新的太阳系；神经学家们已经知道了我们大脑工作机制方面的惊人事实；物理学家们已经把原子分割成越来越小的微小粒子；克隆羊已经获得成功；一个小型机器人已经被送上火星并在其表面行走；奇妙的计算机世界已经被打开。人类的智力达到了惊人的地步。天哪，所有这些神奇的发现导致人们相信，在这个世界上，在这个宇宙中——乃至在无限和时间之中——的所有奇迹，最终都能被有限的大脑通过逻辑推理所理解。而且，在许多人看来，科学已经取代了宗教。他们认为，宇宙并不是某个难以捉摸的上帝所创造的，而是一次大爆炸所生成的。他们说，物理学、化学和进化生物学都可以揭示宇宙的起源以及地球上生命的出现和进化。我相信上帝，相信人的灵魂，相信人死之后会进入另一个世界，都不过是想给我们的生命赋予含义的毫无出路、愚不可及的想法。

但这也不是所有科学家都相信的。量子物理学家们得出的结论是，不管怎么说，上帝的概念并非异想天开的结果。神经生理学家约翰·C·埃克尔斯觉得，虽然有关人类灵魂的问题超出了科学的范围，但却告诫科学家们在被问及人死后意识自我是否继续存在的问题时，不应当作出绝对否定的回答。那些研究人类大脑的科学家认为，无论他们对大脑有了多少认识，也无法完全理解这个异乎寻常的结构——因为他们认为它的整体毕竟大于部分相加之和。宇宙大爆炸理论是又一个例子，它说明人类大脑具有不可思议、令人生畏的能力，能认识似乎无法知晓的最初的时间。也就是我们所认识的时间，或者我们认为我们所认识的时间。可是，时间之前呢？空间之外呢？我清楚地记得小时候这些问题曾使我浮想联翩。

我躺着，望着渐渐黑下来的天空。我想，如果我们人类最终失去了所有的神秘感和畏惧感，如果我们的左侧大脑完全主宰了右侧，致使逻辑思维和推理完全取代直觉，把我们与我们最里层的、内心和灵魂深处的东西隔绝开来，那将是多么可悲的事情。我看见星星在一颗颗地出现，先是那些最明亮的，继而，随着日光逐渐黯淡，星星也越来越多，最后，整个天幕上都布满了明亮闪烁的光点。阿尔伯特·爱因斯坦被认为是我们这个时代无可争议的、最伟大的科学家和思想家之一。他对生命就一直持一种神秘的看法，并且说，他在不断更新这个看法，所根据的是他在注视星星时产生的神奇和卑微的感觉。

至少从尼安德特人的时候起，也许还要早些，世界各地的人们就开始有了神的崇拜。宗教、精神方面的信仰就成了人类最强烈、最持久的信念之一，有时候甚至为此而忍受大约半个世纪的残酷迫害。我童年的时候，伟大的基督教先烈所忍受的磨难就常常萦绕在我的脑海。世界上许多地方的土著人至今仍保留着他们对造物主、对大神的信念，继续秘密地信自己的教，尽管被发现后就要受到重罚的危险。在东欧共产党当权45年后，人们对上帝的信仰依然幸存。

我继续躺着，仰望繁星点点的夜空，还不想回到屋里去。我想到了最近6个星期旅行时遇到的一位年轻人。他是利用假期打工，在得克萨斯州达拉斯我下榻的那家饭店当服务员。那天晚上有漫步音乐会，我走过去，看见那些身穿漂亮长裙晚礼服的年轻姑娘们，陪同她们的人也都穿着晚礼服。她们看来非常高兴，无忧无虑。生活对她们来说才刚刚开始。我站在那里，想到了未来——她们的、我的、还有世界的未来——这时我听到了另一个声音：

"对不起，博士——请问您是简·古多尔吗？"那位服务员很年轻，充满活力的样子。但他似乎有些担心，部分原因是他觉得不应当打扰我，还有部分原因也看得出来，是他有心事。他有个问题要问我。所以我们就走到一处楼梯旁边，离开一群群衣着华丽的人和一对对手拉手的人。我们谈到了上帝和世界的创造。

他看过我的所有纪录影片，也读过我的书。他简直入了迷，觉得我所做的事太伟大了。可是我却谈到了进化。我信仰宗教吗？我相信上帝吗？如果是这样，那怎么能和进化论一致呢？我们当真是黑猩猩变过来的吗？所有这些问题都问得直截了当，表现出真诚与关切。

于是我尽量如实地加以回答，对我自己的信念加以解释。我告诉他，没有人认为人类是从黑猩猩变来的。我解释说我的确相信达尔文的进化论，我讲了在奥杜瓦伊峡谷的事情，说了我把一块业已灭绝的动物化石拿在手中时的心情。 我还告诉他，我在博物馆里追寻了进化的各个阶段，比如说马经过千万年的进化，从最初只有兔子大小的形体逐步变大，变得越来越适应它的生存环境，最后变成了现代的马。 我告诉他，我相信几百万年前有一种原始的、像猿猴又像人的动物。 它的一个分支后来变成了黑猩猩，而另外一个分支则变成了人类。

"可是这并不意味着我不信仰上帝。"我说道。 我跟他谈了我本人的信仰和我们家人的信仰。 我谈了外祖父是怎样当上基督教公理会牧师的。 我说我历来认为，上帝在七天里创造世界的说法，很可能是解释进化过程而采用的比喻。 如果是那样，那么每一天就相当于几百万年。

"这时候，也许上帝发现有一种动物的发展已经符合了他的目的。 智人具有大脑，心智和潜力。"我说道。 "也许那时候上帝就把精神吹进了第一个男人和第一个女人的头脑，把圣灵注入到他们的身体里。"

那个服务员的忧虑似乎大大减轻了。 "是啊，我明白了。"他说道。 "可能是这样。 这似乎有点道理。"

最后我告诉他，我们人类怎么成为现在这个样子，是进化也好或者是创造也好，这个问题其实并不重要。 重要的是（而且特别重要）我们未来的发展。 我们是不是继续去毁坏上帝的创造，继续互相拼杀，继续伤害这个星球上的其他生物？ 我们是不是应该找到一些办法，以便我们相互之间以及与自然界之间能够比较和谐地生活在一起？ 我对他说，这是很重要的，因为它关系到人类的未来，从个人来说，也关系到他自己。 他应当自己作出决定。 我们告别的时候，他的眼睛明亮而有神，那些困惑已一扫而光，他的脸上露出了笑容。

在贡贝的大湖畔，我想到在遥远的得克萨斯州的这次短暂相遇，不禁笑起来。 我想那是非常有用的半个小时。

　　起风了，吹来阵阵寒意。 我从群星灿烂的户外走进屋子。 上床后我没有马上入睡，脑子里仍然装满了白天所发生的事情。 我躺在那里似睡非睡，思绪反复不断。 为了让思绪平静下来，我又假定自己进了森林。 可是那一幅幅画面仍然不由自主地在头脑里浮现。 我看见外婆坐在白桦山庄花园里的凳子上喝咖啡，还是格拉布小时候我见到她的模样。 接着是埃里克舅舅最后一次心脏病发作之后的模样，他躺在离我家不远的一个养老院的床上，人老了，似乎人也缩了起来。 他之所以被送到那里，是因为万妮和奥莉两个人弄不动他。 我记得在他临终的那天晚上，我听见了猫头鹰恐怖的怪叫声，它是在召唤死者的亡灵。 这件事我当时没有说，因为在伯恩茅斯已经至少有 15 年没有听见猫头鹰叫了。 过了几个月，我跟万妮谈起这件事情，她似乎很吃惊，因为她当时也听见了。 我想到了奥德丽。 她是带着我们家的名叫"西达"的狗去散步的时候把头盖骨摔裂的。 她康复之后又活了一年多。 有一天晚上，万妮端了一杯茶进到奥德丽的房间，她告诉万妮说，"西达"以前从来不到房间，那天却坐在她床边上，久久地看着她。 后来万妮又朝她房间里看过一次，发现"西达"还在里面。 第二天上午，奥德丽再也没有起来——她与世长辞了。 我想到了"西达"临死前的一段时间，我们都希望它会好起来，可是那只是我们一厢情愿。 我也想到了我儿时的伙伴"拉斯蒂"的死，还有我在达累斯萨拉姆养的宠猫"金吉尔"、"巴金斯"、"里帕尔"和"斯皮德"。 失去它们对我来说也是很痛苦的。 后来我又想到了"弗洛"，想到我坐在溪流边她的遗体旁的情景，想到了她生前的所作所为，想到了我从她那里学来的东西。 接着，我想到了德里克栩栩如生的模样，想到他吃力地爬上山，到喂食站去，因为他非常想看看黑猩猩。 我发现自己哭了，而且哭了很久，哭出了自己一年来的怨恨和悲伤——还有自怜。 哭着哭着我就睡着了。 泪水有时具有很强的愈合力。 醒来之后我明白了，对德里克的死，我会永远感到悲伤，而且也总能抑制自己的悲伤。 森林和森林中存在的并非虚幻的精神力量一直给我以"传达理解的宁静"。

农村银行的创始人穆罕默德·尤努斯——他给饥寒交迫的人们带来希望。

第十三章

道 德 进 化

在贡贝的这几个星期特别有意义。 我发现体力和精神都得到了恢复，而且有了新的责任感。 当我返回达累斯萨拉姆时，仍然对失去德里克感到伤心，因为他和我为时不长的婚姻中所共同享有的东西，现在都成了痛苦又甜蜜的回忆，不像以前那样只有痛苦。 大多数情况下，我那幢偌大的房子里只有我和我收养的两条无家可归的狗："塞伦达"和"辛德瑞拉"。 狗能给人带来很大的安慰。 自"拉斯蒂"帮我形成对动物——以及对科学——的态度以来，狗在我生活中就起了很大的作用。 我回想起在贡贝走出阴影的那段时光，脑子里渐渐酝酿了一首诗：《树木和花草小天使》。

> 我记不得第一次是什么时候，
> 听见他们那银铃般的歌声，
> 树木和花草的小天使们。

帮我打开被禁锢思想的是他们，
把我的灵魂拿去清洗的是他们。
哦！我欢迎他们，
我就像一个中空的躯壳，
舒适地躺在芬芳的草地。

他们带着忧伤的微笑，
给生锈的思想铰链上油。
清除灵魂上的蜘蛛网，
再把它晾挂到最高枝头，
让它贴近有净化功能的太阳。
我庆幸它在高枝上飘动，
知更鸟唱起了甜美的歌声，
让灵魂在和谐中得到沐浴。

等灵魂被净化得焕然一新，
他们又微笑着悄悄把它送回。
他们飘然飞去的一两天内，
我就像个新生儿一般
天真好奇地看着这个世界。

现在，只要有忧伤或恼怒，
我就会找一块安静的地方，
青枝绿叶和泥土的气息，
伴我静静坐着，等待他们
用银铃般的声音呼唤我，
把我的灵魂再一次净化。
那些树木和花草小天使们。

没有德里克和我一起谈论世界上所发生的事情，家里显得非常安静。我没有用这些时间去干家庭主妇的那些事情，而是潜心对在贡贝的20年科研成果进行科学分析，并把它们整理成文字。此外我还很关注时局。德里克和我都喜欢阅读《经济学家》和《新闻周刊》，我仍然保持了这个习惯。我有许多朋友都在外交界工作，我经常和他们在一起讨论坦桑尼亚的政治。邻国乌干达的战争余波使坦桑尼亚大受其害。这是因为坦桑尼亚军队进入该国，支持了被赶下台的密尔顿·奥博特总统的军队，使伊迪·阿明的血腥独裁统治最终倒了台。坦桑尼亚为此付出了沉重的代价——经济下降到最低点，食品严重短缺，穷人的贫困加剧。

战争结束的时候，坦桑尼亚到处都是军人——这些归国的英雄没有工作，但却有（或者说比较容易弄到）枪支弹药。全国武装抢劫案件大幅上升。我依然带着狗在湖边散步，但却多了几分新的恐惧。有一次，一个盗贼用罪恶的螺丝刀对着我的脖子，然后抢走了我的手表——我早就应当知道不要戴手表了。

尽管犯罪案件增加，但是与许多非洲国家相比，坦桑尼亚还算平静。离贡贝国家公园不过几英里的布隆迪及其邻国卢旺达，胡图族与少数民族图西族对抗，这种摩擦随时可能再次成为大规模流血冲突。从东边麻烦较多的扎伊尔，不定期地会有难民渡过大湖到这边来。在加纳发生了军事政变。在乍得也是麻烦不断。在世界范围内，冷战仍在继续。由于政治和经济利益的需要，武器和地雷被出售给广大发展中国家，使它们成了超级大国经济游戏的游乐场地；而这样的游戏已经使成千上万的人无家可归，致死致残。那一年，萨达特总统遇刺身亡。此后，教皇约翰·保罗二世和美国总统罗纳德·里根险些遇刺身亡；爱尔兰共和军开始了在英国的暴力活动；在斯里兰卡、萨尔瓦多、印度、阿富汗、黎巴嫩相继出现了动荡和暴力。几年以后，英国入侵福克兰群岛 [1]，甘地夫人遇刺身亡，美国

_151_

---

[1] 福克兰群岛（Falkland Islands），又称马尔维纳斯群岛，1982 年，英国和阿根廷曾为该群岛发生战争，即马岛战争。该群岛现处于英国控制之下。——译者

轰炸利比亚。 此外，令人极为震惊的是，伊拉克不仅在与伊朗的战争中使用了大量化学武器，而且用这种武器来对付它的本国人民，主要是库尔德人。

似乎到处都有人在受苦受难。 饥饿、疾病和无家可归不只是限于发展中国家才有，即使在西方世界最繁华国家的都市中也有。 在英国有一个地方（布里克斯顿）首次发生黑人青年系列暴乱事件。除了上面所说到的种种情况，还有我们这个宝贝星球上的空气、土壤和水都正在受到严重的污染，自然界——我们惟一的世界——正在遭到破坏。

我问自己：未来还有希望吗？ 看来我们的自私贪婪——我们对权力、土地和财富的强烈欲望——正在战胜我们对和平的渴望。 在自由世界战胜纳粹德国之后，我体会到的幸福感早就渐渐消失。 我发现自己在思考：雨果和我是不是应当让孩子生在这样一个毫无希望的丑恶世界上。

大概就在那段时间里，我的老朋友休·考德威尔送了我一本《人类的命运》。 那是法国一位由医生成为哲学家的勒孔特·迪努瓦于1937年写成的。 他认为我们人类缓慢地历尽千难万阻，来到这个星球上，并生存下来，现在正经历一个获取道德特征的过程，从而使我们的侵略性和好战性越来越少，相互关心和同情心越来越多。 他认为这将是我们的最终命运，是人类存在的理由。 这是多么有魅力的思想啊！对于我们的生理结构的进化，我还是很熟悉的，因为我毕竟为路易斯·利基工作过。 他一生中大部分时间都在研究我们祖先的化石。 在贡贝的日子里，我仔细考虑了文化进化的问题。 这个发展过程并不像有些人所说的那样是人类所独有的，从黑猩猩身上可以明显看出，他们也开始走上这样的发展道路。 现在，迪努瓦又在探讨道德进化的问题了。 我对此特别感兴趣。 我思考了他的论点，发现自己被他的许多观点所打动。 我开始从新的视角来看待我们所面临的几乎毫无希望的形势。

在人类可能发生进化的典型环境中，随处都能获得食物和温暖。当然，人类发展的早期，世界并不是个乐园——人类从一开始就时常遇到饥饿、病痛和伤痛。就像黑猩猩一样。在早期像猿又像人的直立人四周，有许多张牙舞爪的、可怕的捕食动物，其中许多动物奔跑和爬树的本领大大超过了我们的祖先。可是，大脑不断发达的直立人生存下来了。由于数量增加，有一部分直立人就有必要离开最佳生活环境，到条件比较差的地方去生存。那些大脑比较发达、比较灵光的就比那些不太聪明的占有优势。于是，生存能力比较强的就存活下来，并把他们的基因遗传下来。渐渐地，他们发明了越来越复杂的工具，而且让自然屈从他们意志的能力也越来越强。在这一发展过程中，我们的祖先还有了口头语言。这便是在人类独特的发展道路上的一个里程碑。

正是因为有了语言，我们的祖先才第一次做到了把不在眼前的物体或事件告诉他人，包括他们的孩子。现在有些智能型动物大脑也比较发达，而且具有精确的交际系统，可是就我们所知，他们不可能做得像我们一样。我们可以教会黑猩猩和其他一些猿类学会识别美国手势语。他们已经学会了300多个词汇，他们相互之间以及和训练人员之间可以在新的环境中运用这些词汇。可是，在他们的进化过程中，他们却没有发展到像人类一样可以谈论不在眼前的事物，了解发生在遥远过去的事件，为遥远的未来制订计划，更不用说对某个思想进行探讨，在他们中间进行磋商，以致大家能够共享整个群体的集体智慧。口头语言使得我们的祖先能够表达敬畏的感情，而这样的感情又会导致宗教信仰，最后发展成有组织的崇拜活动。

我认为，黑猩猩具有类似敬畏的感情。在卡孔贝谷有一处壮观的瀑布。水流穿过柔和的绿色空气，从大约80英尺高的河床断层处飞泻而下，发出雷鸣般的巨大声响。也不知用了多少年的时间，水在岩石上冲刷出一道垂直的槽。蕨类植物在瀑布下泻所生成的风中不停地摇摆，悬垂的藤蔓长满了瀑布两侧。在我心目中，这是个神奇的地方，是个神圣的地方。有时候黑猩猩们会过来，沿着河床慢慢地、有节奏地移动。他们捡起大石块或者大树枝扔进去。他们跳起来吊在那些藤蔓上，在水珠飞溅的风中来回悠荡，直到那细细的藤蔓似乎要断或者快要从上面生根的地方被拉出来为止。

这样了不起的"舞蹈"他们一跳就是十来分钟。为什么呢？难道不是黑猩猩对某种敬畏情感作出的反应？这情感因水的神秘力量而产生；这水似乎有生命，总是奔流不息，可又从不离开，似乎完全相同，却又根本不同。也许就是这种类似的敬畏，导致泛灵论宗教的诞生吧？泛灵论崇拜指的是对自然力的崇拜，对无法控制的自然奇特现象的崇拜。只有当我们的史前祖先在语言上有了发展，他们才能讨论内心的情感，才能创造共享的宗教。

口头语言也使得我们石器时代的祖先得以形成共同的行为道德规范。黑猩猩表现出的行为很像人类道德出现之前的行为——比如，为了救一个弱者，某个级别较高的黑猩猩会出面阻止一场打斗——可是在大多数情况下，在他们的社会里，"有力量"就"正确"，处于从属地位的猩猩，无论对错都必须屈从。然而人类发展了复杂的符合道德和伦理的行为规范。在世界各地的所有文化中，他们都是这么做的，虽然各个国家的人对好与坏的解释未必一样。

迪努瓦认为，我们是想在人类进化的时间框架中看到自己的道德进步过程。我们的生理形体在数百万年里发生了缓慢的进化。从第一个活的原生质细胞形成到旧石器时代第一批哺乳动物出现，其间经历了数十亿年。智人，或者叫现代人，在这个星球上的活动只有一两百万年。虽然人类的行为中历来就有并将继续会有大量明显不道德的、往往非常邪恶的一面，可是世界上越来越多的人比以往任何时候都更加意识到什么是错的，什么是需要改变的。

我仔细思考了迪努瓦的观点，觉得自己能从新的视角来看待人类的道德行为——或者缺乏道德的行为。我们自私的本能压倒了我们的关爱和利他主义，可是，用进化的标准来衡量，我们毕竟在一个很短的时间里有了很大的进步。例如，不到 100 年之前，在我的祖国英国（以及其他西方国家），穷人还是生活在水深火热之中。妇女、儿童，还有矮种马，都被送到矿井里去干活。那里几乎漆黑一片，工作条件恶劣，工作时间长得不可思议，班次之间休息时间非常短，而且还吃不饱。到了冬天，住在破破烂烂的贫民窟里的大人和孩子都没有御寒的衣服，他们光着脚，冷得浑身发抖。像肺结核和佝偻病之类的疾病是常见现象。奴隶制是一种被认可的劳动力形式。近期出版的一些书中谈到了在天主教徒占多数的爱尔兰贫民窟中成长的孩子，看了那些触目惊心的描写，我们真不知道孩子们在那种恶劣环境下是怎么活过来的。

我认为，到了 80 年代，英国的情况发生了巨大变化。从理论上说，每个人都能享受福利。在城市里的某些地区，条件仍然很差，可是地方政府和社会福利工作者都在尽力去改善它。尽管福利国家还有不少缺陷，可是它的出发点是，从道德上关心那些无法关照自己或者自己家人的人们。许多慈善机构都在致力于改善少数群体的生活条件。奴役制度已经被废止。当世人得知发展中国家在工业中利用奴役劳动的时候，公众舆论对此大加谴责，有时候这至少能使工人们的工作条件得到改善。

世界上其他民主国家也进行了类似的改革。此外，由于米哈伊尔·戈尔巴乔夫的领导，意识形态方面也发生了重大变化。这个变化最终导致了前苏联解体。人类的尊严和人权问题成为越来越多的人所关注的话题，甚至动物权利运动在世界上也得到了越来越多的认可和支持。在我们这个世界上，仍然存在着暴力、残酷、压迫和压制行为。这些行为的本身导致了诸如联合国这样的国际组织的建立。虽然在维护世界和平、防止种族屠杀方面，联合国没有发挥它的创建者们所希望的作用，但它的建立本身就是一个正确的重大步骤。在我看来，人类正在作出努力，帮助他们自己国界之外的人们。我们还有很长很长的路要走，不过我们正慢慢地走上正确的道路。

我在沉思这些问题的时候，孟加拉国经济学教授穆罕默德·尤努斯不仅在思考大街上乞丐的不公正命运，而且在积极做一些实事，以减轻他们的痛苦。他是1974年孟加拉国发生严重饥荒时开始这样做的。首都达卡的街道上人越来越多。他们用最后一点力气走到首都来寻找吃的。他们或坐或躺在街上，"活像披着破衣烂衫的骷髅"。他们几十个、几十个地死去。这个经历使当时在达卡一所大学讲授经济学的穆罕默德·尤努斯发生了脱胎换骨的变化。他说他突然觉得自己应当离开学校，离开经济学理论，到大街上去看看究竟发生了什么，为什么人们会慢慢地、令人痛心地因饥饿而死去。他到附近一个村庄去看了看，向一位制作竹凳的21岁女子苏菲亚·德古姆了解情况。成千上万的女人都有跟她类似的情况。她以相当于22美分的价格从中间商那里买来竹子。每天，她都得把做成的竹凳卖给那个中间商来抵债。如果干得比较顺利，她一天只能有2美分的收入。她不能向放债的人借钱，因为利息太高。她自己和她的孩子们要想摆脱饥饿与贫困的恶性循环是不可能的，根本不可能。她没有任何途径能弄到22美分，而这一点点钱就可以使她走上独立的道路。

那个村子里有42个人跟苏菲亚的情况一样。他们需要借的开工费用总共还不到27美元。穆罕默德·尤努斯从口袋里掏出27美元借给他们。他想劝说孟加拉国银行启动一项计划，为生活在贫困线上的人们提供贷款。可是每次得到的回答都是："那些穷人信誉不好。"——即使事实证明他们已经偿还了那一点点贷款。

穆罕默德·尤努斯自己创办一家银行——这将给数百万生活在贫困之中的赤贫者带来新的希望和新的生活。农村银行于1983年正式开业。15年之后，它的业务已经拓展到其他国家。它的贷款额较小，但总数已超过20亿美元。若干年后，我见到了穆罕默德·尤努斯，并聆听了他在世界各国领导人论坛上发表的讲演。他很文静，不爱出头露面，但他思路敏捷，身上有一种了不起的气质。他的确是我辈中的天才。而在我眼里，他是个圣人。

这类事情说明，人类有行善的潜力，但是，在通向更有道德的未来的道路上，我们的进步幅度还不大，步子还不快，而迪努瓦的书则有助于说明其原因。真不知道我们人类还有没有时间来走完这段历程？看到人类破坏自然的速度，有头脑、有理性的人无不感到惊讶。'人类正在摧毁养育了自身数百万年的自然环境。在近代，现代信仰和现代技术已经把古老的信仰和传统扫地出门了。人口的增长对土地产生越来越大的压力。有无数人，尤其在西方国家，已经或正在迅速忘却人类在世间万物中的正确地位和作用。大自然哺育和增强了我的精神。我逐渐真正地理解和尊重地球上令人着迷的各种生命形式及其相互依存关系。可是现在，大大小小的森林、草原、沼泽——所有动植物生存的自然环境——都在以惊人的速度消失。许多动植物物种也在不断消失——每一个物种都是各具特色的，都是经过千百万年缓慢进化才活到今天的。即使像北极和南极这样的野生自然环境的坚固堡垒，也有被人类糟践和破坏的迹象。

这些破坏多数是由贪婪、浪费的富裕社会造成的。无论怎么看，他们都是在从发展中国家的穷人口中夺食，以维持其荒唐的、追求物质享受的奢华的生活水准。穷国越来越穷，那里的婴儿出生率和死亡率都在大幅度上升。发展中国家正在不断沙漠化的土地上苦苦地耕种，汲取水位越来越低的地下水，而西方社会却以钢筋水泥覆盖了成千上万平方英里的良田，砍伐了成千上万平方英里的热带雨林以开辟牧场或饲料种植场，为的是使他们那里已经体重超标的公民能吃到肉食品，他们让第三世界的农民为他们种植诸如咖啡和茶叶这类经济作物，再以极低（低得不像话）的价格收购，供生存农业所使用的土地就更少了。

据我所知，有迹象表明，这样的态度正在起变化。环境保护主义者强调指出，有必要采取断然措施，以制止对自然环境的污染和破坏，否则后果将不堪设想，而这些意见已开始得到政府方面的重视。确实，80年代，环境问题已跃居许多国家政治日程的首位，其原因则是多种多样的：令人头脑清醒的切尔诺贝利核泄漏事故；滴滴涕那出乎意料而且十分可怕的长期影响（它已渗透到世界生态环境之中）；对所谓温室气体累积作用与臭氧层将消失的预警。

可是，要使广大公众了解这类信息，需要很长时间。即使在西方民主政府大谈与个人自由相关的人权问题的时候，他们的公民都在不知不觉中接触到越来越多的可怕的有毒物质——来自杀虫剂、农业废弃物、垃圾堆里产生的有害物质、药品生产中的合成化学物质、抗菌素的不负责任的误用，包括在集约化饲养的动物身上的使用。（用遗传工程生产的食物所具有的严重威胁还没有袭击毫无戒心的公众。在食用其他动物——尤其是猴和猿类动物，或者把它们用作实验室的医学研究时，它们所携带的病毒和逆转录酶病毒就有跨越物种障碍侵袭人类的危险。）虽然这些科学和技术上的附带产物并非蓄意的安排，但它们却在悄悄接近人类。要使政府和工业界以及广大公众意识到这种可怕的事实，也需要经过很长一段时间。改变是要花钱的。然而，真相不可避免地会透露出来，越来越多的人们开始意识到他们自身所处的危险环境。雷切尔·卡森在写《寂静的春天》的时候，只有她一个人在大声疾呼。可是现在支持她的研究成果，惊呼危险将至的人已经越来越多。

人口正在以惊人的速度增长，可是这个重要问题在80年代却很少被人提及。保罗·埃利希的《人口炸弹》遭到了很大的冷遇。这个话题被认为是"政治上太敏感"，因为任何对家庭规模的批评都被认为是干涉个人自决权。各国宗教领袖们聚首开了一次非常重要的会议，讨论我们所面临的可怕的环境问题，并一致认为，要向自己的教友发出告诫信息。可是他们的信息中没有谈到人口问题，因为他们害怕激怒一些与会代表。于是，这个最为严重的问题——我认为它和西方社会的过度消费问题同样严重——被故意忽略了。多么愚蠢啊！世界上的自然资源并非取之不尽，用之不竭；而世界人口正在无情地迅速增长。因此，地球已经到了即将无法为越来越多的人口提供食物和安身之处的地步，野生自然环境和大多数其他物种都将消失，复杂的生命网和世界生态多样性将受到破坏。这样，不可避免的结果将是人类自身的灭亡。

我认为，还存在着一线希望，因为这些问题已经越来越多地引起公众的注意，越来越多的人认识到，我们已经犯了、而且正在继续犯可怕的错误。这种认识是能够最终实现重大变化的第一步。我认为问题在于：发达国家的人已经把能过上高水平的生活看成他们的权利。我认为，而且我历来认为，我的儿童时代是非常幸运的。我是在第二次世界大战中成长起来的。豪华生活被现在西方中产阶级人士认为是天经地义的，而在我小的时候却简直不可思议——除非是到开了天价的黑市上去。我懂得食物、衣服和住房以及生活本身的价值。我与同龄人一起进入了战后时代，而那时候，自立是一种必要的素质。我们当时并不认为有一辆自行车、一台电视机或者一台洗衣机等等是我们的权利；这些都是要攒钱才能买来的东西。人们会因为拥有它们而感到自豪，因为这是他们用辛勤的汗水换来的。

当然，我知道为什么经历过战争和经济危机的人，亲手建设起美好和高水平生活的人，对于能为下一代提供他们自己所不曾有过的东西而感到自豪。我也知道为什么他们的下一代会不可避免地把这些东西当成是理所当然的。这意味着新的价值观念和新的期望也随着新的生活水平一起悄悄地进入了我们的社会。所以在西方国家，尤其是在美国，那么多年轻人追求物质的、有时甚至是贪婪和自私的生活方式。

可是我不明白的是，他们是不是满足于这样的生活方式？他们的行为往往表明他们感觉到这个世界上缺了点什么。也许是对生活目的的追求，所以才会出现60年代末和70年代初的嬉皮士和花孩儿？[1] 难道这是许多有钱人家的子女离开家庭去寻找新体验的原因？他们试验过在公社中生活，他们被新出现的偶像弄得如痴如狂，他们去试验毒品的效果，他们还到印度去寻找宗教教师。他们在不顾一切地寻求逃脱他们那个时代令人心灵麻木的物质享乐，至少在我看来是这样。他们拒绝接受一切与"官方"有牵连的东西，拒绝接受被他们认为是陈腐的、不合时宜的、属于他们保守的中产阶级父母的价值观念，所以他们也就理所当然地拒绝正式的宗教。

我想到了世界上（尤其是北美）那些持漠然态度的人们的生活情趣和精神道德所发生的迅速变化。如果我们能回到美洲印第安人——美洲土著人或者第一国人——当年的生活方式，那将是对环境危机的最佳解决方案，因为千百年来，印第安人一直与大自然和谐相处，只索取他们生活所必需的，他们感谢大自然的恩赐，同时回报大自然。我知道，有些年纪较大的人仍然根据老的价值观念生活，对大神和造物主仍然非常尊重。虽然这听起来颇具诱惑力，可是我认为，现在几乎没有多少西方人能够忍受这样的生活方式——因为这意味着要放弃已被我们认为是必需的那些奢侈物品。如果没有四周那层柔软的保护茧，我们——至少是我们当中经济上比较优裕的那些人——出世之后就很难忍受大自然母亲各种莫测的变化。想到未来的考古学家，我感到难受，也感到好奇。他们将对这些茧子进行构造分析：汽车——数量很多，因为习惯上是每隔几年就要买新车；一系列的公寓和房屋，因为家庭在发展，在全国范围搬迁；洗衣机；家用物品；洗碟机；高保真音响、激光唱机、无数电视、电脑和移动电话；随茧内人的兴趣和职业而变化的数以亿万计的各种小装置；足以使非洲的一个村民穿好几年的衣服和鞋子；数不清的快餐

---

[1] 嬉皮士（hippie），是 20 世纪 60 年代在美国出现的对当时社会不满的青年颓废派；花孩儿（flower child），是"佩花嬉皮士"的别称，主张"爱情、和平与美好"。——译者

食品。 我们可以继续把这个清单开列下去。 我们不要忘记支付所有这一切的那个小小的塑料卡片，还有我们一生中所使用的、所扔掉的或者是所积攒的东西。 这是衡量表面成功的方式。 如果某个牧师或者修士能对这些人内心世界进行一番筛选，看看他们精神上有何收获以及如何衡量心灵上的成就，不知物质和精神方面的收获将作如何比较？

我回忆了自己的记录，但使我感到有些悲伤的是，我并不喜欢自己的许多发现。 对于"爱邻舍如同爱自己"的说教，我历来感到不解。 我常常无法达到自己所定的目标，我怎么能喜爱自己呢？可是问题似乎突然变得明晰起来，我觉得我能理解了。 我们要爱的"自己"并不是我们的自我，不是每天行为处事欠考虑、自私、有时甚至缺乏善心的人，而是我们每个人内心那纯洁精神的火焰。 那便是造物主的一部分，是被佛家称为慈悲的东西。 我意识到，得到爱的东西就能生长。 我们要学会理解并且去爱我们内心这种精神，以便找到我们内心的平静。 只有这样我们才能超越我们自身生命的狭窄禁锢，寻求与被我们称为上帝、真主、道、婆罗贺摩、造物主或者我们个人信仰中的其他说法的融合。 一旦我们达成了这个目标，我们就能够共同造就一个更好的世界，这样我们与其他人联系的能力就会无法估量。

我意识到，最伟大的精神领袖和圣人的一个突出特点，就是他们超越自己从小所受的教育、自己的文化以及自己所处环境的能力。如果我们愿意加快我们的道德进化，加快我们向人类命运迈进的步伐，那么我们的任务很清楚——而且非常艰巨，但从长远来看并非不可能。 我们大家都应当从普通平凡的人转变为圣人！像你我这样的凡夫俗子都应当变成圣贤，至少要变成小圣贤。 伟大的圣贤和大师并不是超自然的生灵，他们并非长生不老的神仙，而是有着与我们一样的血肉之躯。 他们和我们一样，需要呼吸空气，需要吃饭喝水（但需要量有限）。 他们都相信精神力量，相信上帝。 这就使得他们能够运用"我们生活、活动和存在于其中的"伟大精神力量。 他们靠这样的力量生活，他们把它吸进自己的肺里，使之进入自己的血液，从而得到力量。 我们大家都必须努力加入他们的行列。 我认为他们似乎站在悬架于上帝和人间的一座桥梁之上。 正是出于这样的想象，我写成了下面这首诗：

只有他们能轻声唱希望之歌

世界需要他们，那些站在桥上的人们。
他们知道鸟鸣声中包含痛苦，
比花儿更美的东西正在失去：
在寂静的雪帽覆盖的大山里
他们听见水晶般和谐的声音——
除了他们谁能把生命的意义
传达给那些活着的死人？

哦，世界需要那些站在桥上的人们，
因为他们知道永恒是如何来到人间：
在使树叶发出美妙音乐的和风中，
在抚慰着沉睡沙漠生命的细雨中，
在照耀草坪的第一缕春日阳光中。
只有他们才能吹去那些
有眼无珠的人眼中的灰尘。

可怜可怜他们！那些站在桥上的人们。
因为他们对绝对平静从来就不陌生，
但他们却被一种古老的热情所感动，
把援助的手伸向呼救的人们。
那是一个失去意义的世界：

在那个世界上的原子——造物主所用的泥
正在被以科学的名义分解开来
为的是摧毁爱。

于是他们站在那座桥上，
被自由意志的痛苦折磨。
热泪盈眶地期待着
回去——回归，
回到那当初的星光里，
回到那绝对的平静中，
只有他们能把希望之歌轻声献给
向着光明奋斗却又无望得到的人们。

请不要遗弃我们，那些站在桥上的人们。
那些在自由的夜空中懂得爱的人们，
那些知道月亮存在的意义
远远超出人类在太空探索脚步的人们，
因为他们知道
那永恒的力量包含生命的开始，
也概括了它的结局，
把它们，像约瑟的衣服似的，
盖在一成不变、不断移动的帆布上，
那帆布向宇宙不断延伸
但却被一只小青蛙
完全看在眼里。

那么，不相信上帝的人呢？ 这样的人很多，他们是无神论者。
我觉得那没有多大差别。 为人类服务而活着，热爱和尊重所有生物——这些特性就是圣贤式行为的核心。

我想，我们每个人身上都存在着行善的力量，也存在着作恶的力量。在逐步向道德社会前进的过程中，一个人可以发挥极大的作用。我在想，的确我们每个人都在扮演一个角色。我们的贡献有所不同。有些人在通过生命之河的时候，会激起巨大的浪花，产生的余波极其深远。有些人似乎默默地沉了下去。但事实上肯定不是如此，因为他们的运动是在水下进行的，他们所造成的变化是看不见的。有些人暂时默默地埋在泥潭内，以后被挖出来的时候，会在水上造成大的旋涡。这些波或者浪在不同的层面或匆匆流过，或汇合起来，有些则纠缠混杂在一起。每一个汇合都产生一股新的力量，而且具有其特征，就像它们汇合前都有各自的特征一样。如果有些力量不是这样产生的，那这个世界上就会失去许多欢乐，在其他情况下又会免去许多痛苦。像这样所释放出来的力量，不仅来自思想的结合，而且来自身体的结合。

数以亿万计的结合才产生了贝多芬、圣方济各、希特勒的身躯和大脑。亿万个独特的生命纤维的混合和结合才能产生这样的人——不管他是好人还是坏人——以至于他们可以影响数以亿万计的其他人，可以改变历史的进程。显而易见，每一个人，每一个独特的生命在进步中都起了一定的作用，尽管能载入史册的寥寥无几。世界上每时每刻都在发生着变化。产生这些变化的原因有：思想对思想的影响；老师与学生、父母和子女、领袖与公民、作家或演员与普通公众。是的，我们每个人都携带着变革的种子。这些种子需要养分才能释放它们所携带的潜能。

我毫不怀疑，只要假以时日，我们人类一定能够创造一个道德社会。问题是，我们的时间已经不多了，这一点我太了解了。我观察过黑猩猩，我的手里拿到过石器时代我们祖先的遗骨。打那之后我就知道，我们是经过亿万年缓慢的演变进化来的。我还知道我们的发展方向。如果我们仍然以现在这样的速度继续破坏我们的环境，我们已经没有亿万年的时间来使所有的人都变成真正的圣人。 所以我认为我们每个人都要力争做得有点像圣人。这样我们还来得及。

第十三章 道德进化

囚禁在铁笼里的黑猩猩

第十四章

皈 依 之 路^[1]

　　1986 年 10 月我的生活模式发生了永久的变化。 这是我的《贡贝的黑猩猩》由哈佛大学出版社出版的间接结果。 为了写出这本书，我花了许多功夫掌握了生物学家通常在大学期间就学过的大量知识——比如荷尔蒙对侵略行为的影响、社会生物学理论等课程。 我学得很苦，但很值得。 在我的知识面没有扩大之前，我在与"科班"的科学家谈话时，心里总感到惴惴不安。 60 和 70 年代关于"《地理杂志》封面女郎"的尖刻言辞使我很生气，我想其程度也许比我自己承认的还厉害。 可是这本书出版后的反应还不错，我的自信心也大大增强。

　　为了庆祝这本书的出版，芝加哥科学院院长保罗·赫尔特纳建议开一次新闻发布会，主题是：理解黑猩猩。 所有在非洲从事黑猩猩研究的生物学家都受到了邀请，此外还请了一些对被捉黑猩猩进行非入侵性研究的科学家。 这是一次令人惊叹的会议，在黑猩猩研究方面的知名人物几乎全都来了。 会议开了 4 天，而它的影响却远不止这几天。 它在我内心引起的巨大变化，也许类似与大数 [2] 的保罗在前往大马色的路上所描述的情况，那次体验之后，他从一名异教徒皈依了耶稣，成为他最虔诚、最坚定的信徒。 我到达芝加哥的时候，仍然是一名科学研究工作者，正打算写《贡贝的黑猩猩》的第二卷。 可是在我离开的时候，我却暗暗决定将工作转向环境保护和教育。 不知怎么的，我总觉得第二卷也许是写不出来了——在我还比较活跃、精力还比较充沛的时候，是肯定写不出来了。

大会的内容以科学为主，但也有一次讨论会涉及到环境保护。 我想，当大家意识到整个非洲的黑猩猩数量在减少的时候，无不感到震惊。 20 世纪初，在非洲 25 个国家的黑猩猩数量肯定在 200 多万，可是到了 20 世纪后半叶他们的数量已下降到不足 150 万，数量超过 5 千以上的国家只有 5 个。 即使在这几个堡垒里，由于人类人口增长的需要，黑猩猩的领地还在无情地逐渐缩小。 树木遭到砍伐，为的是盖住房、作燃料、制木炭，也为了扩大耕地。 伐木和采矿活动已经深入到原始森林，而黑猩猩易感染的疾病也传给了人类。 人们沿公路两侧安家，他们砍伐了更多的树木来种植庄稼，设置陷阱来捕捉动物。 黑猩猩数量在不断减少，种群也日益缩小，许多群体由于太小，近亲繁殖已经无法避免——他们长期生存的希望非常渺茫。 在西非和中非一些国家，黑猩猩被作为食物遭到猎杀。 这种事情并非今天才有，可是以前的猎人只猎杀够村民吃的肉食，而现在的猎杀已经成了商业性的。 打猎的人来自城镇，他们乘坐运木材的车进入最后尚存的一些森林，见到什么就打什么。 他们把肉熏烤或晒干后装上卡车，开回城里。 这是一种商业性的买卖——野味交易。 它满足了许多想品尝野生动物肉的人的偏好。 (过

---

[1] 根据《圣经·新约》的记载，保罗行路将至大马色(即今叙利亚的大马士革)时，见天光异兆而双目失明，被人领进大马色，由耶稣门徒亚拿尼亚按手后复明，于是决心皈依耶稣，由异教徒变成最虔诚的基督徒。 故将本章标题 ON THE ROAD TO DAMASCUS 译为"皈依之路"。 ——译者

[2] 大数(Tarsus)，《圣经》中地名，据《圣经·新约》载，保罗即生于此城。 又译为"塔尔苏斯"，在今土耳其境内。 ——译者

了许多年之后，人们才知道黑猩猩身上携带了多种艾滋病病毒。 猎杀和屠宰黑猩猩以取其肉的人，很可能就这样把这类病毒传给了人类。）

此外还有活动物的交易。 即使在人们不吃黑猩猩的地方，母猩猩也常常遭到猎杀，为的是捕捉小猩猩，然后把他们卖给人当宠物，或者卖给国际娱乐业，或者卖给医学研究机构。

另一次讨论会的主题是关于在美国和世界其他地方的医学研究实验室中黑猩猩的状况。 我对听到的情况感到震惊，并产生了一种冲动，想做点什么。

25年来我一直在实现着自己的梦想。 我感到自豪的是，能在幽静的森林里研究我们这个时代最令人着迷的动物。 现在，由于我在专业方面的信心增强了，专业知识增加了，我要帮助处境困难的黑猩猩，这一时刻已经到来。 在此之前我一直认为，改变这种状况我是无能为力的。 我还认为自己所获得的文凭还不足以从学术上与搞医学研究的那些科学家探讨。 那些政客们又凭什么要听我发表高见呢？可是现在，我花了大量心血写成《贡贝的黑猩猩》之后，我的自信心增强了。 为了那些在实验室、马戏团和处于其他恶劣囚禁状态的黑猩猩，我到研究实验室去拜访了那里的科学家和工作人员，和他们一起探讨问题。 我正式到非洲各国政府去游说。 此外我还发起一场场运动，进行院外游说活动，不间断地搞系列讲座。

我的努力将使我与这条路结下不解之缘。 在此后的几年中，我在任何一个地方所呆的时间都没有超过3个星期。 在"窝里栖息"的时间一年只有两三次，而且我也只有靠这点时间来写书。 我在贡贝的宝贵时间越来越少，后来变成每年只能去有限的几次，每次只呆一两个星期。 如果我当时就知道后来会出现上述的情况，我会怎么做呢？走上这样一条艰难的道路之后，我能不能做到很坚强，能不能非常投入呢？我在大会上所听到的情况使我感动，也使我震惊。 我相信对上述问题我会给出肯定的答复。 我不必作什么选择，因为我的生命似乎被一种难以抵御的强大力量所控制。 我发现自己就像圣保罗一样，无法"用脚踢刺"[1]。

为了帮助黑猩猩，我把准备好的"理解黑猩猩"展览带到有黑猩猩的非洲国家去展出，而这也是"野生动物意识周活动"的中心内容。在可能的情况下，我拜会了一些国家的首脑、环境和野生动植物保护部的部长以及其他政府官员，此外还与环保组织、研究或保护黑猩猩的个人取得联系。我说服热衷于这一事业的人在自己的国家组织"野生动物意识周活动"。每到一个地方，我都要访问学校、发表演讲、进行募捐，尽可能在媒体上露面。我们成功地举办过活动的国家有：乌干达、布隆迪、刚果(布)、安哥拉、塞拉利昂、赞比亚。当然在坦桑尼亚的达累斯萨拉姆和基戈马也举办过多次。此外在扎伊尔、南非和肯尼亚，我们还启动了环保项目。

正是在这些访问中，我亲自了解到数以百计的猩猩孤儿所遭受的可怕痛苦。他们出生在与贡贝类似的环境中——可是他们的母亲遭到杀害——因为人们想得到猩猩肉或者是为了窃夺他们的宝贝儿女，然后拿到动物市场上去卖。我的关注后来导致黑猩猩禁猎区的建立。那里有被政府官员从市场或者路边没收的黑猩猩，也有被人作为宠物买去后交给我们的黑猩猩。一只黑猩猩长到6岁的时候就跟成年男子一样强壮，即使是那些养在家里，与人同桌而餐、与孩子在一起玩耍、与家人一起出访的也是如此。到这时候，把他们养在家里当宠物就不大安全了。他们要成为黑猩猩，要做黑猩猩的事情：他们对约束开始反感，可能会狠狠地咬人一口，因而成了潜在的危险。

有很多人劝我不要去管那些失去母亲的小猩猩。那样需要很大的花费，在他们长长的一生中(有的可以活60年)，我们都得照顾他们，不能再让他们返回野生状态下生活。他们对我说，要用宝贵的经费来拯救野生黑猩猩和他们的生活环境。还有一些人认为我应当

---

[1] "用脚踢刺"(kick against the pricks)，源自《圣经》。在后世西方语言中，"用脚踢刺"比喻"不自量力，企图与强于自己的力量相抗"，与中国成语"以卵击石"、"螳臂挡车"等意同。——译者

帮助非洲人，而不"仅仅是"动物。 可是对于我来说，不存在什么两难的选择问题。 对那些小黑猩猩孤儿伸出的双手、哀求的目光、因营养不良而瘦得可怜的身体，我不能视而不见。 于是我们开始了建立几个禁猎区的计划。 每个禁猎区都成了自然保护教育计划(尤其是对孩子们进行教育)的重点。 此外，我们采取了类似在贡贝的做法，使当地人介入其中，尽可能多雇佣他们，从他们那里购买水果和蔬菜，从而也推动了当地经济的发展。 有机会观察黑猩猩之间令人着迷的社会交往活动，对当地的村民来说大多是第一次。 旅游观光的人也非常感兴趣。 在肯尼亚和乌干达的禁猎区最终实现了自给自足。

只要当地的动物园里有黑猩猩，我就要去看看对他们的饲养状况。 每每看了之后我都感到沮丧。 那里的黑猩猩都在挨饿，不过这也不奇怪，因为饲养员和他们的家人也吃不饱。 我们只能拿出少量的钱，并发动当地外国移民来帮助进行部分改善，如对刚果(布)、乌干达和安哥拉的动物园的改善。

在美国和欧洲一些医学研究实验室，我看到的情况更加糟糕。 虽然黑猩猩吃得很好，可是他们的环境没有生气，枯燥无味。 再说，他们也没有借口开脱：政府和企业界向动物研究注入了数百亿资金，那些负责的人应当能够给黑猩猩提供一个较好的环境。 我永远也不会忘记曾经看过的一些录像。 那是由争取动物权利的活动人士从联邦政府资助的实验室 SEMA 公司里偷拍的。 芝加哥会议结束后不久，他们答应给我的录像就寄来了。 当时我在伯恩茅斯与家人一起过圣诞节。 看了这些录像后，我们都落了泪，惊得说不出话来。 录像上出现了关在小笼子里的年幼猩猩，显得沮丧与绝望。 当然，我知道那些黑猩猩是用来做医学研究试验的，可是我做梦也没有想到 SEMA 的条件竟是那样恶劣，令人完全不能容忍，对黑猩猩的心理伤害是显而易见的。 我真想大声疾呼，反对这样的残酷行为，可是我知道我不能以录像为依据——我必须亲眼看见这些情况才行。 真的会那么糟糕吗? 我请求他们让我参观一下实验室，出乎我意料的是，他们答应了，时间定在 1987 年 3 月。

我绝对非常害怕去参观。随着时间的逼近，我感到自己就像要生大病似的。那将是我第一次与那些身穿白大褂的科学家打交道，我也不知道自己是对还是错，反正我把他们看成了敌人。在即将动身的那天，我很高兴地把万妮给我的一张小卡片放进了衣袋。万妮知道我很担心，就在卡片上抄录了温斯顿·丘吉尔在战争中为鼓舞全国士气而说的一句名言："现在不是犹豫不前或者表现软弱的时候——这是向我们发出召唤的伟大时刻。""把自己武装起来，做一个勇敢的人，做好应战的准备。"SEMA 公司在马里兰州的洛克维尔。从华盛顿市中心出发后，我们从英国大使馆门前经过时——啊，外面立着的就是丘吉尔的著名铜像，他的手臂举起，手指作出代表胜利的 V 字形。这真是个吉兆!

要想从头到尾参观一遍，我非要鼓足勇气才行。即使我已把录像片反复看了多遍，对目睹那残酷现实的心理准备依然不足。他们把我从洒满阳光的户外迎进半地下的过道，然后走进放实验动物的昏暗地下室。我们走进一个放黑猩猩的房间。房间里放了一只只 22 英寸长、20 英寸宽、24 英寸高的笼子(这个尺寸是我后来知道的)，每只笼子里放两只一至两岁的小猩猩。每只笼子都放在像微波炉大小的"婴儿保育箱"里，经过滤的无菌空气才能进入这些小猩猩的监舍。每只"保育箱"的小窗户里，都有两只小猩猩在望着我们。现在还没有用他们做试验，但他们已经在小牢笼里被检疫隔离了 4 个多月。他们至少可以相互为伴，但这样的时间不会很长。工作人员告诉我，等到检疫隔离期满，就把他们拆散，分别单独关进保育箱，然后使他们感染上肝炎或人体免疫缺损病毒(艾滋病病毒)或者其他病毒。

有一只与外界隔绝的未成年雌性黑猩猩在里面不断摇晃。我们要借助手电筒的光才能看清她。他们让一位技术人员打开笼子，把那只猩猩拿出来。她像个布娃娃似的坐在技术员手臂上，无精打采，异常冷漠。他没有对她说什么。她没有抬头看他，更没有想沟通的任何表示。她若不是用了药，就是太绝望。他们说她的名字叫芭芭。

芭芘的那双眼睛以及那天我看到的其他猩猩的眼睛，至今仍萦绕在我的脑际。他们目光呆滞，毫无生气，就像极度绝望的人，就像我在非洲难民中所看到的那些失去父母和家园的孩子。黑猩猩的孩子跟人类的孩子非常相似，在许多方面都相似。他们用以表示情感的动作类似我们的儿童。他们的情感需要与我们的儿童也很相像——他们都需要友好的接触、安慰、乐趣，都需要有机会嬉戏打闹。他们都需要爱。

我从地下的实验室里出来的时候，既感到震惊，又觉得很难过。我被领到一张桌子旁边入座，同桌的是 SEMA 公司和国立卫生研究所的人。我意识到大家都在以询问的目光看着我。我还能说什么呢？我经常会在脑子里一片空白的时候迸出几句话来。

"我想你们都知道我在下面时的感觉。"我说道。"诸位都是很正直、很有同情心的人。我想你们也会有同感。"他们几乎无法提出异议。我谈了在野生状态下黑猩猩的生活，他们与家庭的密切关系，他们为期较长、无忧无虑的童年。我谈了他们使用工具、喜欢舒适、具有杂食性的情况，还谈到我们最近在研究黑猩猩大脑功能方面的见解。接着，我提出了召集研讨会的设想。在这个研讨会上，实验室的生物医学科学家、兽医学家和技术人员可以和从事野外作业的科学家、生态学家以及动物福利倡导者们一起，探讨采取什么方法来改善实验室里黑猩猩的生存环境问题。

研讨会是开了，会议形成的文件阐述了我们认为实验室黑猩猩的笼子尺寸、社交生活和精神激励等方面绝对最起码的要求。可是国立卫生研究所的人没有参加，所以这个文件基本上没有受到作为调节机构的美国农业部的重视。不过，在此后的几年中，这份文件已经在后来几次研讨会上得以修订(有一次在荷兰)。在我们为改善实验室动物生存条件的斗争中，这份文件在许多方面都起着积极的作用，因为它所包含的不只是动物权利倡导者们的观点，而且包括了在实验室工作的科学家和其他工作人员的观点。

我深信，利用动物活体进行研究的科学家，不论利用的是什么动物，都有义务了解这些动物在自然状态下的行为，并有义务知道他们的研究工作对他们的研究对象会有什么影响。只有这样，他们才能在为人类的利益(或者是希望中的利益)与动物所受到的痛苦之间找到平衡。

黑猩猩与我们人类的基因构造的差异只是略大于1%，而且他们的血液成分和免疫系统也与我们的非常相似。人类所有传染性疾病，他们都有可能被感染或者传染。所以他们才被用作"试验品"来更多地了解诸如肝炎和艾滋病等人类疾病，并研究防病疫苗，寻找治病线索。这些"大猿猴"的大脑和中枢神经系统也和我们的极为相似，任何其他动物都无法与之相比，这也是我们要记住的非常重要的一点。如果黑猩猩与人类在生理上的相似意味着某种疾病模式在我们这两个物种身上非常相似，而且会受到同一种预防或治疗药物的影响，难道得出下列推理不也是很合乎逻辑的吗：黑猩猩与人类在中枢神经系统方面的相似性可能会相应地导致他们在认知能力方面的相似性? 黑猩猩可能会有类似于与他们非常相像的人类灵长目动物的情感体验? 也会有类似的感知痛苦的能力?

从分类的角度来看，我们还无法说黑猩猩所体验的精神状态是否十分类似我们给人类情绪所定义的欢乐、悲哀、恐惧、绝望等，但这似乎是很有可能的。幼小的黑猩猩肯定也像人类的婴幼儿一样，需要安慰，需要有人哄。黑猩猩不流眼泪，可是理解人类儿童行为的人在准确识别小黑猩猩的情感状态方面是不会有什么困难的。因为我绝对相信：黑猩猩跟我们人类一样，不仅会感受身体上的痛苦，也会感受心理上的痛苦。他们也会有悲哀、沮丧、厌烦的感受。我对动物实验室的访问使我不寒而栗。

我第一次见到成年雄黑猩猩"乔乔"是1988年。他在一只5×5×7英尺的标准笼子里至少被关了10年。他是属于纽约大学灵长目实验医学与外科实验室的。他和其他300来只黑猩猩是靠自己养活自己的：他们的身体被租给制药公司进行药物和疫苗试验。特别是在当时，黑猩猩被看成是研究艾滋病的最佳试验品。虽然他们没有出现病入膏肓的艾滋病人那种症状，逆转录酶病毒已经进入了他们的血液。"乔乔"免不了要接受一次新的抗艾滋病的病毒疫苗，然后接受注射到他体内的逆转录酶病毒的"挑战"。

那是我第一次在实验室里看到成年黑猩猩。 兽医专家吉姆·马奥尼向我作了介绍。 "'乔乔'很温顺。"他说着沿过道走去。 在灯光昏暗、显得很凄惨的地下室里，过道两侧各有5只笼子。 我跪在"乔乔"前面的地上，他从阻隔在我们之间的粗大铁栅中把手尽量往外伸。 他身陷囹圄之中，前后左右和上下都是铁栅。 他在这个小小的监舍里至少已经呆了10年。 这10年除了极端的无聊就是间歇的恐惧和痛苦。 他的笼子里除了一只给他坐坐的旧车胎，其他什么也没有。 他没有机会跟他的同类交往。 我审视着他的目光。 那目光中没有仇恨，只有感激，因为我停下来跟他说话，打破了他那可怕而又难熬的单调生活。 他轻轻地抚摸着我那薄薄的橡皮手套前面微微突出的指甲。 那双手套是他们给我的，此外他们还给了我面罩和纸帽子。 我把手伸进笼子，他的嘴里发出啧啧声，轻轻地抚摸着我手腕上的汗毛，然后把我的手套扒了下来。

"乔乔"的母亲是在非洲被猎杀的。 他还能记得那段生活吗? 我心里纳闷。 他有时候是不是会梦见那一株株大树、那吹得枝叶轻声作响的微风、小鸟的鸣叫，还有母亲那温暖的怀抱? 我想到了"灰胡子戴维"以及贡贝的其他黑猩猩。 我再次看了看还在抚摸我的"乔乔"，我的视线一下子模糊了。 一天的时间怎样度过，在什么地方度过，跟谁一起度过，他都无权选择。 森林中柔软的地面和树上用枝叶搭起的舒适的窝，已经与他无缘。 大自然的声音也已经与他无缘:他听不见小溪里的潺潺流水声，在暗绿褐色的森林中传来的哗哗的瀑布声，从林中穿过的风声和枝叶发出的飒飒声，也听不见叶子上蠕动的小动物的窸窣声，远处的山丘上黑猩猩发出的清晰的叫喊声。

"乔乔"很久很久之前就失去了这个世界。 现在他呆在我们为他所选择的世界之中。 这是一个难以忍受的、冷酷凄凉的钢筋水泥的世界。 他听到的是咣当咣当的铁门声和关在地下室内的黑猩猩发出的震耳欲聋的叫声。 这是一些可怕的声音。 这是一个没有窗户的世界，没有可看的东西，也没有可玩的东西。 没有手指轻柔抚摸所产生的舒适快感，没有朋友们早晨见面时的拥抱、亲昵和问候，没有可以展示雄性强健体魄的机会。 "乔乔"并没有犯罪，可是他却被终身囚禁。 我感到惭愧，因为我是人。 "乔乔"从铁栅里伸出手，摸了摸我的面颊，摸了摸我流淌下来的泪水。 他在手指上闻了闻，看了看我的眼睛，然后继续抚摸我的手腕。 我想象到圣方济各仿佛也站在我们身边，也在流泪。

任何想使动物生活得到改善的人都不可避免地会受到一些人的批评，因为那些人认为在一个人类还在受苦受难的世界上，这样的努力是明珠暗投了。 我在美国旅行时所遇到的一位妇女就持这样的看法。 那天正巧是我过生日，当时有人为我开了一个使我颇感惊喜的小型生日宴会。 明媚的阳光和春天的花朵使人的心里发出微笑。 突然女主持人有几分担心地走过来，指着一位刚刚到场、脸绷得紧紧的妇女对我说："她有个女儿心脏有毛病。 他们对她说，她女儿之所以能得救，就是因为在狗身上做了许多试验。 她属于'支持用动物做试验的组织'。"我熟悉那个组织，事先得到提醒，我也很高兴。 我预期会有麻烦事出现。 果然，那位妇女很快来到我面前，接着就劈头盖脸地数落我，说什么如果要照我说的，她女儿早就死定了，还说我这样的人使她感到恶心。 她的恶意攻击简直像连珠炮，周围的人感到很尴尬，都纷纷退避。 最后，等我终于有机会说话的时候，我告诉她说，我母亲的心脏上就移植了猪的瓣膜。 那瓣膜是取自屠宰后供应市场的猪，可是手术程序却是根据在实验室猪身上所做的试验。 我还跟她说，"我也很喜欢猪，猪的智力跟狗差不多——而且往往有过之。 我非常感谢那头救了我母亲命的猪，感谢那些为手术成功而受到痛苦的猪。 所以我愿意尽我的努力来改变猪的生活条件——包括实验室里的和农场上的。 难道你不感谢那只救了你女儿一命的狗吗？我们要努力找到其他方法，目的是为使未来不再用狗——或者猪——来做试验品，难道你不愿意支持这样的努力吗？"

那位女士看着我，张口结舌了一阵，然后说道："以前从来没有人这样说过。"她脸上的敌意和怒气已全然消失。临了她说道："我会把你说的话告诉我们组织里的人。"

用动物做试验是个极有争议的问题。这种争议在那些关心动物的人士看来毫不奇怪。为了科学事业，为了增进人类的健康、挽救垂危的生命、确保人类的安全，为了验证研究人员的假设，为了教学的需要等各种目的，动物们受到的侵犯和惊吓是数不清的，有时受到的是极端的痛苦。为了检验产品的安全性和有效性，就在田鼠、老鼠、豚鼠、猫、狗、猴子之类的动物身上做试验，就把许许多多东西注射到它们体内，或者强迫它们吞下，或者滴进它们的眼睛里。医学院的学生在学习做外科手术的时候，就是以动物做试验品，新的手术操作程序也要先在动物身上做试验。为了试验烧伤治疗技术，就要让动物身上出现大面积的一度烧伤。为了对吸烟、吸毒、摄入过量脂肪等等对人这种动物的影响有更多的了解，其他动物就被迫吸入大量的烟气、吸食毒品或者让它们摄入过量食物。为了了解生理系统，科学家们把电极插入动物的大脑，使它们变聋、变瞎，把它们杀掉，对它们进行解剖。为了了解它们的心理功能，研究人员对动物进行各种测试，如果它们出了错，就会受到电击、不给吃、不给喝等惩罚，或者受到其他残酷的对待。简而言之，在科学的名义之下对动物所采取的做法，从动物的观点来看，就是纯粹的折磨——如果干这种事的人不是科学家，这种做法就是对动物的折磨。

很久以来，我一直在深思动物研究的伦理道德含义。不论这样的研究对人类健康的好处大小，我们是不是应该这样对待动物？人类也是动物。在纳粹时期的欧洲，就曾经在活人身上做过试验。在其他一些国家，在其他一些时期，都用人做过试验，而有的被试者对试验的潜在危害还一无所知。对不经被试验者同意而故意进行试验的行为，我们感到震惊。这是理所当然的。

如果一个痛苦的试验不是在人类身上，而是在其他动物身上进行，我们的忧伤的程度就与我们认为那个动物所受到的痛苦程度有关。所以，如果我们知道各种动物的遭遇，那就好了。遗憾的是我们永远也做不到——即使人类对痛苦的理解也有很大的差别。同样一个过程，对某个人来说可能非常痛苦，而对另一个人来说不过是轻微的痛苦。然而，我们知道有些东西对人和动物所造成的痛苦是相同的，比如吞下毒药对五脏六腑所造成的疼痛。如果为的是让将来的人类免除某种痛苦，那么我们给健康的动物造成这样的痛苦对不对呢? 这是一个我们大家都必须回答的问题。我们的各种回答将取决于：1)所涉及到的动物；2)我们对那种动物的了解；3)我们自己或者我们的亲人受到这种病痛折磨的体验。

所幸的是，动物福利和动物权利运动日益发展，这促使人们在药物和医疗试验中努力寻找其他东西来代替活动物。遗憾的是，找到了这样的东西，而且其有效性也得到(美国食品和药物管理局的)认可，但却没有任何立法来防止继续利用动物来进行试验的做法。同样令人感到遗憾的是，要想新出台一项非动物试验程序，要越过层层障碍才能得到批准，而要想新出台一项利用动物进行试验的程序，批准起来障碍要少得多，而且也容易得多。对医学史上动物试验的贡献，人们进行了大量的研究。从这些研究中可以明显看出，动物对医学发展并不像动物试验支持者们所说的那样至关重要。此外，许多动物试验研究起了误导作用：一些药物的应用被推迟，有的长达数年之久，可是后来却证明它们对人类很有好处；一些药物虽然对动物伤害不大，但人使用之后却非常痛苦，甚至发生死亡。

我认为，未来的一大挑战——对年轻一代的医学和兽医研究人员的挑战——是要找到一些东西来替代各种用于研究的活动物，从而永远取消用动物进行研究的做法。我们需要一套新的思路：我们还是不要这样说，尽管用一些动物做试验是很不幸的，但却是少不了的。

我们还是承认这种做法是不道德的，早停止早好。让科学将其集合的智慧引向停止所有动物试验的方向上来。人类历史上有许许多多令人振奋的故事，说的都是创造难以想象的奇迹。

当然，动物所遭受的痛苦，包括许多不必要的痛苦，很多都与科学有关。但是，因虐待动物而感到愧疚的却不仅仅是科学家。在集约化的粮食生产过程中，亿万个动物正在遭受难以言状的疼痛、苦难与恐惧。它们从出生到死亡都是在笼舍里或者在囚禁状态下度过的，有时候则是走在不可逆转的通向被屠杀的道路，而最糟糕的是进屠宰场。野生动物仍在不断遭到猎杀，或者落入陷阱，或者被毒杀。在交易场上被买卖的动物，娱乐业中被训练从事表演的动物，宠物业中被繁殖的动物，种类之多，令人乍舌。还有不计其数的被当成工具使唤、受到近乎野蛮对待的动物。

在过去40年里，对动物的养殖日益集约化。这是一种为求最大产出的生产装配线式的方法，但却被用到有知觉的动物身上。这种方法得到了广泛的应用，大型农业企业公司应运而生，许多小型农场被弄得走投无路。我是在读了彼得·辛格所著的《动物解放》之后才意识到这个问题的。他在书中详细描述了这种做法所产生的后果。在养鸡场，蛋鸡饲养密度很大，有时一只18英寸长16英寸宽的笼子里要养5只，有时鸡在笼子里就会自相残杀。于是就对它们进行"去喙"处理——把它们倒吊在长绳子上，依次送到机器前面，切去它们的喙。这是个非常痛苦的过程，而且残存的喙会给那些蛋鸡留下终身痛苦。书中还说，猪被养在小得几乎无法活动的圈里，站的地方是一块便于冲洗清除粪便的窄板。猪站得腿酸疼，变得畸形，加之缺乏活动，腿没有力气，在把它们拖到屠宰场的时候，它们那过重的躯体经常压得腿部发生骨折。产崽儿的母猪被用铁环固定起来，一动也动不了——偶尔还会压死小猪崽。猪鼻子非常敏感(还记得法国那些采集块菌的猪吗?)，真正使它们的鼻子遭殃的，是它们自身排泄的粪便臭气和尿臊气——即使我们人类不太灵敏的鼻子闻了也觉得受不了。 我发现，喂养小牛的圈栏太小，那些牛在里面连身子都转不过来。 它们被养在黑暗中，不见阳光，不接触铁质，为的是使它们的肉质白嫩。 它们极度缺铁，所以就喝自己的尿液。

我发现在吃肉的问题上，我的态度发生了急剧的变化。 我看着自己盘子里的肉，就仿佛看见一个曾经活蹦乱跳的动物，是为我而宰杀的，它仿佛成了恐惧、痛苦和死亡的象征——我顿时没了胃口。 所以我就把食肉的习惯给戒了，成为素食者。 这对我来说有一个好处：我的健康状况发生了变化。 我发现自己体重变轻，浑身充满清洁的能量。 我无须让自己的身体去区分什么是有用的蛋白，什么是那些动物活着的时候也曾想排出的废物。

饲养供食用的动物还带来其他一些问题。 成千上万英亩的热带雨林被砍伐后变成牧场，或者变成动物饲料的种植场。 这种做法使得亚马孙河流域的土著居民失去了森林遗产，而且整个过程浪费非常大。 据估计，1英亩肥沃的土地，如果种植豌豆或者大豆，可以产出500到600磅植物蛋白。 如果把这1英亩的土地用来种植饲料，而后用它来喂养宰杀后供我们食用的动物，我们只能得到40到55磅的动物蛋白。

这里，我想说清楚：我并不谴责肉食的人——我只谴责集约式的饲养方式。 我们的肉食者们——我的朋友大多数都是——所享用的肉，应当来自那些曾经生活得不错，而且是在尽可能无痛苦地被宰杀的动物。 难道我们不能为那个为我们而献身的动物亡灵作点祈祷吗？古时候的人们尚且这样做了。 土著的居民现在依然这样做。 任何使我们回到与自然界发生关系的小事，任何渗透到所有生命中的精神，都有助于我们在道德和精神演化道路上的进步。

如果我们承认人类不是惟一具有个性特征的动物，不是惟一能进行理性思维、解决问题的动物，也不是惟一能体验欢乐、悲哀和绝望的动物，尤其不是惟一懂得心理和肉体痛苦的动物，(我希望)我们就不会那么傲慢，也不会那么坚定地认为只要能对人这种动物有利，就可以绝对有权随意地利用其他的生灵。 诚然，我们人类是很独特的，但我们也不像旧观点所认为的那样，与动物王国的其他成员有多大的不同。了解了这一点，我们就可以少一点傲气，对与我们共享这颗星球的可爱的动物，特别是具有复杂的大脑和社会行为的动物，包括我们了解较多的狗、猫和猪等，我们应当另眼相看，尊重它们。尽管我们现在只是猜测其他动物也有感觉，而且与我们的感觉类似或者差别不是很大，我们也应当考虑，为了人类自身的目的，把它们仅仅看成是"东西"或者"工具"的观点在伦理道德上对还是不对。即使我们所食用的动物是我们为了自身目的而喂养的——试验用、食用或者用于娱乐——难道它们因此就不是猪？不是猴子？不是狗了？难道它们因此就没有感觉了？就不知道疼痛了？如果我们喂养供医学研究用的人，难道他们就不是人了？就不会像其他人那样感到痛苦？或者就不在乎痛苦了？难道从前的奴隶对疼痛、悲伤和绝望的感觉会因为他们生下来就是奴隶而感觉不到？

我们只要列举几个大声疾呼对动物要有仁爱之心的人为例，就会意识到他们之中有多少真正伟大的人了。阿尔伯特·爱因斯坦恳求我们把爱的范围扩大到"所有生灵以及整个美丽的大自然"。阿尔贝特·施韦策 [1] 认为，"我们需要一个包括对待动物在内的无限制的道德规范。"圣雄甘地说，"从一个国家的人对待动物的方式就可以知道他们的为人。"

千百年来，不少知名人士都对吃肉的问题发表过直言不讳的见解。毕达哥拉斯写道："地球提供了大量的财富、无害的食物，给你们提供了无须流血和杀戮就能享用的盛宴。只有野兽才以肉食充饥。"英国剧作家萧伯纳说，"我们不想打打杀杀，可是我们却用死东西来填自己的肚子。"本杰明·富兰克林说食肉是"无人提出质疑的谋杀"。达·芬奇是有史以来最伟大的思想家之一，他言辞非常激烈地说，食肉者的身体是"坟场，是埋葬他们所食动物的坟墓"。

在我看来，残忍是人类最大的罪恶。只要我们承认每个生灵都

---

[1] 阿尔贝特·施韦策(Albert Schweitzer, 1875—1965)，德国神学家、哲学家，赤道非洲传教医师。获 1952 年诺贝尔和平奖。——译者

有感觉，都能体验到痛苦，那么如果我们仍然故意让动物受苦，我们同样是有罪过的。我们无论是这样对待人类还是对待动物，都是在残酷对待我们自己。

这种话不是很容易就能被人们所接受的。

我非常喜欢提到的一件事：有一天早晨，我乘出租车上希思罗机场。我要外出讲学两个星期。当时我很累，打算在出租车上打个盹。不知道怎么搞的，司机知道了我是研究黑猩猩的，就对在动物身上"浪费"很多钱的人展开了长篇大论的批评，其中特别谈到了他妹妹。她为当地一家动物保护组织工作。现在还有这么多的人在受苦受难，有这么多的儿童受到虐待。有这么一个对动物很关心的妹妹，他感到讨厌。电视上有关动物的节目太多了。他(因此)经常关掉电视。

我当时没有情绪听他说这些。我刚想靠在座位上闭目养神，可是意识到他正是那种不了解情况、使人生气但却需要晓之以理的人。像他这样的人有成千上万。他们不了解这些问题，不懂得如何探讨，只是炫耀他们所听来的陈词滥调，不厌其烦地一遍遍重复。显然这辆出租车就该我来坐。

于是，我很别扭地斜靠在座位上，通过他身后一扇小窗户，跟他一路谈到希思罗机场。我以黑猩猩的故事开始讲述，他也在认真地听讲，可是似乎没有什么触动。我告诉他黑猩猩能学会手势语，有些猩猩喜欢画画，他们如何感受情感，如何相互关心，甚至还互相救援。我讲述了狗和其他动物如何救下自己主人性命的故事。我说对于处于囚禁状态下的动物，我们是有责任的，因为是我们剥夺了它们自我保护的能力。对人类的问题表示关心的人已经有很多了，所以有些人出来关心关心动物自然也是无可非议的。

可是，我的话像是对牛弹琴。他依然固执地认为关心动物是浪费时间。"不过，祝你在美国生活愉快。"我下车的时候他对我说。

不论他持的是什么观点，给他点小费还是必要的，只是我没有零钱，他也没有零钱找我。于是我让他留下一两镑钱给他自己，其余的钱都给他妹妹，支持她的动物保护工作。 我想他是不会那么干的，不过我倒很欣赏自己的幽默。

我讲学回到英国之后，发现有一封信是那个出租车司机的妹妹写给我的。

她写道："我哥哥把你的捐款给了我。 你真是太好了。 可是最奇怪的是，我的哥哥发生了变化。 你究竟是怎么开导他的？ 他突然对我变得特别好，还问了我许多关于动物的问题。 他真的对我的工作感起兴趣来。 他已经判若两人。 你做了他什么工作？"

我一个小时的疲劳得到了回报。 他不仅使他妹妹很高兴，而且也许已经把他的新感受说给他的朋友们听，也许已经改变了他们之中一两个人的观点。

如今，人们的态度正在发生变化，并且还将发生变化，因为公众了解动物的情况越来越多，此外还因为有些受到公众喜爱的人士在帮助宣传，比如保罗·麦卡特尼勋爵，他在妻子去世后就决心更多地介入妻子生前非常热爱的动物保护事业。 许多医学院的课程中都取消了用狗做试验。 美国的许多兽医学校已经放弃了用健康的、无主人的狗和猫做试验，而改用其他替代品——一旦学生们在它们身上动了刀子，它们就无健康可言了。 SEMA 实验室是我见到"芭芘"的地方，现在已经改了名字，这也反映出态度上的变化。 实验室里的那些保育箱已经没有了，黑猩猩的笼子都变大了。 无论进行什么试验的黑猩猩都是两只关在一起。 我所认识的那只可怜的黑猩猩"乔乔"所在的灵长目实验医学与外科实验室关闭之后，黑猩猩"乔乔"被送到加州一个禁猎区去了。 那个实验室里的其他猩猩也被安置到北美其他一些禁猎区。

我们面前的路程依然很漫长，不过我们已经朝着正确的方向前进了。 只要我们能有爱心，不残酷对待人类和动物，我们就将站到一个人类道德与精神演进的新时代的门槛上，并最终实现我们独有的品质：人道主义。

一旦年轻人决心改变现状，他们会爆发出强大的力量。

第十五章

希 望 之 光

我到世界各地讲学时，人们对我提的问题大多数都出自他们内心深处的恐惧："简，你觉得还有希望吗？"非洲的热带雨林有希望吗？黑猩猩呢？非洲人呢？这颗正在被我们弄得乱七八糟的美丽的星球还有希望吗？我们、我们的下一代、我们的下下一代还有希望吗？

有时候很难乐观。 在非洲上空飞行的时候，可以看见连绵不断的几乎沙漠化了的土地，而这些地方在 15 至 20 年前还曾经是茂密的绿色森林。 现在这些地方的人和牲畜太多，已经到了土地无法合理支撑的地步。 尤其是，这些地方的人太穷，没有钱到其他地方去购买粮食。 他们的前途如何？贡贝的前景如何？我 1960 年刚到那里的时候，沿湖一带整个都是被森林覆盖的。 这些年来，树木渐渐地被当地人砍掉当柴烧、用作房子的梁柱，或者砍伐后清出空地来种庄稼。 如今，国家公园地界之外的树木已经砍伐殆尽，只留下了荒山秃岭，可贵的表层土壤越来越少，每下一次雨，就有一些表土被冲进湖里，这就淤塞了鱼类的繁衍场所。就连最陡峭的山坡上，树木也都砍光了。农民把树木砍去之后，勉强地在那越来越贫瘠的土地上种植木薯和豆类作物。在国家公园之外的地方，黑猩猩和其他大多数动物都已经销声匿迹。人们开始遭殃。有些地方的妇女为了做饭，不得不把多年前砍伐后剩下的树根挖起来当柴烧。这些变化的原因就是人口急剧增长——主要是因为人口爆炸性的增长，但是，另一个原因是从北面动荡不安的布隆迪不断有难民涌入，最近还有来自刚果东部的难民。在非洲大陆和其他发展中国家还一而再、再而三地发生下列情况：人口不断增长，资源不断减少，自然遭到破坏，最后导致贫困和人类受难。

是的，我们正在毁掉我们这颗星球。森林在逐渐消失，土壤在遭到破坏，地下水在减少，沙漠在扩大。还有饥荒、疾病、贫困和无知，人类的残酷、贪婪、忌妒、报复和腐败。在大城市里有犯罪、吸毒、团伙暴力；成千上万的人流离失所，他们仅有的财产就在小孩的推车里、包装纸箱里或者背在肩上。他们生活在街头，露宿在街头，死在街头。大街上无家可归的儿童越来越多。还有伦理道德的冲突，肆无忌惮的杀戮和被破坏的和平协议。数以百万计的人死于或者伤于枪口之下、砍刀之下和地雷的爆炸之中。还有数以百万计的人成了难民。还有团伙犯罪、武器交易问题；因俄罗斯的经济严重滑坡，人们担心它那巨大的核武器库里的军火会流入国际黑市武器市场。

从最近发生在非洲的一些反美炸弹爆炸事件可以看出，国际恐怖活动已经进一步发展，变得更加危险。美国驻坦桑尼亚和肯尼亚的大使馆成了攻击目标。特别令人震惊的是，开普敦的一家餐馆遭到袭击，其原因只是它模仿了一家美国主题餐馆。在世界各地的美国人回头看的时候，所惧怕的不是他们自己的影子，而是他们国家的影子。利用自杀炸弹的恐怖活动，完全是受到仇恨的驱动。这是一种狂热的仇恨。我最近看到一条消息，在巴勒斯坦的夏令营里，对 7 岁的儿童就在灌输仇恨。 在一个很受喜爱的电视系列节目《儿童俱乐部》里，一个 8 岁的小女孩振振有辞地说，"如果让我走进耶路撒冷的大门，我将成为一个自杀的武士。"一个小男孩接着说，"我们要把他们赶进大海，我们用石头和子弹解决问题的日子已经为期不远了。"正是这种盲目的仇恨，导致了最近在北爱尔兰奥马的令人震惊的炸弹爆炸事件，而且发生在签订和平协议的时候。 正是这种仇恨，导致了近期在布隆迪发生的暴动中，图西族的修女杀害了她们自己修道院中的胡图族修女；导致了在难民营中 4 名胡图族成年男子想掐死一个年仅 7 岁、因父母亲死亡而与同学逃出来的图西族小男孩的事件。

我们所惧怕的还不仅仅是人类的暴力。 数十亿吨的化学合成剂不计后果地进入了我们的环境里(尤其是滴滴涕和氟利昂)，不仅破坏了生态系统和野生动植物，而且影响人类内分泌系统，伤害母亲体内的胎儿，减少男人精子的数量。 在英国，生活在离废渣处理场两英里范围内的妇女，患癌症的可能性显然比较大。 只要我们继续研制和使用新型的合成化学药物，就有可能导致其他形式的灾难，不过现在还无法预言。 在深受切尔诺贝利核泄漏事故之害的白俄罗斯，放射性污染超过了广岛的 90 倍，只有 1% 的土地没有受到核污染。 婴儿都显得衰老，面部有深深的皱纹。 这样的例子实在是不胜枚举。

所有这一切似乎表明，未来的千年没有希望了。 的确，环境保护主义者拿出了令人震惊的统计数字，用以"证明"地球上的生命快完蛋了。 他们的统计数字是根据热带雨林被毁的速度、温室气体不断增加和人口不断增长的速度等计算出来的。 我们似乎是在一条大船上。 在船头观察的人突然发现了前方的礁石，于是向船员发出警告。 可是一条大船要改变航向是需要时间的，因而各种避开灾难的努力都会失败。 当然，船要想摆脱大浪也是需要时间的。 我们的世界"不会在大爆炸中结束，而将会在哭泣声中结束"。 正如我们所知道的，这样的命运正等待着地球飞船上的生命，这并非危言耸听。

可是尽管如此,我对未来——我们的未来——依然抱有希望。 但只有改变我们现在的生活方式,而且要快才行。 我认为我们的时间不多了。 作出这样变化的只有我们——你和我。 如果我们继续把它留给其他人去做,触礁将是不可避免的。

我说有希望,有如下四条理由:(1)人类的大脑;(2)大自然的复原力;(3)全世界年轻人身上所具备或者能唤起的精力和热情;(4)不可战胜的人的精神。

首先我们来探讨人类的大脑。 这是一团神奇的灰色物质。 有时候我真希望自己有备用的生命来研究它的神奇功能。 正是有了这样的大脑,人类的早期祖先才能在艰难的原始世界中生存下来,通过文化适应而不是通过缓慢的身体适应征服了极具挑战性的环境。 其他动物则是在漫漫岁月中,通过缓慢的身体变化,在越来越不适宜居住的环境中生存下来。 渐渐地,类似于黑猩猩使用的原始工具变得越来越精巧,最后导致现代技术的形成。 一方面,很多了不起的发明因此而产生。 这些发明既有利于世界上许多地方的人类,有时也有利于动物。 如果不是令人惊叹的现代医学科学,我的母亲就活不到今天,我认识的许多人也活不到今天。 我们确实在许多方面都是受益者。 这些技术以及想出、造出和利用这些技术的人类的大脑,使我们越来越多地认识我们所生活的这个精彩的世界。 另一方面,带悲剧色彩的是,技术使人类创造出大规模屠杀的武器,还有机器。 即使机器满足了人类的需要(无论是真的,还是想象中的),却破坏和污染了自然界。 技术的这个阴暗面是灾难性的,因为数量庞大而且不断增加的人类要依靠这颗星球上有限的资源。 特别值得一提的是,贪婪、自私、追求物质享受的西方生活方式正在影响着世界上几乎所有的国家。 这种生活方式驱使人们去追求成功,去加入为攫取财富而进行的不适宜的争夺,去获得越来越多,多了还要多的"东西"。

我们终于开始认识并正视这些问题了,这是我们的希望之所在。 越来越多的人认识到,这些问题不是少数环保活动分子的臆造(以前曾经被认为是这样），而是确实存在并且威胁着我们和我们的后代——正如我们所知道的，这些问题关系到地球上的生命能否继续生存。 在里约热内卢召开的地球问题首脑会议证明，到 1992 年，这些问题已经引起了世界各国政府的重视。 虽然会议的结果有些令人失望，但它得以召开并有那么多国家参加，本身就是非常重大的第一步。 1998 年在京都召开的防止空气污染的最高级会议又是一次证明。

许多环境问题是很早以前就已经发现了的。 可是这些问题越来越严重，并且开始产生严重影响。 关心这些问题的人比以往任何时候都多。 数年前，中国的媒体否认有环境问题，可是 1998 年的特大洪水使它大为震动，现在已经非常关注这个问题。 如今，中国的媒体上已经在自由探讨这个问题。 所以说，尽管我们把这个问题耽搁了一段时间，但我仍然相信，只要我们共同努力，就可以免遭灭顶之灾。 如果全世界的人全力以赴，齐心协力，我们肯定可以找到与自然协调的生活方式，并开始医治一些由我们造成的创伤。 毕竟人类在以前曾经完成过"不可思议的"任务。 如果在一百年前你预言说很快就有人要登上月球了，会有人相信你吗? 或者预言传真机? 喷气式客机? 人们会认为你是痴人说梦，对你说的置之一笑，因为这些东西会被认为是纯粹的科学幻想，是不可能的事情。 可是我们发明了这些技术，造出了这些东西。 还有其他许许多多例子(其中许多对我来说依然像是魔术)。

还有更多的好消息。 许多公司开始"绿色运作"。 英国石油公司投入上千万英镑的资金来研制一系列利用太阳能的产品。 大陆石油公司是一家跨国石油公司，曾经对我们在刚果(布)建立的黑猩猩禁猎区予以赞助，现在以真正环境保护的意识在非洲进行石油勘探和地震钻探。 它的考察队员步行穿过森林，设备则常常是用直升飞机运到现场。 他们没有采用人到那里就把道路修建到那里的办法。 他们处于非洲人迹罕至的地区，却非常注重环境保护，在人员安全和环境保护方面，坚持使用与发达国家同样的标准。 非洲国家的政府都不愿意寻找"黑金",所以勘测、钻探和开采石油都应当由最负责、最有道德的公司来承担。 如果你我不以购买他们公司产品的方式对他们予以支持,他们在激烈的市场竞争中就难以生存下去。

类似的注重环保的公司还有成百上千。 在各个地方都能看到许多迹象,表明人们的态度正在发生变化。 1997年春,我第一次坐上了电动汽车。 那的确是一种全新的感受:以每小时60英里的速度行驶,绝对不排放任何污染气体,其设计使用年限为50年,而且可以百分之百进行回收利用。 人们还在研制更有利于环境保护的发动机,例如,用比较粗俗的话来说,利用氢与氧的强大结合力(也许是反过来?)的燃料电池。 这两种元素的聚合的愿望非常强烈,所产生的能量足以驱动一辆汽车。 这种聚合最终的副产品是水——可供驾车的人饮用的水! 前不久,在乘坐大陆航空公司一架飞往日本的飞机上,我发现菜单就印着"用再生纸印刷"的字样;我看过的报纸被他们作为造纸原料加以回收,我的方便袋是用有机棉制作的。 在曼谷机场等候换机的时候,我买了一张当地报纸,看见上面一篇关于防止空气污染法律的文章:让发动机空转的驾驶员,一经发现,定将重罚。 到了日本之后,我被报纸上的一篇文章所吸引。 在东京一所规模不小的女子学校,提供给学生的校服全都是用回收的塑料瓶生产的——就像我当时身上穿的上衣一样。 在我下榻的饭店里,卫生间里和床边都有提示,说我可以不必每天都换床单和毛巾。 由于我要呆好几个晚上,所以我按提示的要求,把毛巾叠好后挂在架子上。因为毕竟我在家里也不是天天都换毛巾和床单的嘛。 世界上越来越多的宾馆饭店都贴出了类似的提示。 环境保护是有好处的,宾馆饭店也从中受益,因为它可以节省开支。

加里·泽勒发明了一种"生态砖"。 它与我们盖房子用的砖相比,重量要轻,价格要便宜。 这种砖是他采用特殊工艺,用工业废料,甚至有毒的废料加工制成的。 它的外层非常坚硬,至少可以使用300年。 生态砖有利于东欧和其他发展中地区废料问题的处理,同时可以用来建设造价较低的学校、医院等等。 我希望能多建几家生态砖制造厂。 在欧洲,有人认为居住在垃圾场四周两英里之内的妇女,所生的婴儿可能带有严重的先天缺陷,如先天脊柱裂和心脏空洞。 显而易见,我们需要生态砖工厂,需要其他一些创造性的方法来处理市场上的以及垃圾场上的废料。

如果我们能给大自然一个机会,在必要的时候给它一定的帮助,它便能产生神奇的复原功能。 这是我抱有希望的第二条理由。 有许多成功的例子。 处于伦敦地区的泰晤士河下游曾经受到重度污染,河里的生物几乎绝迹。 如今,经过大规模的清理之后,鱼儿开始在河里畅游,鸟儿也回来哺育后代了。 几年前,我到过长崎。 结束第二次世界大战的第二枚原子弹就投在那里。 科学家曾预言,在 30 年内那里将寸草不生。 实际上,绿色植物很快就开始生长起来(毫无疑问,开始时是带放射性沾染的)。 有一棵小树甚至没有死。 它现在已经长成一棵长得曲曲弯弯的大树,树干上带着巨大的裂缝和深深的裂痕,而且里面都是黑色的。 可是每年春天,它都长出新的枝叶。我采集了一片叶子,把它作为希望的象征。

两年后,我在加拿大的萨德伯里讲学。 那里有一座镍矿,在 100 多年的时间里,它排放的有毒物质对方圆数英里地区的环境造成了严重的污染。 我从几张乡间的照片上看出,那里曾经简直就像月球上一样荒凉。 可是现在我的周围却是树木茂盛,郁郁葱葱。 当地人终于意识到,他们的健康以及他们所处的环境已经到了危险的边缘,于是他们决定采取措施改变这一状况。 在 15 年中,镍矿的污物排放量减少了 98%。 他们送给我一根游隼的羽毛作为希望的象征。 这种游隼在当地绝迹 40 年后,又回来筑巢了。

最近,我有幸与一位很了不起的护林员默夫·威尔康森和他的妻子安娜呆了一天。 自 1939 年以来,默夫在不列颠哥伦比亚省这块面积 136 英亩的土地上,已经进行了 9 次采伐。 如今在这片土地上行走,就像走进一座自然大教堂。 那里的树林非常美丽,巨大的老树依然挺立。 林中的动物种类比他刚去的时候增加了许多——他从来不使用化学杀虫剂。 周围的人也很高兴——他们有了常年不断的工作。 你们看，这是可行的。

我1960年刚到贡贝的时候，坦噶尼喀湖沿岸是连绵数十英里的森林，只有为数很少的几个小村落和有限几处因种庄稼而砍去了树木。 可是到了1995年(我在前面已经提到)，惟一剩下的森林就是那30平方英里的贡贝国家公园。 公园周围的人们正在为生存而挣扎。在这种情况下如何保全这一小块宝贵的森林绿洲？简·古多尔研究所得到了欧盟的经济赞助，启动了一个研究项目，涉及到重新造林、农业造林、水土保持、梯田种植，或者与其他水土保持形式配套的梯田修建。 如今，我们有了才华卓著的项目负责人乔治·斯特伦顿以及他手下以伊曼纽尔·姆蒂为队长的坦桑尼亚人工作组，他们在27个村庄建起了育林场，里面有果树、绿荫树，还有用于建筑梁柱的生长迅速的树木品种，其中还套种了各种不同的当地树种。 此外还营造了一些深受妇女欢迎的小树林，因为这样她们就无须为砍柴而跑得越来越远。 在乡村和学校里还进行有关环保的教育。 还有对妇女的小规模贷款的计划，帮助她们组织起来搞一些既不会破坏环境，又可以改善生活质量的可持续发展项目。 与当地医疗卫生部门合作，把主要医疗保健、计划生育和防艾滋病教育深入到每个村庄。 配合联合国儿童基金会以及国际救援委员会，向33个村庄推广淡水和新型公共厕所。 现在，成千上万的人对未来有了新的希望——他们懂得了保护生活在他们中间的为数不多的黑猩猩的必要性。 他们已经加入了这项计划，成了主人。 在我们撤出之后，这项计划依然可以继续下去——黑猩猩也将继续生存下去。

有些动物被从濒临灭绝的边缘拯救下来，并且被重新放回野生状态下去生活。 我见到拯救新西兰黑鸫的唐·默滕。 他开始着手繁殖黑鸫的时候，这种小鸟只剩下了5只——当时知道的情况是，只有1只雌鸟和1只雄鸟具有生殖能力。 现在黑鸫的数量已经达到250只。

当然，从遗传上来说它们是相同的，不过，它们被放飞到不同的岛上，即使发生什么流行病，它们也不至于全部死掉。 在台湾，我看见一群美丽的台湾梅花鹿。 那是一项放养计划的一部分。 过去30年中，这种鹿在野生状态下已经绝迹。 后来用几家动物园仅存的17只鹿进行繁殖，使它们的数量回升。 现在在一个国家公园里就放养了许多这样的鹿。 从第一只准备放养的鹿身上切取的鹿茸片又是一个希望的象征。

实际上，成功的范例比比皆是。 问题是，我们大多数人没有介入，也没有意识到我们能做什么。 我们往往喜欢指责别人，而推卸自己的责任。 我们会说，"那些污染、废料以及其他坏事肯定不能怪我们。 造成这些问题的是工业、商业和科学，是那些政治家。" 这最终将导致一种破坏性的、具有潜在危险的冷漠态度。 让我们永远记住，我们是消费者。 通过行使自由选择权，通过选择购买什么，不购买什么，我们可以用集体的力量来改变商业和工业领域的道德。 运用这一巨大力量的潜力永远掌握在我们手上——在我们每个人的钱包里、存折上或者信用卡上。 谁也不能强迫我们去购买通过遗传工程方法生产的食品，或者饲养场里生产的肉食品，或者靠毁林生产的家具。 我们可以寻找购买在接近自然状态下生长的食品，放养的家禽所下的蛋，等等。 可是你会说，那些食品价钱要贵一些。不错。 可是随着购买这些产品的人越来越多，它们的价格是会下降的。 为了我们的下一代的未来，我们愿意不愿意多花一点点钱呢？

责备政治家，尤其是责备那些通过民主选举产生的领导人，是无济于事的。 除非一个政治家知道他至少能得到50%的选民支持，否则他(或者她)是不会提出一项严厉的、需要作出某种牺牲的环保法律。 我们都是选民。 我们的选票是举足轻重的。 你的选票，我的选票都是举足轻重的。

问题是，我们——我们大家——都抱着只靠我不行的态度。 "我只是一个人。 我做什么、不做什么都无足轻重。 那我还何必管它呢?"试想一下：如果世界上越来越多的人认识到，对环境和社会而言，什么好，什么不好，那么这就意味着有成千上万、上百万、上亿的人都会有这样想法："我所做的不可能有什么用处——我一个人不行。"如果不是这种态度，又会怎样呢?——成千上万、上百万、上亿的人都知道他们所做的会有用处。假定某城有一处满地都是乱扔的果皮杂物，要是每个过路人都从地上捡起一些，那里将会是什么样子?如果没人乱扔杂物，那岂不更好。如果每个人在刷牙的时候都能随手关上水龙头，就能节约许多水。如果我们离开房间——无论什么房间——的时候能随手把灯关掉，就能节约很多能源。在可能的情况下，如果每个人都骑自行车或者步行，或者合用一辆车，或者乘坐公交车，空气污染的程度将大幅度下降。试想，如果谁都不去买在动物身上做过试验的化妆品或者家用品呢?这样做所带来的变化将大大超过动物权利倡导者试图影响政府立法的做法。如果每个人都要求购买放养的家禽所下的蛋，那么家禽饲养就会发生巨大的变化!现在素食的人比以往任何时候都多——试想一下，如果每个人都不吃肉，即使每个星期只有一两天不吃，会出现什么变化?因为，如果需求下降，动物饲养的条件就可以不那么残酷了。

有人也许会提出，这样的变化会导致很大的社会不公现象。例如，从事饲养业的农户就需要有其他的谋生手段。同样，靠设置陷阱捕捉动物的人、下井采矿的人和在动物实验室等地方干活的人，都要这样。我从来没有否认过这些问题的复杂性、内在联系，及其社会、政治含义。但是我们不能因为解决不道德、残酷、具有破坏性行为会造成新的问题，因而就永远地容忍这些问题。难道有人会鼓吹继续搞集中营，因为要保证让负责集中营的人不丢掉工作?

我抱有希望的第三个理由是，世界上的年轻人对这些问题有了新的认识，他们精力充沛而且愿意献身。他们发现环境和社会问题已经成了他们生活的一部分，于是他们决心纠正这些错误。他们当然会这么做——他们将是既得利益者，因为未来的世界是他们的。他们将逐步走上领导岗位，进入劳动力大军的行列，他们自己也将成为人之父母。 他们着手解决问题的时间越早越好。 年轻人一旦明白了事理，有了动力，一旦意识到自己的所为将真正起作用，是能够改变我们这个世界的。 他们已经在改变它了。

我花了大量时间启动了一项为了年轻人的计划——"根与芽"(Roots & Shoots)组织，因为我相信没有比这个更重要。 这是一个具有象征意义的名字：根深深地扎进土壤，向各处延伸，形成一个坚实的基础；芽看起来幼小稚嫩，但是为了获得阳光，它能穿破厚厚的砖墙。 过多的人口、森林的破坏、水土的流失、土壤的沙漠化、贫困、饥饿、疾病、污染都是这样的砖墙。 人类的贪婪、物欲、残酷、犯罪、战争——这些都是我们人类带给这颗星球的。 "根与芽"所要传递的是希望的信息：世界各地成千上万的根和芽——也就是我们的年轻人——定能破墙而出。 这项计划强调了个体的价值——我们每个人都很重要，都在起一定的作用，都能有所作为。 在生活中，我们没有一天不在影响我们周围的世界——我们有这样的选择：我们想造成什么样的影响? 作为个体而言，不仅人类很重要，动物也很重要。

"根与芽"的小组从幼儿园到大学都有，其涉及的活动项目有三个方面：即(1)关心环境，(2)关爱动物，(3)关心当地社区。 他们所依靠的是知识和理解、坚持不懈和努力工作、仁爱和同情心。 他们的实际活动取决于他们所在的地点、当地一些问题的性质，因为他们的目标就是使他们周围的世界变得更美好。 在坦桑尼亚，他们可能会去种树，去设法改善市场上动物的生存条件，去医院探望生病的儿童。 在洛杉矶的中南部，他们可能去清扫垃圾，讲解宠物饲养方面的知识，帮助邻里做好事。 如此等等。

如果组织成员有兴趣——他们几乎总是如此——他们可以跟其他地方或者其他国家"根与芽"组织的成员结成伙伴关系。 作为伙伴，他们可以就各自的问题互通信息，交换如何处理这些问题的看法，还可以相互了解对方的生活等情况。 这个运动特别强调打破种族、宗教、社会经济群体的界限，打破代沟，打破国界。此外还要打破人和动物的界限。到 1999 年 4 月，它已经在 40 多个国家发展了 2 000 多个小组。

鼓励年轻人，给他们以力量，以希望。这是我对他们的未来所尽的力量，也是对我们这颗星球所作的贡献。对于这些年轻人从事的这项活动，对于活动从学校到学校，从城市到城市的扩展，我还能说出很多。不过，那将是另一本书的内容。我在这里只想说，我有很大一部分力量来自这项活动，来自阅读各地小组介绍他们如何用各种方法开展工作的报告，来自我对学校访问时所看到的那一双双明亮的眼睛、那种热情、那种执著，也因为我意识到这样的事实：孩子们已经在影响他们的父母。

年轻人一旦决心要做一件事情，就会产生一股强大的力量。有一个小姑娘，她相信自己的行动会有作用，她的信念打动了许多人的心。她叫安伯·玛丽，5 岁那年由母亲陪着来找我。当时我在佛罗里达州坦帕的一次讲学刚刚结束。她一只手抓着小玩具狗，一手拎着一只装了几个硬币的塑料袋。她母亲那天上午才发现女儿为什么把零用钱积攒起来。安伯·玛丽看了国家地理杂志的特别报道《在野生黑猩猩之间》，节目里的小"弗林特"在母亲"弗洛"死后显得特别悲伤。安伯·玛丽懂得什么是悲伤——一年前，她的弟弟患白血病死了。她弟弟特别喜欢去动物园看黑猩猩。安伯·玛丽还知道我是保护失去母亲的小猩猩的，所以她就开始积攒零用钱，一个星期一个星期地积，最后终于买了一只玩具狗——我能不能替她把玩具狗送给一只可怜的小猩猩？也许那样他在晚上就不会感到太孤单。我能不能用那几枚硬币买点香蕉给小猩猩吃？她讲完后，我们的眼睛都湿润了。

安伯·玛丽的例子能说明我抱有希望的第四个理由。在周游世界的过程中，我遇到过许多好人，或者听说过他们的事迹。有些人开始做一些几乎是无法完成的事情。凭着孜孜以求的精神，他们顶着几乎难以克服的困难，达成了自己的目的，或者成了新道路的开拓者。 还有些人随机应变，挺身而出，做出了英雄般的业绩——包括他们自己在内，谁也没有想到他们会这样做。 我们都知道，有些人战胜了难以想象的生理缺陷而活着，实在令人鼓舞——他们是我们的光辉榜样。 还有许许多多高尚的人，他们在为他人服务(包括人和动物)，在默默地奉献着。 使我们感到鼓舞，感到兴奋，感到无比高兴的是，我们周围有很多这样的人。 他们有的是世界上的领袖人物，有的是普通的儿童、科学家、服务员、艺术家、卡车司机。 有人问我，"简，你的精力是从哪里来的? 安排得这么紧张的时间表，你是怎么应付的?"我总是笑一笑，然后告诉他们，"来自从我们中间感受到的精神力量。 但有很多是来自我所遇见的那些了不起的人。"这也是继续到新的地方访问学习的惟一好处。

米哈伊尔·戈尔巴乔夫一直是我心目中的英雄，跟他见面我感到非常激动。 他敢于向东欧共产主义阵营发起挑战——那个阵营修建了一道墙不是为了阻挡外敌入侵，而是为了隔断内外交往，这在人类历史上是罕见的。 有机会见到纳尔逊·曼德拉也是非常幸运的。 我没有想到种族隔离会在我还活着的时候就寿终正寝，而且我以为要结束这种现象，一定会发生大规模流血。 可是曼德拉的领袖魅力，把种族隔离埋葬了，而且没有发生流血冲突。 当然，在前苏联、在新南非，许多政治、经济和社会问题变得突出了。 看来在走向民主道路的国家，由铁腕独裁者控制的种族和部落仇恨，会导致最初的一些混乱和动荡。 然而对戈尔巴乔夫和曼德拉为了人的尊严和自由所采取的重大步骤，我们是不能怀疑的。

我在世界各地都遇到许多很了不起的人。 他们为了改善很多穷人的生活尽了自己毕生的精力。 当然，也有许多人在帮助动物。 例如，乔恩·斯托金原来是一艘金枪鱼捕鱼船上的厨师。 他看见海豚被渔网困住几乎快被憋死的情景，感到毛骨悚然。 他听见一只小海豚的叫声，发现海豚妈妈看着他的眼睛，仿佛是在哀求他，他情不自禁地跳进聚集了体型巨大、受到惊吓的金枪鱼、鲨鱼和海豚的水里。尽管他自己也吓得不轻，但他抱住小海豚，感到它在放松，就把它举起来，放到渔网外面去。 接着，他又把小海豚的母亲弄到网外。 最后，他拿出小刀，割破渔网，把它们全放了。 他因此丢了饭碗。 回到家之后，他想到了海豚的景况，想到了所有被弄得即将绝种的动物。 他能做什么呢? 他没有学位。 他也不是阔老。 可是他很希望能起一点作用。 他做到了。 现在他在生产巧克力——最好的巧克力。 每块巧克力的包装纸上都印着一种濒危动物。 他把(减免税收前)利润的 11.7% 送给为保护那种动物的组织。 他被我们称为"巧克力乔恩"，是我心目中又一位英雄。 现在，越来越多的企业从收入中拿出一定比例捐助各种各样的善事。

我有幸见到一些北美土著人的精神领袖。 他们遭到种种迫害，他们的文化遭到肆意破坏，可他们依然坚持原有的部落风俗，坚定地信仰他们的大神或者造物主，相信人类与地球、动物、植物、岩石、水、太阳、月亮、星星之间的相互依存关系。 现在，他们正准备摆脱一个世纪来的压迫和压制所编织成的冷漠。 来自温哥华的精神领袖伦纳德·乔治用他的歌声和他的鼓声打动了我的心灵。 那鼓声是地球母亲那急迫、执著、无限耐心的心跳。 他经历了许多痛苦和磨难，成为一位真正的精神领袖，文静温和、质朴无华。 还有我在加州的精神兄弟奇特库斯(泰伦斯·布朗)。 他母亲是部落里最后一位真正会医术的女人。 他本人最后终于一步步地成为卡鲁克部落里通医术的人。 每天黎明时分，他都为我焚香，以印第安人的方式祝我在世界各地周游时精力充沛。 在越战中获军功章最多的美国印第安人埃德·拉莫内甚至给我以"地球母亲之妹"的殊荣。 阿帕切人乔纳森·卢塞罗赠给我一只雕刻的小黑熊，它代表着力量和勇气，我讲学的时候常把它捏在手里。

几年前，一位因患麻风病而失去所有手指和脚趾的坦桑尼亚人送给我一把普通木梳。 他靠残留的指桩和牙齿，用毛线编织出图案来装饰所制作的木梳，这样他就可以把木梳卖掉，堂堂正正地活着，而不必去乞讨。

一位台湾的音乐人也有类似的故事。12岁那年，他在海边捡起一只亮亮的金属球，结果被炸掉了一只手，炸瞎了两只眼睛；原来那是一枚地雷。他一直想玩吉他琴，于是他的朋友们为他制作了一个金属箍，那上面带一个结实的塑料琴拨，他可以把这东西套在断臂上弹琴。我与他见面的时候，他刚刚与他的盲人伙伴出了一张CD专辑，在台北非常热销。我在北京的时候，看见街头一个没有任何手指头的人在弹琴，而且弹得很高兴。

最动人的还是保罗·克莱因的故事。保罗是6岁时被一管炸药炸伤的，伤得很重。在那之后的两年时间里，他接受了一系列痛苦的外科手术。医生给他修补左眼，后来又给他治疗残废了的双手。他的左手伤得最厉害，拇指和部分手腕被炸烂。不过医生替他把炸得掉下来的手指进行了再植。他的右手拇指、无名指和小指也被接活。在痛苦的手术过程中，他决心将来也当一名外科医生——大多数人都认为他永远也实现不了这个目标。可是，正如他对我说的，"通过积极思维以及许多人的帮助"，他真的成了称职的、一流儿科整形外科医生。他发现人们在接受再造手术的时候，往往感到很尴尬，不愿让别人看见自己变了形的样子。为了帮助他们，他把自己的手给他们看，跟他们讲述自己是如何克服困难的。

还有加里·豪恩。他是在美国海军陆战队服役时失明的，当时他才25岁。可是他经过勤学苦练，成了一名魔术大师——不可思议的豪恩迪尼。孩子们在看他演出的时候，直到最后才意识到他是一位盲人。他跟孩子们谈如何战胜困难，如何在生活上不断奋进。他还学会了戴水肺的潜水、越野滑雪、特级跳伞、柔道和空手道。最近他还登上了乞力马扎罗山。他是我认识的适应性最强的人。1994年4月，是加里给了我一只玩具猴子，它后来成了我的吉祥物。加里原以为他送给我的"不过是一只玩具猩猩"，我告诉他，它还有条尾巴，所以不是猩猩。我对他说，它像一个形状怪异的狒狒，耳朵装倒了，尾巴也略长了些。"没关系的。"他坦然地说。"无论到什么地方，你都带着它。你会感到我的精神和你在一起。"于是被他称为 H 先生(Haun 的首字母)，成了我的吉祥物。在我得到它的 4 年半时间里，它陪伴我到过 30 个国家(其中有些国家还去过多次)。它是一个旅行中的好伴侣。它总是乐呵呵地笑着，总是抓着那根准备吃掉的香蕉，再忧郁的人见到它也会露出笑容。我对人们说，只要碰它一下，他们就会变得判若两人，因为加里·豪恩那顽强的精神会传递给他们。现在摸过它、拍过它、抱过它、吻过它的人已经超过了 20 万——难怪它那身上的绒毛都起了结，它那原先白净的脸现在已经脏兮兮的(尽管我经常给它用香波来洗)，它的外形也越发怪异了。可是，它很有特色。有人最近指出，因为那个 H 也代表希望(Hope 的首字母)。

当然，我无需花很大力气，就能找到许多令人鼓舞的例子。我母亲万妮 75 岁还接受了心脏外科手术。她那被阻塞的心脏主动脉被换成了"原生质管"，实际上是一头被屠宰的猪身上取下的。当时我看她的气色不好，动员她去医院好好检查一下，结果他们立即给她安排了手术。当然，那次手术非常成功。事后我与医生交谈时，他问我手术前万妮做了些什么事情。当时正值圣诞节前，她一直在忙于买东西，做节前的准备工作。他对我说，"唔，我说了你也许会很感兴趣。从体力上来说，她也许只能坐一坐、躺一躺。她所做的其他事情，全都是意志力的驱动。"他告诉我，他进行这种手术的 10 年来，万妮的心脏阻塞是他见到的最为严重的病例。我是非常走运的——不妨这样说吧，我有内在的激励源，而且就在眼前!

我将以一个很典型的故事来作为本章的结尾。它说的是一位到动物园玩的游客，名叫里克·斯沃普的美国人。他跳进绕黑猩猩区四周的防护河里，救起一只快要淹死的成年雄猩猩。尽管动物园管理人员警告他那样做很危险，而且那个群体里其他成年雄猩猩还向他发出威胁。 人们问他，是什么力量驱使他去冒生命危险，他回答说，"我看着他的眼睛，就像是看着一个人的眼睛一样。 它传达的信息是：谁来救救我？"

这样的眼神，我从被拴在非洲市场上的黑猩猩眼睛里、从实验室里被囚禁在铁笼子里的黑猩猩眼睛里、从其他受到折磨的动物眼睛里，都看见过。 从那些父母在种族暴力中被屠杀的布隆迪儿童的眼睛里，从那些流落街头的儿童的眼睛里，从我们的城市里陷入暴力冲突之中的儿童的眼睛里，也能看到。 这种哀求的目光的确随处可见。 阿尔贝特·施韦策曾经写道，"一个受到别人敬重的人，不会只是做做祈祷而已。 他将投身保护生命的战斗。 如果出于这个原因，那他本身就是周围生命的延续。"

我真诚地相信，越来越多的人已感觉到周围哀求的目光，他们的感觉是发自内心的，他们正投身到斗争中去。 这就是我们未来希望之所在。 我们正走向人类的最终命运——同情和仁爱。 是的，我的确认为有希望。 我的确相信我们可以希望我们的后代以及我们后代的后代能生活在一个和平的世界上。 那里仍将有绿色树木，有黑猩猩出没其间，仍将有蔚蓝的天空，有小鸟在歌唱；土著人的击鼓声将使我们强烈感到自己与地球母亲以及大神的密切联系——那就是我们所崇拜的上帝。 可是，我已经反复指出，我们的时间不多了。 地球上的资源正在枯竭。 如果我们真的关心这颗星球的未来，我们就不能再把所有问题留给"他们"去处理了。 明天的世界要靠我们去拯救——要靠你和我。

亨利·兰德沃思——他是纳粹死亡集中营的幸存者,创办了孩子村——"把世界献给孩子们",给身患绝症的儿童以最终的欢乐。

第十六章

劫　后　余　生

　　我现在还有最后一段旅程要与大家一起走；这是一段从邪恶到仁爱的思想旅程。 人性邪恶的证据是不可否认的，我们对此都感到毛骨悚然。 我小时候就知道痛恨德国人，因为他们造成了那么多的痛苦。 就连我3岁的妹妹朱迪也熟悉一些遭到万人痛恨的德国人的名字——希特勒自不待说，还有希姆莱、戈培尔和格林。 丹妮曾用金色的糖浆在我们下午茶的面包和果酱上"画"上他们的脑袋或者身体。 我记得非常非常清楚，我们在咬他们，咬掉他们的脑袋、胳膊和腿的时候，感到一种满足。 我们没有其他办法来解我们对这些人的心头之恨。 纳粹大屠杀的细节公布之后，就连丹妮的做法也无助于我表达心中的仇恨。

　　第二次世界大战结束30多年后，我去参观了死亡集中营。 我知道自己有义务这样做。 在几个集中营之中，奥斯威辛集中营是一定要去的，因为我觉得这个名字是大屠杀的象征。 我觉得一次访问还不能使我理解，还不能使我头脑中那些可怕的形象得到安息。我只是内心深处觉得自己应该去。所以我终于在一位叫迪特马尔的德国朋友陪伴下了却了这桩心愿。也许，他比我更有必要面对历史，接受历史事实。他与我同岁，战争爆发时他在柏林，当时也是个孩子。

我们先在柏林参观了一家博物馆。那里收集了当年大屠杀的照片与文件。其中有一封信是我永远难忘的。那是一系列来往通信与命令的一部分，是希特勒的心腹为实现其"最后解决"的具体安排。这封信的大意是：可以预料到，有些监狱看守会对被囚禁的人表现出同情，这种情绪必须立即铲除。它体现了德国人干事情的彻底性，对每件事情都有考虑，对每个细节都有周密的安排。在纳粹德国遭到苦难的不仅是犹太人和吉普赛人，还有精神病患者和同性恋者；还有那些不愿意放弃人类爱心的德国人。

迪特马尔和我乘火车到达波兰的克拉科夫，从那里再转车到奥斯威辛。那里有两个集中营，即奥斯威辛一号和奥斯威辛二号。后者又叫比克瑙集中营，专门关押从欧洲各被占领国运来的犹太人和吉普赛人。我们进入那条臭名昭著的拱形通道，上面写着冷酷的格言："死亡的自由"。是啊——死亡的自由。今天的奥斯威辛一号集中营是一座巨大的博物馆。建筑物的砖墙上挂着一排排照片，穿着不合身的条纹囚衣的囚犯正在接受头部尺寸的测量。这是一项非常庞大、令人震惊的举动，为的是从生物学方面来证明种族之间的区别。照片上有集体大屠杀，有战斗场面，还有纳粹军官以及希特勒。一大堆鞋子，是走进煤气室之前的那些人脱下来的。一个堆放着大大小小箱子的房子，那些箱子都是到集中营来的囚犯们的。一大堆头发，是从囚犯们头上剃下来的。还有许多拐杖、畸形矫正器、假肢、牙板等物。一个用人皮制作的灯罩。一座焚化炉，旁边有一段介绍它如何运作的详细说明。囚犯们遭到毒打和射杀的场地。令人毛骨悚然的东西不胜枚举。那些遗物不过是凤毛麟角，被送到集中营来的人有成千上万。而且奥斯威辛不过是许多死亡集中营之一。

我觉得脑袋发木，一片空白，对自己似乎缺少共鸣感到惊讶。突然，一只小女孩的鞋子引起我的注意。它放在一只小箱子里，边上有一只布娃娃。在恶梦般的火车旅途中，那孩子肯定曾经紧紧地搂过它。在她抵达一生中最后一次旅行的终点时，布娃娃被一只粗暴的手无情地夺走了。这些情景强烈地冲击着我发木的脑袋。我感到怒火中烧，心跳加快。接着是难以自控的悲伤。我转过脸，泪水模糊了我的视线。

在我的印象里，比克瑙大约在两英里之外。尽管天下着雨，而且很冷，我们还是步行去的，因为乘公共汽车似乎不大合适。在平坦空旷、荒草满地的大院子里，只留下6座长长的小木头房子。这块地方被占领之后，冬天是一片寒冷的泥沼，夏天是晒得硬邦邦的焦土。地上是一排接一排的柱子，标志着原来房子所在的位置。它们看上去就像被摘去树叶、呈几何形状的人造树林。当年由于苏联军队日益逼近，盖世太保为掩盖其罪行曾企图摧毁这个集中营，可是他们还没有来得及完成这件事情，就逃之夭夭了。一座座哨兵瞭望台还高高地立在营地上。此外还有哨兵的掩体，哨兵在里面站着，眼睛可以与地面齐平向外看。谁也逃不掉。集中营残酷无情的电网和铁丝网外面，是盖世太保住的小楼。

残存的6座木屋中，有一座是厕所。里面是一排排蹲坑，背靠背地排列着。我当即回想起从书上看到的一些内容：我几乎可以听见那哭喊声，闻到那臭气，感到看守的皮鞭在抽打那些因患痢疾而体力不支、超过规定时间、在地上多坐了一会儿的人。在其他几间低矮阴暗的长条型小屋里，贴墙放着上下三层的小床。小床是板条钉的，中间缝隙很大。囚犯们瘦得皮包骨头，无法取暖，只有相互依偎在一起，他们身上发出异味，不时去抓被臭虫咬得发痒的皮肤。寒冷。经常挨打——随时都会遭来毒打，有时是无缘无故的毒打。 总是挨饿。 饥饿难忍的痛苦是我们从未体会到的，甚至是我们无法想象的。 严寒的早晨，气温降到了零下，西伯利亚寒流从平原上滚滚而来，赤身露体的囚犯们站在那里接受无休止的点名。 想到这里，我觉得原本感到的些许凉意的地方仿佛突然成了冰天雪地。 每天早晨如此。 又冷又饿，还拖着带病的身躯。 他们是怎么熬过来的？ 在比克瑙没有博物馆。没有照片。 那天去的人，除了我和迪特马尔之外，只有一对夫妇。 大屠杀的恐怖，使我不寒而栗。 痛苦。 无助。 绝望。 活死人的漠然。 天哪！ 他们究竟怎么活的呀！

3 年之后，我遇到了一个叫亨利·兰德沃思的人。 他不仅幸存下来，而且摆脱了痛苦和仇恨心理，为身患绝症的儿童创办了一个充满温暖、光明和仁爱的疗养院。 他真是一个了不起的人。 在讲述他的故事之前，我先再说一点在奥斯威辛看到的情况。 在 6 座房子中最黑暗的那一座里，在一张床的下面，从水泥裂缝中冒出了一棵小植物。 它的枝叶朝着从狭窄的"天窗"(大约为四英寸长、两英寸宽的厚毛玻璃)中透进来的昏暗光线生长，它那充满希望的芽苞即将绽放。 它在人类历史上最黑暗、最精心策划的邪恶时期的遗址上破土而出。 它说明，任何邪恶的计划都是短命的。 除了在地狱，哪里还能看到比这个更有说服力的象征？ 这个地狱就是那些心灵扭曲变态的头脑。

我原以为第二天会在静静的反思中度过——把印象中的东西加以归纳整理，到达一种新的体验。 可是，并非如此。 因为那一天正好是克拉科夫"春天的孩子节"。 教堂的钟声响起来。 孩子们穿上了漂亮的民族服装，在大街上唱歌跳舞。 太阳出来了。这似乎又是一个象征，它进一步加深了奥斯威辛之行对我所产生的强大震撼。

后来，我见到了亨利·兰德沃思。 这仿佛给我的精神之旅画上一个句号，使我走出仇恨、残酷和难以言传的罪恶，走进仁爱和同情。 战争爆发那年，他才13岁。 他被强行与家人拆散。 在随后的5年中，他被从一个苦力营送到另一个苦力营，从一个集中营转到另一个集中营，其中包括奥斯威辛—比克瑙。 他在自传《生命礼物》中描述了这段时间里他"亲眼看到、亲耳听到和亲身体验到的非人道行为"。 他侥幸活了下来。 可是他曾经"被仇恨蒙住了双眼……像小孩那样想报仇，像我受到别人伤害一样去伤害别人"。他最终的逃脱很有神奇的色彩——他和另外两个犹太囚犯原本要被押去枪毙的，可是，当时战争已快结束，那几个当兵的也不想杀死他们，就叫他们站成一排——就像亨利父亲被枪毙时那样——然后叫他们快跑。 他们拔腿就跑。 亨利虽然病得很厉害，头上还带着被枪托砸出的伤，两条腿因为发炎得不到及时治疗而成了坏疽，可是他还是获得了自由。

他和其他许多幸存者一样，在一位亲戚的帮助下辗转来到美国。他当时身无分文，可是他凭借自己的艰苦奋斗、有魅力的人格和精明的生意头脑，在饭店经营上获得很大成功。 接着他开始转向，把自己充沛的精力和坚强的意志转向新的事业——帮助那些身患绝症或者不治之症的儿童实现他们的最后愿望。 他意识到，许多孩子的最后愿望是能去佛罗里达州的迪斯尼乐园见一见米老鼠，可是由于旅馆早就被预定出去，他们的愿望还没有实现就已离开了人间。 亨利着手改变这一状况。 1988年，在许多大公司的帮助下，他在离迪斯尼很近的地方建立了一个孩子村——"把世界献给孩子们"。 从孩子和他的家人到达奥兰多机场的时候起，在一个星期的时间里，一切都享受免费——住宿(每个家庭在孩子村都有自己的假日小屋)、用餐、车票；迪斯尼乐园和其他主题公园全部免费。 大约两千名志愿者在孩子村当工作人员。 亨利领着我参观了这个令人赞叹的地方。 我看见那些身患绝症的孩子们脸上的灿烂笑容。 在这短短的几天中，他们可以忘却住在医院里的那种痛苦与恐惧。 他们的梦想变成了现实。他们那些常常感到愧疚、感到被冷落，或者两种感觉都有的兄弟姊妹，现在也觉得受到了特殊的待遇。 父母亲——有时候是祖父母或者叔叔阿姨们——都可以稍微放松放松，跟能充分理解他们的人谈论他们的痛苦和问题。 那里还有个类似小教堂的地方，家长可以去那里祈祷，或者在里面坐下，冷静地面对既成的事实。 那里面还放了个本子，供人们把自己的想法写下来。 我随手翻看了一段，上面的大意是，主啊，克里斯托弗是个好孩子，他一直很勇敢。 他很快就要到您身边去了。 请代我们照顾他吧。 我们非常爱他。 这是孩子的祖母写的。

亨利创建了一座爱的殿堂。 那是真正的爱——我看见他和孩子们在一起，看见他、还有那些孩子们闪烁的目光。 "把世界献给孩子们"的魔力有时候导致了奇迹的发生。 许多父母写信说，孩子到那里去所得到的欢乐和喜悦使他们获得了新生。 有些孩子甚至完全康复了。

亨利在他的书中说，在死亡集中营的时候，他失去了与自己精神方面的联系，"放弃了上帝，因为我感到自己遭到了遗弃"。 他是怎么重新信仰上帝的呢? 他怎么看待在死亡集中营所遭受的惨无人道的残酷迫害和那些病魔缠身的无辜孩子所遭受的痛苦? 这些与公正、至仁至爱的上帝有什么关系呢? 亨利写道："一颗真正破碎的心，一个被无可奈何抛弃的生灵，到何处去寻找希望? 在如此绝望的情况下，是什么东西使得他继续生存下去呢? 肯定是上帝……否则还能是谁呢?"

50年了，纳粹大屠杀的恐怖一直在我心中难以磨灭，酷刑与死亡的情景在我幼小心灵中留下的烙印从来就没有在我的记忆中消失。去奥斯威辛和比克瑙的参观使我内心的痛苦得到一些宣泄。 我认识了亨利，对他的勇气和成功极为钦佩。 这对我有莫大的帮助，因为我认识到自己必须与过去达成妥协，与自己内心的一些黑暗阴影决裂。 在这一精神旅途上，我明白了，虽然我疾恶如仇，可是我的大脑能力有限，有些事情我是永远无法理解的——我指的是那些故意或恶意残酷对待人和动物的罪行。 虽然我仍然要不断与之作斗争，但是我不必对它在我们身上的存在进行解释，因为我们现在只能"模模糊糊地从镜子中"观察。

所以说，从几个原因来看，这一精神之旅是我在时空中精神朝圣的重要组成部分。 它使我的心灵得到了净化。

与我的旅行伙伴、吉祥物 H 先生在一起。

第十七章

新 的 起 点

这是一本关于一个尚且健在的人的书，这样的书应该如何结尾呢？死是个非常方便的结局，即使我们跟西雅图酋长 [1] 一样，认为"死亡并不存在，它只是两个世界的交替变化而已"。可是，我必须以某种方式来结束这本书。

此刻我正坐在白桦山庄。在外面那个可爱的园子里，树还是我小时候见到并且爬过的树——当年在树上我曾遐想过人猿泰山和非洲。我突然会被有些事情或者有些声音下意识地带回过去，一时之下我又变成了孩子。我走进洒满阳光的园子里，又一次听到苍头燕雀或者紫色鹦哥的鸣叫。那只在园子里经历了 60 个寒暑的灰色石蛙依然伏在那里。它附近那只供鸟儿嬉水的古老菊石浅盆依然如故。那只沉重的草坪石碌的把手已经朽烂。丹妮曾用它压平草坪上的坑坑洼洼，把那些草压得伏贴一点。厨房里那些刀具都是设菲尔德钢具厂生产的，其中有一把骨柄刀，埃里克舅舅经常把它放在磨刀石上磨。现在的简·古多尔和很久以前那个小女孩是通过什么相联的呢？有人说，那只不过是存储在像计算机一样的大脑中的一系列记忆。从我出生到现在，有没有人们所说的"灵魂"与我在一起呢？一种与大脑没有关系，甚至与思维也没有关系的东西？一种把我和我感觉到的存在与我们周围的精神力量联系在一起的东西？我认为我是有灵魂的。每一个相信神的人都对我说我有一个老的灵魂——换句话说，一个经历过多次转世重生的灵魂。如果有转世这样的事情——我信其有——那么他们所说的就不无道理。它给人的感觉就是那样。我今生今世是没有把握的了。不过我可以相信，我们神奇的大脑的确把我们的记忆存储了起来。这本书就是根据回忆写成的，是我从大脑的记忆库中挖掘的，为的是与那些愿意看的人共享。

回顾我的一生，我觉得它被分成了一系列界限非常分明、但相互有所重叠的阶段。开始是准备阶段，从总体上说，是为生活做准备，具体地说是为非洲之行、为研究黑猩猩做准备。当然我现在仍然在做准备，是为我将来可能遇到的情况做准备。第二阶段是最能引起我怀旧情绪的，是寻找和收集信息的阶段。这一阶段，我在森林中研究黑猩猩，并从他们身上学到了许多东西。我们对这种神秘动物的了解还在不断加深。第三阶段是做妻子、做母亲、抚养儿子的阶段。在这一阶段里，我仍在研究分析黑猩猩并出版了研究成果。我认为，把我所获得的信息与人们共享是非常重要的。可是在"皈依"之前，它却从来没有成为我生活中的动力。这一共享过程将一直持续到我生命的终点，并将通过书籍等形式使之在我死后得以延续。至少我希望如此。

我到各地的讲学就是这种共享的重要组成部分。这个工作非常辛苦。可是，与此同时，我可以到世界上一些以前从来没有去过的

---

[1] 西雅图(Seattle, 1786? —1866)，是美国皮尤吉特湾苏卡米什印第安人酋长，善待白人移民，1855 年与白人签订埃利奥特港条约，出让印第安人土地，白人以其名命名西雅图城。——译者

地方，接触到新的文化，尽管时间非常短暂，但却使我在智力与精神方面得到了充实。更重要的是，我遇到了许许多多人，他们都给了我鼓舞和力量。每次讲学一结束，我就坐在桌子旁边，进行签名售书。这无疑起了促销作用。这对简·古多尔研究所的资金筹措，对信息的传播都很有好处。可是，它的重要性还不仅限于此。我还在节目单、入场券、小册子以及人们20年前购买的书上面签名。我认为这段时间很重要，因为它使我有机会和部分听众接触。那些排队等候的人有时要等上两个多小时(最多的等了4小时10分钟)。他们给了我力量，这是我急切希望得到的，因为在讲学过程中，我几乎用尽了所有力量。我感到自己"空"了，也"冷"了。曾经在讲学过程中帮助我的一名志愿者说了一句一语中的的话："那些人在给你以营养，对吧?"是的，正是这样。我竭尽全力把我的信息传达给在场的每一个人，希望他们不仅把我的话听进去，而且把它记在心里。这样就会有越来越多的人携起手来，同心协力使我们这个世界上的所有生灵都生活得更好。所以，每当有人在听讲之后走上前来，从他们所说的一些话就可以看出，我的信息的确打动了他们，帮助了他们——是的，他们在给我以营养。

我发现所到之处，无论是来自什么文化的人，在听了我所讲的东西之后，都有到我身边来的，有时候他们的眼睛里还饱含着泪水。我以前一见到这种情况就会感到不安，感到不知所措，现在我认为我知道这是为什么了。我认为我虽然与他们共享了信息，但这些信息的实质则是我从外部吸收来的；我就像是风弦琴，是一股看不见的风吹得琴弦颤动。也许这是特雷弗多年前的布道对我产生的影响，也许是巴黎圣母院那感人的乐曲潜入了我的心田?

虽然当年在那座大教堂里感受的心醉神迷状态我从来没有忘记过，可是时隔20多年，现在已很难重新捕捉到这种体验。但是，它已经融入了我的心灵。只要听到巴赫的赋格曲，无论在什么地方，其结果都是一样的：这就像大笨钟敲响时我不由自主地感到一阵恐惧一样，音乐会使我的身心完全沉浸在仁爱、欢乐和愉悦之中。 我认为，至于是不是巴赫的乐曲，是不是那首特定的赋格曲，都无关紧要。 我认为，这样的体验也可能会发生在其他的大教堂、小教堂、清真寺、喇嘛庙或者犹太教堂。 那是一座古老圣殿中管风琴发出的壮丽声响，是被千百年来无数虔诚信徒的祈祷所净化了的。 它之所以影响如此巨大，是因为它发生在我的生活发生许多重大变化的时候，是我一生中最易受影响的时候，也是我在不知不觉中需要与被我称为上帝的精神力量重新取得联系的时候——也许我应当说，我得到了某种启示，需要进行这样的联系。 不论这一体验有其他什么影响，它使我又回到了原来的路上，迫使我对自己在这个世界上生存的意义进行重新思考。

只是到了最近我才开始思考，那没有任何词句的强有力的音乐是不是向我传递过某种特别的信息，被我吸收，但我还没有来得及或者没有能够作出解释。 现在通过体验与反思，我认为的确有这样的信息，而且很简单：我们每个人都很重要，都在起一定的作用，都能有所作为。 我们每个人不仅对自己的生命负有责任，而且应当尊重和热爱我们周围的生命，特别应当相互尊重、相互给以爱心。 我们应当同心协力，重建与自然界以及我们身边精神力量的联系。 这样我们就可以胜利地、快乐地进入人类进化的最后阶段——精神进化。

如果我认为自己听见过上帝的声音，这岂不太自负，太傲慢了？其实不然。 我们都有过体会——我们常说到的"静静的、细细的声音"告诉我们应当做什么。 我认为那就是上帝的声音。 当然，在通常情况下，它被称为意识的声音。 如果我们认为那样的定义更好，那也无妨。 我认为，不管我们称之为什么，重要的是按照那个声音所说的去做。 我在巴黎圣母院的体验是富有戏剧性的，振聋发聩。 我现在所听见的就是那个静静的、细细的声音——它让我与大家共享。

我想极力去做的也正是这个。 在世界各地的讲学中，我把我的信息与各种各样的听众——特别是孩子们——共享。 我一直有这样的感受——也许根本就不是真的——我成了上帝的信使。 我在讲学之前，有时会感到特别疲惫，有时则感到非常难受，还有的时候怕自己讲的东西无法使听众满意。 而出现这种情况，我的讲演就显得特别好。 我认为，这是因为我利用了精神力量。 这是一种永在的力量，只要我们去争取，它就会给我们以力量和勇气。 "只要你发出请求，它就会给你。 只要你去寻找，你就能找到。"这种力量是我们大家都可获得的。 当然，我也从听众身上汲取了力量。 听众的热情越高，表现得越激动，我就讲得越发生动活泼。

如果把这些都看成是理所当然应当得到的，那就很危险。 我受到的教诲是："上帝只助佑自助者。"我的讲学都是经过认真准备的。 尽管类似的内容我讲过多遍，每次开讲之前，我都要从头到尾看一遍讲稿，还有要使用的幻灯片。 在这方面，埃里克舅舅是我最好的榜样。 他在每次手术的前一天晚上，都要躺在床上，把表上的每个病例都在脑子里过一遍，就连阑尾切除这样的小手术，他也要把手术过程认真想一遍，把可能出的错误考虑到，还要考虑适当的应急措施。 我认为正因为如此，他才成为成功的外科医生——他对细节问题从不放过，他对每个病人都怀有深深的同情。

还有一个问题也是人们经常问我的：你怎么能显得那么平静？ 几乎在世界各地，几乎在每一次讲学中，人们都问这样的问题，都作出这样的评论。 他们想知道我是否进行沉思。 我告诉他们，不是一般意义上的沉思；不过倒也不妨这样说，我确实经常想跟精神力量进行沟通。 对于我生活中所出现的这么多神奇的好运，对于所有支持我的好人——我所骑的那只雄鹰身上的羽毛——我经常表示感谢。 我还感谢自己有一个健康的身体。 感谢我所得到的每一天，因为我知道在这方面我是非常幸运的，这样的礼物是非常脆弱的。

能了解森林中的平静也是我所特有的机会。 在我看来，无论是什么地方的森林，都是精神最足的地方。 在山里也是一样。 不过我跟山没有打多少交道。 我在贡贝的森林中所度过的岁月，所经历的日日夜夜，使平静深深地与我融合了，所以我能在一片混乱中保持平静。 最近我经历了一件对我影响极大的事情，使精神上的平静再度复活。 我与"根与芽"组织的一些成员漫步在俄勒冈州胡德山国家森林公园，穿越长满原生林木的山坡小路时，我突然发现一棵令人惊叹的树。 那棵树毁于大约一百年前的一场大火，只剩下 40 英尺左右的树干。 它的中间完全空了。 我从形似一扇小门的树洞钻进树干，朝上面指了指。 树干只剩下一个空壳，就像教堂塔尖那笔直的锥体。 在周围一片葱茏的映衬下，我顺着那树干向上望去，一直看到了上方的天。 我恭恭敬敬地站在那里，为世界上现存的森林向上帝作了个祈祷。 我的祈祷词似乎在不断向上浮，它肯定到达了目的地。 "根与芽"小组的人也作了祈祷。 他们 5 个人一批，手拉着手站在那里，为森林祈祷。 我的美国精神兄弟奇特库斯也在场。 他用神圣的基什沃夫植物的根燃起了烟，作了印第安人的祝福。 我的内心又恢复了平静。 我觉得身上又有了无穷的力量。

人的记忆太神奇了！在心情忧郁的时候，我就想一想过去的美好时光。 有一天早上，我坐在达累斯萨拉姆的沙滩上，写下了如下的诗：

五 只 鹭

五只鹭贴着水面飞翔，
长长的脖子伸向后方；
在波光粼粼的金色海面和
金灰色的朝霞间飞翔，
在浅白的蓝色天空中，
在一片片棕榈叶上方，
黄色的月亮慢慢西沉。
哦，稍纵即逝，珍贵无比，
飞逝着的金色时光，
从记忆的宝库中取出

记忆中的宝贵珍藏，

让灵魂摆脱痛苦的围困。

我也学会了在某种程度上抵御愚笨的循环思维。 为了去参加一次令人生畏的会议或者讲学，我努力地进行准备，简直不遗余力——然后又放弃了。 这就像去看牙医一样。 "明天这个时候(或者下星期或者随便什么时候)，这事就了结了。"我会这样对自己说。 当然还有丹妮最喜欢的那句口头禅："你的日子如何，你的力量也必如何。"

人们经常问我的还有一个问题：你走进动物研究实验室，怎么能保持平静呢? 你怎么能抑制自己不大声喊叫，不责备别人残酷呢? 答案很简单：那种咄咄逼人的方式行不通。 此外，虽然有些人真的有点虐待狂，但大多数残酷对待动物的人都是出于对动物的本性不了解。 他们不相信动物，特别是那些大脑比较复杂有着与我们类似的思维和情感的动物。 在这个问题上，我有责任来改变他们的态度。如果我提高嗓门，对他们指指戳戳，他们是不会买账的。 他们会很生气，会产生敌对情绪。 这样一来，对话就无法进行下去。 真正的变化是在内心产生的。 法律和规章制度固然有用，但不幸的是，很容易遭到践踏。 我当时虽然也有气，但却尽量不露声色，不让它发作。 我力争以温和的方式打动他们的心。

人们经常问我："你这样的耐心还能支撑多久? 你打算什么时候退休?"肯定会有这么一天，我的体力不允许我再这样到处奔波，而且这一天的到来只会早不会晚。 我们都无法预测未来会发生什么，但是只要我还有力气，还有精力，我就会继续这样做。 我自然希望自己能够多有几年这样的时间，因为毕竟丹妮到了 97 岁高龄才离开我们。 奥莉已经 97 岁，依然健在。 万妮和我父亲分别活了 94 岁和 93 岁。 所以，我希望自己至少再有 10 年的活跃时期——此后的时间能静下心来思考问题，做一些我现在的生活方式下已经开始、但尚未完成的工作。

对未来，我有许多明确的目标。 一个重要的目标就是建立一个基金，这样我们在非洲贡贝的工作即我们建立禁猎区和帮助村民的计划，就能永远持续下去。 我想以较大的精力把"根与芽"这个组织向全世界推广，使之不断加强，以鼓励、动员、鞭策我们的年轻一代。 我们把他们的世界破坏得太厉害了，以致他们许多人觉得希望渺茫，有的甚至变得极度绝望。 他们需要得到各种各样的帮助。 我希望为年轻人，特别是发展中国家的年轻人，多写几本关于环境保护方面的书，帮助他们理解为什么保护自然资源、尊重生命如此重要。有朝一日，我还要写一部小说！它的基本情节构思我现在已经有了。晚上睡不着的时候，我就把白天那些问题搁置一边，钻进我的小说世界中，所以对其中的人物已越来越熟悉。 我还有一件非常想做的事：对贡贝黑猩猩的资料再进行一些研究，特别侧重于对黑猩猩母亲和婴儿的长期跟踪研究，记录小猩猩的成长过程，把贡贝黑猩猩的一生中的变化记录下来。 这样，在将来的某一天，我就能看见《贡贝的黑猩猩》第二卷的问世。 但是，我预感到自己也许已经没有时间来完成这项任务了，我希望能有一个学生参与进来，把这项任务完成。 我非常想在我的孙子默林和孙女儿安吉尔身上多花一些时间。他们和他们的父母格拉布和玛丽亚一起住在达累斯萨拉姆。

当然只要我还活着，我就会继续唤起人们的意识，让他们了解动物真正的本性，动物所受到的虐待以及我们对动物所负的责任。 我仍将致力于反对用动物做试验，反对机械化养殖，反对进行毛皮动物的养殖，反对设置陷阱捕捉动物，反对作为游戏的狩猎活动，反对利用动物从事娱乐表演，反对驱使动物去干活，反对把动物当成宠物来饲养。 最近我碰到一次极佳的机会，使我在一种前所未有的环境中与别人共享我对动物的感情。 这要感谢旧金山市美丽的格雷斯大教堂的主教艾伦·琼斯。 他邀请我在圣方济各节做了一次布道演讲。当时，会众带了动物——各式各样的动物——到祭坛来祈福。 这是一次令人难以置信的体验。 我把《创世记》第 1 章第 26 节作为我的布道词："上帝说，我们要照着我们的形象、按着我们的样式造人，使他们管理海里的鱼、空中的鸟、地上的牲畜和全地，并地上所爬的一切昆虫。"我解释说，许多希伯来学者都认为"管理"一词翻译后跟希伯来文中 v'yirdu 一词的意思相去甚远。因为它的原意是"仁治"，像明智的国君"以仁慈的方式"统治其臣民那样。它包含着责任感和开明的治理方法。接着，我谈到自己从黑猩猩身上明白了我们要恭谦的道理——我们人类并不像我们以前所想象的那样与其他动物有很大的区别。我在结束语中引用了阿尔贝特·施韦策一句动人的祷告词："为了那些被过度驱使、吃不饱、受虐待的动物，为了所有在囚禁中扇动翅膀就会碰到铁笼、感到苦闷的动物，为了所有被捕猎、被丢失、被遗弃、被惊吓或者被饿着的动物，为那些一定要杀掉的动物……为那些去宰杀它们的人，我们请他们要有怜悯之心，要手下留情，要为它们祈福。"

未来会是什么样子呢？有一点不能否认，那就是，我们人类社会还没有摆脱战争、犯罪和暴力这些该诅咒的东西，这些东西是有文字记载的历史以来从未间断过的事实。在世界上所有出现麻烦的地区，每一次意识形态、种族或者领土争端刚解决，另一个地方就又起了战端。也许世界上的事情就是这样注定了的。这是一个充满精神与道德障碍的进程，换句话说，是对胜利者有所回报的进程。当人们面临真正的危险时，他们无疑会表现出自己的本性。有的人会完全垮下去，有些人会支撑着活下来，但却充满了仇恨与玩世不恭，而有些人则成为胜利者，变得比以前更强大。

我有幸会见了一批真正令人鼓舞的年轻人。他们是可怕的战争中的幸存者。他们之中有萨拉热窝炮击中的幸存者米基·亚切维克，有在波尔布特可怕的战争中当过娃娃兵的彭安春(音译)，还有从尼日利亚逃出来的哈夫萨特·阿比奥拉。她的母亲被杀害，她的父亲还被关押在国内的大牢里。他们都表现得非常坚强，就像被锤炼过的钢，决心和世界上其他地区的青年一起，为了他们的下一代能有个美好的明天而奋斗。 还有一些年轻人没有能逃出恐怖。 我在基戈马地区的难民营里见到一个年仅 10 岁的图西族小男孩。 我看着他的眼睛后，不禁打了个寒战。 后来我写了如下一首诗：

难　民

她坐在外面的凳子上发愣，
对明天依然不抱任何希望。
深陷在痛苦的回忆之中，
即将结束的今天仍然与往常一样。

她的大腿上放着半碗米饭，
碗上的反光来自残阳。
她闭上眼睛没有吃饭，
任凭晶莹的泪珠流淌，
泪珠折射着西边的残阳。

不知她看见了什么样的恐怖？
她和她的家人被迫离开家园，
逃离那恐怖只能凭我的猜测，
毫无表情，她静静地坐在那里，
充满忧伤，一个人默默地承受。

我无法知晓她所遭受的苦难，
我从未体验那样的背井离乡。
那些人对待他们，像赶牛一样，
他们不管什么面孔，只管数量，
他们都是好人，难民营里的人。

一看见那些面孔，他们就会心伤。

她的四周全都是陌生面孔，
那些人不知来自什么文化，
操着她不熟悉的声音说话。
相同的只有太阳和星星月亮，
昨天就挂在天空。还有上帝？

一个十来岁的孩子，骨瘦如柴
看着她木然的面孔，向她走来
看着她手里那只碗。
她睁开眼，还是昨天的痛苦眼神，
可是明天——明天是属于孩子的！
她把米饭给了他。他吃了。

他迷茫的眼里反射着残阳的光，
他梦想明天将成为一个男子汉。
"仇是我的，我报，"是主的话。
可是孩子并没有听见。
满腔仇恨，要报仇的是他。
这就是他梦想中明天的他。

　　诚实、自律、勇气、对生命的尊重、礼貌、同情心和忍耐是我成长过程中的重要价值观念。可惜今天的许多孩子都没有受过尊重这些基本价值观念的教育。在富裕的西方社会中，无数的孩子看到电视屏幕上的暴力之后感到非常刺激，对"虚拟"现实的世界非常熟悉，而脱离了"真实"的现实世界。他们的父母亲都要去上班，没有人给他们进行示范，使他们成长为有责任心的、关心人的人，所以他们就把流行歌星和屏幕上其他不适当的英雄作为自己的偶像，殊不知这些人中有许多都在吸毒。 难怪他们表现出暴力，对自己漠不关心——很久以前，我从黑猩猩身上就明白了早期经验和楷模示范的极端重要性。

那我们能做点什么呢? 我在对年轻人讲话的时候经常对他们说，为了我们周围的世界变得更加美好，我们能做的事情很多，而且我们每个人都能做。 其实也很简单：我们可以帮助一个孤独、忧伤的人露出微笑；我们可以让一条可怜的狗摇起尾巴，或者让一只可怜的猫发出满意的呼呼声；我们可以给一棵正在枯萎的幼小植物浇水。 我们虽然不可能把世界上的所有问题统统解决，但却可以作出努力，解决我们身边的一些问题。 我们虽然不可能解救非洲和亚洲所有的饥饿儿童和乞丐，但我们自己的城市大街上的流浪者、无家可归的儿童和年迈的老人呢?

孟加拉国农村银行的创始人穆罕默德·尤努斯是看到一个在贫困中挣扎几近绝望的女人后，给她发放了第一笔小额贷款。 他并没有把自己的银行向第三世界国家扩大的计划。 同样，亨利·兰德沃思是看到一个孩子的需要，才创办了孩子村——"把世界献给孩子们"。 这个孩子村如今已经把欢乐和爱心带给了数百万名患病儿童和他们的家庭。

如果我们听见呼救声而无动于衷，我们今后可能会终身感到愧疚。 我依然记得小时候的一件事：几个男孩在拔一只活螃蟹的腿——我哭了，可是因为见他们都比我大，所以害怕得什么也没说。格拉布 5 岁的时候，在学校里看见一个比他大的男孩在吓唬一只小兔子——用水龙头里的水喷它，他就和那个孩子打了起来，为此他还受到老师的批评。 格拉布真不简单。

我的故事已经快讲完了。 对于人们向我提出的问题，包括我的宗教和精神信仰、人生哲学，以及我为什么对未来抱有希望等问题，我已经尽量作了回答。 我尽量如实地、坦诚地作出回答。 我把自己的许多思想，把自己的心，把自己的灵魂都掏了出来。 可是有一件事我还没有说。 对于我这样一个喜欢象征主义的人(这无疑是从我的迷信的威尔士祖先那里继承来的!)，这件事也许能够解释我为什么做了这么多事情，为什么像这样生活，为什么我必须继续坚持到底——也许是个痛苦的结局，抑或是个光荣的结局。

这件事情发生在我不满 1 周岁的时候，当时我还不会说话。 我当时坐在婴儿车里，小车就放在一家杂货铺外面，在旁边看着我的是我们家的白狗佩吉。 保姆在里面买东西。 有一只蜻蜓绕着我飞，我吓得哭起来。 一位好心的过路人用手上的报纸把蜻蜓打落在地上，然后用脚把它踩死了。 我在回家的路上一直哭个不停。 我哭得像发了疯似的，于是家里人把医生请来了。 医生给我开了些镇静剂让我镇定下来。 我是大约 5 年之前才第一次听到这件事。 当时是万妮在写关于我早年生活的回忆，问我记不记得这件事情——我为什么那么害怕？

我看了她所写的东西，又回到了 60 多年之前。 我想起自己躺在婴儿室的情况。 我想那里面有很多绿色，万妮说是的，绿色窗帘，绿色油地毡。 我记得当时看见一只大蓝蜻蜓从窗户里飞进来。 保姆把它赶到窗外的时候我吵闹起来。 可是她说它会叮我的，说它的螯刺和它的"尾巴"一样长(当然她说的是腹部)。 那个螯刺可真长呢! 难怪有个蜻蜓在婴儿车旁边飞的时候，我吓坏了。 但是害怕一样动物并不是说就要让人把它杀死。 如果闭上眼睛，我真受不了，我可以清清楚楚地看见它那亮闪闪的翅膀还在不断抖动，那蓝色的"尾巴"在阳光中闪闪发亮，那脑袋被踩烂在人行道上。 它是因为我才死的，也许死得很痛苦。 我无可奈何地大哭大闹起来。 我感到特别内疚。

也许我的一生中一直在下意识地缓解这种内疚。 也许那只蜻蜓是某个计划的一部分。 它在那么多年之前就把一个信息传达给一个小女孩。 如果是这样，那么我只能对上帝说："信息收到，明白。"我试图减轻的是我们大家都感到的内疚，无论它是对人还是对动物的不人道行为。 我得到过许许多多有同情和仁爱之心的人们的支持，我将鞠躬尽瘁，直到生命的终结。 这个终结……将成为新的起点？

坐在婴儿车里的我

后　记

1984年，菲利普·伯曼问我，是否能为他当时正在编的《信念的勇气》一书提供一篇文章。那篇文章可不好写，但我尽了最大的努力。

12年之后，菲利普又来找我，问我愿不愿意跟他合作，把我那篇文章中的观点展开来谈。我对他说我没有时间。可是他却提出我们出一本访谈录——以神学家与人类学家对话的形式出现。我只要提供答案部分就行了。

可是不知怎么搞的，在编写过程中，书的范围和重点发生了变化。原先设想的范围广泛的访谈录变成了带有更多个人观点的书，变成了对自己的过去、现在和未来进行深入思考的"精神自传"。这是一个完全不同的命题，而且我知道这意味着长时间的思考和写作。

在初期阶段，菲利普对我的采访有时候是在美国，有时候在我英国的家里，也有的时候在坦桑尼亚的达累斯萨拉姆或者贡贝。他还采访了许多在我的生活中起过重要作用的人。接下来他就要着手对数英里长的磁带进行整理和编排。

写这样一本书的确是一项非常艰巨的任务，但从某种意义上说又是一种挑战。 我对自己说，这也许是人生中的机会之一，是抓住它还是放弃它，全在于我们自己。

根据菲利普所提供的结构框架和他对访谈的阐述，我开始了这本书的写作。 如果我当时知道写这本书要花多少时间，有时候要深深触及自己的灵魂，进行那样痛苦的思考，我想我就不会接受这样的挑战了。 当时除了每年 300 来天在外讲学，其余所有时间我都在伯恩茅斯的家中写这本书——那是我惟一可以潜心写作的地方。 为写这本书，我起早贪黑，将不是非做不可的事情，统统放在一边。 就这样，所花的时间也比我预期的要长得多。 谢谢你万妮，你牺牲了那么多我们原本可以在一起的时间。

在这本书里的有些段落是我从其他书里逐字逐句摘录的。 我尽力争取用最佳方式通过语言来表达思想，或者描述特别有意义的体验，有时候我所写出的字句似乎是我能做到的最好的发挥。

现在这本书稿已经完成，照片也都已选定，书名也经商谈确定。

可是这个旅程却是永无止境的。

关于简·古多尔人、动物与
环境研究所

每个个体都很重要。

每个个体都有其作用。

每个个体都有其独特之处。

简·古多尔研究所(JGI)是一个不纳税的、非盈利性机构。它创建于1977年,目的是支持在非洲进行的黑猩猩和其他野生动物研究以及环境保护项目,改善被捕获囚禁的黑猩猩和其他动物的生存环境,并让尽可能多的人意识并理解这些问题。

简·古多尔意识到整个非洲的黑猩猩都面临着生存空间不断缩小,不断遭到猎杀的危险,她知道必须离开自己在森林中的那片乐土,来帮助那些使她获益匪浅的生灵。由于她到世界各地讲学的时间越来越多,她的知名度和人们对她的兴趣不断增加,简·古多尔研究所的研究项目也随之扩大。

"根与芽"是针对下一代的有关环境与人道的教育项目。它的目的是使从幼儿园到大学的年轻一代能够行动起来,为了环境、动物和他们自己的社区创造一个更加美好的世界。黑猩猩园的研究者们研究并改善了囚禁状态下猩猩的生活条件。在坦桑尼亚、刚果(布)、肯尼亚和乌干达的禁猎区,为那些被偷猎者夺去母亲的黑猩猩提供了新的家园。在坦桑尼亚的"关护工程"的参与者包括生活在坦噶尼喀湖畔以及贡贝附近的村民,使他们从事从环保角度来看可持续发展的项目，改善他们的生活质量，使他们减少对现存森林资源的依赖。从根本上来说，黑猩猩的生死存亡把握在当地人手中。当然，在贡贝的研究仍然在进行，使我们对我们这一近亲的行为有了越来越多的了解。一批有献身精神的学生正在把从 1960 年至今的所有研究材料输入电脑并对之进行分析。指导这些学生的是曾经在贡贝从事黑猩猩研究，如今是明尼苏达大学简·古多尔灵长目动物研究中心的安妮·普西博士。

要想获得更多的信息，或者要想成为简·古多尔研究所的成员，请访问我们的网站 www. janegoodall. org 或者与离你最近的本所工作人员联系。本所在世界各地的分支机构地址如下：

JGI-USA, P. O. Box 14890, Silver Spring, MD 20911

JGI-UK, 15 Clarendon Park, Lymington, Hants SO418AX

JGI-Tanzania, P. O. Box 727, Dar es Salaam

JGI-Uganda, P. O. Box 4187, Kampala

JGI-Canada, P. O. Box 477, Victoria Station, West mount, Quebec H 3Z 2Y6

JGI-Germany, Herzogstrasse 60, D-80803 München

JGI-South Africa, P. O. Box 87527, Houghton 2047

JGI-Taiwan, 6F, No. 20 Section 2, Hsin Sheng South Road, Taipei

JGI-Holland, P. B. 61, 7213 ZH Gorssel, The Netherlands

Roots & Shoots-Italy, via D. Martelli 14a, 57012 Castglioncello(Li)

图书在版编目(CIP)数据

古多尔的精神之旅/(英)古多尔(Goodall,J.),
伯曼(Berman,P.)著;祁阿红译.—上海:上海
译文出版社,2005.5
(世纪人文系列丛书)
书名原文:Reason for Hope:A Spiritual Journey
ISBN 7－5327－3608－3

I.古…　Ⅱ.①古…②伯…③祁…　Ⅲ.古多尔,J.
—回忆录 Ⅳ.K835.616.15

中国版本图书馆 CIP 数据核字(2004)第 115839 号

图字:09－2000－324 号

本书中文简体字专有出版权归本社独家所有,非经本社同意不得连载、摘编或复制
本书如有缺页、错装或坏损等严重质量问题,请向承印厂联系调换

责任编辑　高文英

装帧设计　陆智昌

古多尔的精神之旅

[英]简·古多尔　菲利普·伯曼 著

祁阿红 译

出　　版　世纪出版集团　上海译文出版社
　　　　　　(200001 上海福建中路 193 号　www.ewen.cc　www.yiwen.com.cn)
发　　行　上海世纪出版集团发行中心
印　　刷　商务印书馆上海印刷股份有限公司印刷
开　　本　635×965mm 1/16
印　　张　16
插　　页　12
字　　数　185 000
版　　次　2005 年 5 月第 1 版
印　　次　2005 年 5 月第 1 次印刷
ISBN 7－5327－3608－3/K·149

定　　价　32.00 元

Jane Goodall, Phillip Berman
REASON FOR HOPE
A Spiritual Journey
Warner Books, Inc. , New York, 1999
根据美国纽约华纳图书公司 1999 年版译出
Copyright ©1999 by Soko Publications Ltd. and Phillip Berman
This edition published by arrangement with Warner Books, Inc. , New York, USA.
ALL RIGHTS RESERVED
本书中文简体字版权通过美国 Arts & Licensing International, Inc. 购得

世纪人文系列丛书

一、世纪文库

《主权论》* [法]让·博丹著 孙飞宇 田 耕译
《论人》* [英]托马斯·霍布斯著 孙向晨译

二、世纪前沿

《想象的共同体——民族主义的起源与散布》 [美]本尼迪克特·安德森著 吴叡人译
《权力与繁荣》 [美]曼瑟·奥尔森著 苏长和 嵇 飞译
《知识资产——在信息经济中赢得竞争优势》 [西]马克斯·H·博伊索特著 张群群
陈 北译 张群群校
《政治的正义性——法和国家的批判哲学之基础》 [德]奥特弗利德·赫费著
庞学铨 李张林译
《少数的权利——民族主义、多元文化主义和公民》 [加拿大]威尔·金里卡著 邓红风译
《自由主义、社群与文化》 [加拿大]威尔·金里卡著 应 奇 葛水林译
《陌生的多样性——歧异时代的宪政主义》 [加拿大]詹姆斯·塔利著 黄俊龙译
《反资本主义宣言》 [英]阿列克斯·卡利尼科斯著 罗 汉 孙 宁 黄 悦译
《驯服全球化》 [英]戴维·赫尔德等著 童新耕译
《为承认而斗争》 [德]阿克塞尔·霍奈特著 胡继华译
《奢侈的概念》 [英]克里斯托弗·贝里著 江 红译
《国体与经体》 [英]约瑟夫·克罗普西著 邓文正译
《公民的加冕礼——法国普选史》 [法]皮埃尔·罗桑瓦龙著 吕一民译
《寻找政治学》* [英]齐格蒙·鲍曼著 洪 涛等译
《作为现代化之代价的道德——应用伦理学前沿问题研究》*[德]奥特弗利德·赫费著
邓安庆 朱更生译
《宪政之谜——国际法、民主和意识形态批判》* [澳]苏珊·马克斯著 方志燕译
《自由主义的民族主义》* [以色列]耶尔·塔米尔著 陶东风译
《全球化时代的民主》* [德]奥特弗利德·赫费著 庞学铨 李张林译
《欧洲与没有历史的人民》* [英]艾里克·沃尔夫著 赵丙祥译

三、袖珍经典

《原始分类》 [法]爱弥尔·涂尔干 马塞尔·莫斯著 汲 喆译 渠 东校
《实用主义与社会学》 [法]爱弥尔·涂尔干著 渠 东译 梅 非校
《社会学的基本概念》 [德]马克斯·韦伯著 胡景北译
《历史的用途与滥用》 [德]弗里德里希·尼采著 陈 涛 周辉荣译 刘北成校
《奢侈与资本主义》 [德]维尔纳·桑巴特著 王燕平 侯小河译 刘北成校
《道德形而上学原理》 [德]伊曼努尔·康德著 苗力田译
《实用人类学》 [德]伊曼努尔·康德著 邓晓芒译
《图腾制度》 [法]列维·斯特劳斯著 渠 东译 梅 非校
《为什么美国没有社会主义》 [德]维尔纳·桑巴特著 王明璐译
《图腾与禁忌》 [德]西格蒙德·弗洛伊德著 赵立玮译
《社会形态学》 [法]莫里斯·哈布瓦赫著 王 迪译
《信任》 [德]尼克拉斯·卢曼著 瞿铁鹏 李 强译
《权力》 [德]尼克拉斯·卢曼著 瞿铁鹏译
《对欧洲民族的讲话》 [法]朱利安·班达著 佘碧平译
《永久和平论》 [德]伊曼努尔·康德著 何兆武译
《相对论的意义》 [美]阿尔伯特·爱因斯坦著 郝建纲 刘道军译 李新洲审校
《对称》 [德]赫尔曼·外尔著 冯承天 陆继宗译
《礼物——古式社会中交换的形式与理由》* [法]马塞尔·莫斯著 汲 喆译 陈瑞桦校

《道德科学的逻辑》* ［英］约翰·密尔著　陈光金译

《现代君主论》* ［意］安东尼奥·葛兰西著　陈　越译

《论诗剧》* ［英］约翰·德莱顿著　赵荣普译

《马克斯·韦伯论大学》* ［美］爱德华·席尔斯著　张美川译

四、大学经典

五、开放人文

（一）插图本人文作品

《插图本中国文学史》　郑振铎著

《历史研究》(插图本)　［英］阿诺德·汤因比著　刘北成　郭小凌译

《希腊罗马神话》　［德］奥托·泽曼著　周　惠译

《英美文学和艺术中的古典神话》　［美］查尔斯·盖雷著　北　塔译

《法国史图说》［法］E·巴亚尔等著　黄艳红等译

《插图本中国俗文学史》* 　郑振铎著

《欧洲漫画史(1848—1900)》* 　［德］爱德华·富克斯著　章国峰译

《世界史纲(上、下)》* 　［英］赫·韦尔斯著　梁思成等译

（二）人物

《我的大脑敞开了——数学怪才爱多士》　［美］布鲁斯·谢克特著　王　元　李文林译

《古多尔的精神之旅》［英］简·古多尔　菲利普·伯曼著　祁阿红译

《美丽心灵——纳什传》　［美］西尔维娅·娜萨著　王尔山译　王则柯校

《恋爱中的爱因斯坦——科学罗曼史》　［美］丹尼斯·奥弗比著　冯承天　涂　泓译

《迷人的科学风采——费恩曼传》　［英］约翰·格里宾　玛丽·格里宾著　江向东译

《福柯的生死爱欲》　［美］詹姆斯·米勒著　高　毅译

《伽利略的女儿——科学、信仰和爱的历史回忆》　［美］达娃·索贝尔著　谢延光译

《一个政治家的肖像——富歇传》* 　［奥］斯蒂芬·茨威格著　侯焕闳译

《苏格兰女王的悲剧——玛丽·斯图亚特传》* 　［奥］斯蒂芬·茨威格著　侯焕闳译

（三）插图本外国文学名著

（四）科学人文

《植物的欲望——植物眼中的世界》［美］迈克尔·波伦著　王　毅译

《生命的未来》［美］爱德华·威尔逊著　陈家宽　李　博　杨风辉等译校

《不论——科学的极限与极限的科学》［英］约翰·巴罗著　李新洲等译

《真实地带——十大科学争论》［美］哈尔·赫尔曼著　赵乐静译

《第五元素——宇宙失踪质量之谜》［美］劳伦斯·克劳斯著　杨建军等译

《从混沌到有序——人与自然的新对话》［比］伊·普里戈金　［法］伊·斯唐热著　曾庆宏　沈小峰译

《费马大定理——一个困惑了世间智者358年的谜》［英］西蒙·辛格著　薛　密译

《机遇与混沌》　［法］大卫·吕埃勒著　刘式达等译

《天遇——混沌与稳定性的起源》［罗］弗洛林·迪亚库　［美］菲利普·霍尔姆斯著　王兰宇译　陈启元　井竹君校

《伊托邦——数字时代的城市生活》［美］威廉·J·米切尔著　吴启迪　乔　非　俞　晓译

《未来是定数吗?》* ［比］伊利亚·普里戈金著　曾国屏译

《不确定的科学与不确定的世界》* 　［美］亨利·N·波拉克著　李萍萍译

《林肯的DNA》* 　［美］菲利普·R·赖利著　钟　扬等译

[注]书名后加 * 表示即将出版